Erin Lynne

IMPERFECTIONS

Traduit en Français par **Danielle Beaugiraud**

Illustration : **Erin Lynne**
Traductrice : **Danielle Beaugiraud**
Correctrice : **Marianne Loedel**

Edition : BoD - Books on Demand
12/14 rond-point des Champs Elysées
75008 Paris
Imprimé par BoD – Books on Demand, Norderstedt
ISBN : 978-2-3221-1383-5
Dépôt légal : **Octobre 2016**

« Il se peut que vous ressentiez exactement la même chose, mais j'ai le sentiment qu'il est très important que je dise que je me considère comme la personne la plus chanceuse qui marche encore sur notre petite planète. Je ne pourrais vraiment pas imaginer passer mon temps autrement que je l'ai fait ce soir. Chaque jour devrait apporter un échange de sourires et de rires, d'amour. À la fin, juste avant de sombrer dans un sommeil profond et paisible, votre cœur devrait être emporté par l'amour ; un amour que vous avez donné et ressenti grâce aux autres. L'amour consiste à fermer vos yeux : pour imaginer l'éclat des visages de ceux qui ont peuplé votre vie, et votre cœur se gonfle de fierté à la seule idée que vous avez eu l'occasion de connaître individuellement chacun d'entre eux. Quelle que soit l'intensité de ce sentiment, il n'est en rien comparable à la tristesse de savoir qu'un jour ils ne seront plus et que même l'éclat de leur visage pâlira. Lorsque les larmes coulent de ces yeux fermés, l'amour que vous ressentez pour eux ne doit pas être mal interprété. Il n'est pas si égoïste de sentir qu'ils vous manquent avant même qu'ils ne soient partis. C'est juste le reflet de l'importance qu'ils ont dans votre vie. Appréciez chaque minute passée avec eux. Et sachez que je vous aime. »

Le 3 décembre 2013

E.L.T.

Le texte a été traduit en français par **Danielle Beaugiraud** à l'initiative d'Erin Lynne.

"Ma gratitude à Pascale Lebettre qui, par amitié pour moi, a accepté de prendre sur son temps libre pour faire une relecture attentive de ce premier essai de traduction. " DB

5

Table des chapitres

Introduction

Trois cents pages blanches, environ trente débuts possibles, et des milliers, voire des millions d'auteurs qui sont probablement tellement imbus de leur travail que la couverture montre une grande photo de leur propre visage, sans rapport avec l'histoire qu'ils ont écrite.

Les larmes montent et cognent à l'intérieur tout au long de leur trajet jusqu'à mon front tandis que je pense à ces pages blanches, et aussi à *Candide*, ce livre de Voltaire à moitié lu, dont les détails terrifiants me découragent à chaque page d'essayer de terminer ma lecture. L'histoire se déroule dans les années 1750, évoquant un de ces autres débats entre le bien et le mal. Les Bulgares avaient faim et il n'y avait plus rien à manger. Ils retenaient en captivité un grand nombre de femmes, et parmi elles une belle dame. Chaque femme se vit amputée d'une fesse pour nourrir les Bulgares. Des types charmants. Cependant, ils se montrèrent assez bienveillants pour que la jeune beauté qu'ils avaient choisie subisse l'opération sans garder de plaie ouverte. Les autres femmes moururent à cause de l'infection. Un beau visage peut donc vous sauver la vie. *L'injustice de la vie* [1] !

Le fait que je souffre d'un mal qui semble sorti tout droit de l'époque de Voltaire et ne devrait plus exister de nos jours, du moins pas dans un pays développé – la France est considérée comme un pays développé bien que certains bars n'aient pas de véritables toilettes dignes de

---

[1] Les italiques sont la retranscription de passages en français dans le texte original.

ce nom mais juste de simples trous à même le sol équipés d'une chasse d'eau – ampute ma capacité à penser correctement. Je regarde cette capacité s'étioler sur le vert de ma table ronde, pliante, prévue pour deux personnes.

À présent, je me demande, « Bon sang, qu'est-ce que je fiche ici ? Qu'est-ce qui est arrivé à tous mes espoirs et à mes rêves, et que vont devenir tous mes projets ? Quelle était mon histoire ? Qu'aviez-vous besoin de savoir ? »

Regardons les choses en face. Même l'individu le plus cultivé de la planète peut vous paraître ennuyeux. Le professeur ou l'universitaire le plus expérimenté peut trouver difficile par moments de mettre en application avec un étudiant hors norme ce qu'il ou elle a appris ; ou bien il ou elle peut simplement perdre cette compétence. Le type beau, bien bâti, sportif, énergique et absolument irrésistible, bien qu'intelligent, peut tant aimer le son de sa propre voix qu'il va parler trois heures d'affilée sans vous laisser en placer une. L'intellectuelle, ou Mademoiselle-Je-Sais-Tout, comme nous aimons l'appeler mais nous en abstenons, peut faire étalage de son savoir erroné, refusant toute contradiction, ne s'excusant ni n'admettant jamais son manque de *connaissances*. La dame douce, affable et toujours disponible, dont la belle voix est internationalement connue, peut perdre le contrôle devant une accumulation de tension dont elle fait généralement le déni dans un monde où tout va pour le mieux. Celui dont les centres d'intérêt sont variés, dont le but est d'être disponible pour tous ceux envers qui il éprouve de l'affection et qui sont dans le besoin, peut ne jamais boucler un seul projet à long terme.

L'essentiel est que nous ne faisons tous qu'essayer de nous en sortir, de trouver notre voie. Est-ce la raison pour laquelle vous êtes là où vous êtes ? Vous ne le savez probablement pas. Est-ce que cela vous ennuie que je vous dise que vous ne savez pas ? J'admets que je ne sais pas. Êtes-vous capable d'en faire autant ?

« Tu ne sais pas tout ! », une phrase familière qui m'a été adressée par ceux qui savent tout.

Ça, c'est nouveau. Comme c'est intéressant d'être informée de quelque chose qui réside déjà dans le coin gauche de mon petit cerveau.

« Il se pourrait que je ne sache pas tout, mais je sais que je ne sais pas tout. Cela devrait compenser. » Si la situation avait été différente, j'aurais pu sourire en disant cela. Quand on se connaît bien, on devine exactement ce qu'il faut faire pour rendre la vie infernale à l'autre. Mes parents se font encore subir cela, mais ils restent mariés, heureux et amoureux.

Le soleil printanier d'hier est exacerbé par la couche de nuages d'avril. Il fait froid. Le vent léger... et voilà, ça recommence ; ce n'est pas à la hauteur. Ce n'est jamais à la hauteur. Je pourrais tuer pour avoir la plume de Carlos Zafon et un épais répertoire mental de mots. Au lieu de cela, je suis bloquée ici à regarder encore un épisode de *Gilmore Girls*, et à observer mon dernier tableau, juste un portrait d'une pseudo Audrey Hepburn. Elle était si fabuleuse sur le dessin et puis il a fallu que je la peigne. Quel gâchis à présent ! J'ai tout gâché. C'est scandaleux. Et elle est placée à côté de mon autre tableau d'une jeune fille qui exhale la tristesse, emprisonnée par des fleurs baignées de rouge, de jaune et d'orange. Le pire c'est que l'une et l'autre font outrage aux toiles blanches – il y en a au moins trois – situées à leur droite. Qui sait ce qu'elles finiront par accueillir, et qui s'en préoccupe ?

Ce temps que j'ai passé seule à me cultiver et à cultiver mes talents est vraiment une réussite totale. En plus, j'ai aussi investi dans mon avenir. Vous diriez qu'il est bien temps de le faire. J'ai déjà vingt-sept ans. Il est assurément grand temps de penser à l'avenir. Et bien à présent, j'ai économisé quelques centaines d'euros. Pas mal, *hein* ? Cela ne prend pas en compte les deux cents euros d'impôts dus pour l'année dernière qu'il faut encore que je trouve le moyen de payer. En plus, je conduis ma moto sans assurance depuis novembre. Cela aussi coûte généralement environ deux cents euros. Je serai couverte une année entière, donc cela semble correct. De façon générale, je suis cependant en bonne santé, à quelques exceptions près, mais il n'est pas nécessaire d'en parler à présent.

Il y a quelques années, j'ai commencé à organiser des voyages aux États-Unis pour mes étudiants français. Tout a commencé avec Victoria, l'une de mes étudiantes. Avec un petit coup de pouce de ma mère, j'ai rassemblé un groupe de quatorze jeunes et je les ai emmenés avec moi aux États-Unis pendant un mois entier. Par chance, mes parents, ma grand-mère, mon frère et sa femme ainsi que deux amis ont pu les héberger. Cela leur a permis d'économiser beaucoup d'argent et s'est avéré une belle expérience pour tout le monde. L'église baptiste à laquelle appartient mon frère m'a autorisée à me servir de son minibus à quinze places pour que je puisse conduire et ramener le groupe de Newark, dans le Delaware, où ils suivaient des cours à ELI, *the English Language Institute*. Ils jouaient de la musique dans le minibus, chantaient, discutaient et faisaient les fous. Nous avons créé des liens. Ils me manquent parfois, certains plus que d'autres. C'était l'été 2010. Il se peut qu'ils ne se rendent pas compte combien il était important pour moi de les recevoir là-bas. J'étais un peu à cran de temps à autre, et ce fut aussi l'été où je suivis un stage de moto au *Cecil Community College* et le dernier été que nous passâmes à Carter Road.

La maison solitaire est maintenant condamnée et envahie de mauvaises herbes qui vous arrivent à la taille. Son souvenir reste une image vivace dans mon esprit ; Gus, un husky sibérien aux yeux bleus, lèche la porte coulissante en verre de la cuisine et fait des grimaces en nous regardant, dans l'espoir que nous ouvrirons et le laisserons se joindre à nous. Il y a Lucy à présent, un berger allemand noir, et elle est adorable. Mais l'arrivée d'un autre ne signifie pas nécessairement l'oubli du premier après sa perte ou son départ.

On ne recherche pas des écrivains de la nostalgie. On ne veut pas être poignardé au cœur par des sentiments de désespoir et de peur. On veut se sentir plein d'espoir chaque jour, donner des encouragements aux autres et rester positif. Qu'est-ce qui ne va pas chez ces gens ? Les choses ne peuvent être fantastiques chaque minute de chaque jour. Soyez plus réalistes. C'est agaçant que quelqu'un vous dise que tout va bien, qu'il n'y a pas de problème.

« Ton problème n'est pas aussi grave que celui de l'enfant qui n'a pas à manger. »

Qui peut dire que ton problème, aussi petit qu'il puisse sembler, ne mérite pas que tu te tourmentes ? Maxence et Vanessa diraient que tout est relatif. Je serais du même avis. Puis on peut être d'accord sur le fait qu'on a besoin de se centrer sur ses propres problèmes et de leur trouver une solution avant de pouvoir aider les autres avec les leurs, d'accord ? Eh bien ! C'est ce que je vais faire.

Quel est mon problème ? Est-ce que je ne fais que chercher un problème sans vraiment en avoir un ? Voyons si vous pouvez réussir à comprendre.

Tout a commencé à l'âge de cinq ans quand on a dit qu'une des deux Erin prenait du retard. Les gamins murmuraient à propos de la pauvre attardée qui redoublerait la classe maternelle. La peur s'installait dans mon cœur qui battait la chamade tandis que je marchais dans les bâtiments en brique de l'école élémentaire en m'inquiétant de ce qui allait advenir de moi. Autant que je puisse me souvenir, aucun de mes proches ne me rassurait. On permettait aux instituteurs de garder le secret par bonté envers celle qui redoublerait.

Ce n'est pourtant pas le premier souvenir que j'ai gardé de cette année-là. Simplement il donnerait le ton des années qui allaient suivre. Mon tout premier souvenir était tendre. Une petite fille m'accueillit lorsque j'entrai dans la salle de classe, m'apprivoisant immédiatement. Heather, je crois.

Si vous n'avez pas saisi, parce que je ne vous ai pas vraiment donné assez d'informations, je suis passée dans la classe suivante avec tous mes camarades de classe, à l'exception de l'autre Erin. Assez étrangement, cela n'aida pas à créer un lien entre les autres écoliers et moi. Je me souviens avoir éprouvé de l'aversion pour presque chacun d'entre eux. Je veux dire que, si je n'ai jamais crié ou ne me suis jamais battue, je ne les trouvais simplement pas très chaleureux. J'étais différente, ou je me sentais telle. Ils ne me comprenaient pas et je ne les comprenais pas.

Il est certain que ma famille ne me comprend pas complètement. Un moment particulier me revient soudain en mémoire. C'était *Thanksgiving* et ce serait un *Thanksgiving* tout à fait spécial. Une de mes tantes disposait de cette superbe demeure au sommet d'une falaise, plus haute que celle de Cassis, j'en suis sûre, où elle travaillait comme chef cuisinier.

– Erin ! ERRRRINNNNNNN !

Lorsque ma mère hurla mon nom avec frénésie, je tournai la tête et levai les yeux depuis le bas de la falaise où j'étais assise. Juste avant ce moment, j'avais envisagé la manière dont je rattraperais ma chute si elle venait à se produire. Cela ne me mettait vraiment pas en état de choc. Tout au bout, il y avait un bel arbre à l'aspect légèrement moelleux juste un peu en dessous, et si je tombais, je pourrais toujours agripper une branche sur le parcours de ma chute. Sinon, bien sûr, il y avait quelques buissons et j'avais récemment appris comment positionner mon corps lors d'une chute de cheval, donc ce serait à peu près la même chose, pas vrai ?

Les choses avaient tourné comme elles le faisaient toujours : c'était bruyant. Chacun se battait pour être le centre d'attention. Nous étions une vingtaine de personnes environ et le volume sonore avait atteint un niveau extrêmement élevé qui suscitait l'agacement. Elle demeurait très impressionnante cependant, cette belle maison située tout en haut de la falaise qui surplombait la baie de Chesapeake ou bien le fleuve Susquehanna. J'avais environ douze ans, il est donc difficile de m'en souvenir exactement ; essentiellement parce que j'échappais constamment à la réalité pour vivre dans mon imaginaire.

Je ne me souviens pas de la nourriture, bien qu'elle ait dû être succulente. Cependant, le souvenir d'escalades et de descentes de la falaise, d'un rocher à un autre, jusqu'à trouver l'emplacement parfait pour mes petites fesses de douze ans, reste vivace dans mon esprit.

Ça, et la grande piscine dans la cour qui, si elle n'avait été vide et couverte d'une substance visqueuse qui s'était accumulée au cours des ans, n'aurait pas servi à grand-chose par un jour de novembre, tout au moins dans le Maryland. Mais passer l'été en ce lieu serait amusant.

Pas de livre, pas de musique et complètement seule, j'étais assise à envisager ma chute, comme mentionné plus haut, tandis que je regardais en bas vers la rivière, sentant le vent d'automne agréable et frais. Vous savez, quand vous fermez les yeux et sentez le soleil frapper votre globe oculaire comme un laser, et que c'est chaud et relaxant ? C'est ce que je ressentais, comme quelqu'un qui masse vos tempes quand vos lentilles de contact sont vieilles d'un an et que vous forcez sur votre vue depuis des mois. Fabuleux.

Curieusement, certains de mes souvenirs préférés sont ceux que j'ai partagés avec moi-même. Par exemple, les moments où je m'allongeais, le dos sur l'herbe moelleuse, sur une petite colline à côté de l'enclos où broutait ma jument pur-sang, SweeTart. Les rayons du soleil sur mes yeux. Un autre jour d'automne, pas froid, pas chaud, tout simplement parfait ! Un champ de course, qui était toujours bien tenu et qui servait pour les courses de trot attelé, entourait son enclos ainsi qu'un autre. L'un des pensionnaires avait proposé de me donner des leçons une fois, et c'est vraiment malheureux que je n'aie pas profité de cette occasion.

Un souvenir plus récent, qui ne fait pas partie des moments de solitude de l'enfance, se révèlerait être l'un des meilleurs dimanches que j'aie jamais vécus. C'était l'été 2011 et j'étais déjà rentrée en France. Quant aux conditions météorologiques, car au cas où vous ne l'auriez pas remarqué, c'est un des aspects les plus importants de la journée, ce dimanche remportait haut la main la palme de la plus belle journée ensoleillée. Ainsi, je m'emparai de ma bicyclette et j'allai faire une promenade d'à peu près une heure à Sugiton, une des *calanques* à côté de l'université de Luminy située à environ quatorze kilomètres de mon studio. C'est une histoire que je raconterai une autre fois.

Bon, je vais faire court. Après être arrivée à l'université et avoir cadenassé ma bicyclette, j'achetai et mangeai un sandwich au *snack*, qui est en France une sorte d'échoppe mobile, installé devant l'université. Puis je descendis à pied vers la mer, une marche d'environ vingt-cinq minutes, installai ma serviette sur un rocher parfaitement plat, m'assis, sortis un livre et commençai ma lecture avec vue sur la mer, juste sous mes yeux. La chaleur intense m'amena à faire un plongeon. Comme un homme incroyablement beau qui vous fait de l'œil, qui vous séduit, la mer m'appelait à elle. Tandis que je me laissais flotter et que je levais les yeux vers le ciel, je remarquai un garçon qui marchait près de mes affaires, ou plutôt il passait pour regagner l'endroit où il s'était installé. Cela me préoccupait, donc je sortis de l'eau pour reconquérir mon territoire.

Plus tard, je remontai, repris mon vélo, et rentrai chez moi. Il était environ neuf heures du soir quand j'arrivai. Regardant dans mon sac à dos en cuir marron, je remarquai que mon portefeuille Fendi était manquant. Je secouai le sac, le tournai à l'envers, palpai le moindre recoin, et en vint à la conclusion que quelqu'un devait avoir volé mon portefeuille.

Je fis annuler toutes mes cartes cette nuit-là et allai au poste de police le jour suivant pour déposer une plainte. Deux semaines plus tard, je retrouvai mon portefeuille dans le même sac à dos.

Mais cet événement est plus récent. Certains de mes souvenirs d'enfance les plus chers concernent les lectures que me faisait ma mère d'une adaptation pour enfants d'*Oliver Twist* de Charles Dickens. Qui a en tête qu'il est né en 1812 ? J'avais toujours eu l'impression que Dickens appartenait à une époque plus ancienne. Les parents ne lisent pas assez d'histoires à leurs enfants. Il y a un sérieux défaut d'échanges culturels dans nos relations. Les gens débattent de sujets sans avoir une pensée constructive ou des preuves concrètes.

Je me considérerais bien malheureuse si je n'avais pas eu l'occasion d'apprendre à lire et à écrire, ainsi je peux caracoler dans l'univers de *L'Attrape-Cœur* de J.D. Salinger et déprimer presque jusqu'à aller me noyer quand je lis les *Hauts de Hurlevent* d'Emily Brontë.

Je refuse, mon cher ami, de cesser de vivre à travers ces histoires qui touchent plus d'aspects de ma vie et de la tienne que tu ne pourrais jamais l'imaginer. Cela fait partie de moi, comme la musique fait partie de toi. Ton Bob Marley, qui mérite d'être cité, et ses semblables représentent pour toi ce que sont pour moi Fitzgerald, Hemingway, Zafon et d'autres. Ils touchent ton cœur, ton âme et ton esprit comme les histoires me touchent.

La première fois que je me rappelle qu'un garçon m'ait vraiment plu, c'était en CE2. Tout le monde l'appelait Tête de Pastèque, y compris mon frère, qui va avoir un petit garçon avec sa femme. Ils l'appelleront Zekial, et Zeke comme diminutif. L'expression « on récolte ce que l'on sème » pourrait conduire à ce qu'on le taquine en l'appelant « Zeke le Geek ». Espérons qu'il ne tiendra pas de mon père, de ma sœur et de moi et qu'il n'aura pas besoin de lunettes. Ce sera un petit gars marrant et il saura résister aux moqueries. Peut-être que dans vingt ans il saura opposer un argument à ce que je viens d'écrire.

Quoi qu'il en soit, Tête de Pastèque ne s'intéressait pas à moi, même si nous nous entendions très bien. C'est curieux, parce qu'à un âge aussi tendre il fallait faire partie de la bande qui était « dans le coup », sinon personne ne se rendait compte de votre existence. As-tu remarqué que j'ai employé « sinon ». C'était pour toi. À un âge aussi tendre, j'avais déjà décidé que la bande « dans le coup » était ridicule et me faisait perdre mon temps. J'ai quelque peu modifié mes sentiments sur ce point, bien que la haine pour les bandes « à la mode » s'attarde dans mon système respiratoire. Y a-t-il autre chose qui s'attarde dans mon système respiratoire, et ailleurs ? Je me pose vraiment la question.

Il est environ deux heures du matin ici dans mon petit appartement du Vallon des Auffes à Marseille, en France. La lumière des lampadaires de la rue éclaire mes fenêtres. Il n'y a absolument aucun bruit venant de l'extérieur, seulement mon ordinateur portable qui émet un son fatigué. Comme mon appartement est adossé à la rue d'Endoume, une rue plutôt animée qui descend vers la Corniche face au quartier paisible de Malmousque, j'entends souvent des voitures et des motos qui passent à vive allure.

J'ai pris la mer, ou tout au moins le bord de la mer. La brise légère et suave demeure le commencement de chaque moment de beauté parce que c'est elle qu'on ressent. Me voici à nouveau ici, à regarder le bleu profond de la Méditerranée, sentant de temps à autre le geste d'un être particulier qui caresse ma chevelure, mais personne n'est présent. Le ciel qui émet la lumière la plus radieuse, la plus naturelle, recèle une plénitude, une complétude qui échappe à la compréhension de l'homme. Ce n'est pas seulement beau, c'est réel. Encerclant la lune, brille une nuance plus claire du bleu auparavant assombri par le départ du soleil. On ne sait pas réellement comment c'en est venu à exister, pas réellement, mais c'est l'une des rares certitudes que l'on puisse avoir.

Est-ce que tu vois cela ? Un ciel de nuit clair, imité par la mer au-dessous de lui. Il n'a pas demandé à être admiré ou interrogé, mais c'est quand même ce qui se passe. Et là, dans le silence de cette heure tardive, je suis remplie du désir de lever le bras, comme s'il s'agissait d'attraper un verre dans le placard de la cuisine, et de pincer la lune entre mon index et mon pouce pour la descendre à mon niveau, juste contre mes lèvres tendres, l'embrasser et la poser sur mon cœur l'espace d'une seconde avant de la remettre à sa place. C'est peut-être farfelu... C'est peut-être même ridiculement stupide, mais elle est bien là, cette envie de l'impossible. Peut-être que si c'était possible ce ne serait plus l'objet du désir.

Cela signifie que c'est vendredi matin et le début d'encore un autre week-end. La soirée devrait être calme car il n'y a rien qui soit vraiment prévu, mais samedi soir devrait s'avérer digne de ce nom. Il y aura un barbecue chez un ami juste en dehors d'Aix-en-Provence. On sera une vingtaine et on terminera certainement la soirée en allant danser au centre-ville. Le garçon que je voyais ces dernières semaines m'a libérée de tout engagement, comme je l'espérais, consciemment ou inconsciemment, et je serai libre et ouverte aux propositions. Pourtant, la seule chose que je peux espérer, c'est d'apprécier ces moments avec tous mes amis et de lâcher tout le stress et la colère qui s'étaient accumulés au cours des quelques derniers mois.

Et c'est ainsi que l'histoire commence.

Chapitre premier
Repentir et acceptation

Le silence était tapi dans chaque recoin de la pièce. Volets parfaitement clos, pourtant elle apercevait un rai de lumière à travers les fissures. Allongée à demi dénudée à côté de son hôte, un beau garçon de vingt-cinq ans que sa propre douleur avait empêché d'agir comme le ferait un homme du monde, elle entendit son réveil sonner huit heures trente dans la pièce voisine.

Elle se leva d'un geste vif et irréfléchi, courut sur la pointe des pieds jusqu'à son sac et arrêta l'alarme de peur d'éveiller ceux dont les corps ivres jonchaient le sol de la maison. Elle allait et venait, vêtue seulement de sa culotte élastiquée de chez *Victoria's Secret*. Pendant un instant, elle avait oublié où elle se trouvait et ce qu'elle faisait. La question simple et légèrement nocive qu'il lui avait posée la nuit dernière, demandant pourquoi elle était encore là, revint lancinante cogner dans sa tête et sur ses lèvres sèches. Ses amies étaient déjà rentrées chez elles, laissant seulement ceux qu'elle venait de rencontrer la nuit précédente.

Que faisait-elle encore là ? Pourquoi était-elle restée ?

Après avoir arrêté le réveil, elle se blottit à nouveau sous les couvertures près de lui, un lui qui n'était pas à elle, un lui souffrant et qui n'avait pas vraiment souhaité sa compagnie, là où sa compagnie semblait être.

Les choses prenaient bonne tournure. Ils avaient tous réservé dix jours en juin qu'ils dilapideraient en Corse. Huit à dix amis boucleraient leurs bagages, sauteraient dans une voiture et partiraient en bateau. Et elle, inévitablement, suivrait en moto. Ils se dirigeraient ensuite vers l'île qui les attendait dans un halo d'anticipation et de joie estivale. C'était ça leur plan.

Quelques minutes plus tard, se sentant mal à l'aise et attirée par le temps engageant, elle se faufila à nouveau hors du lit avec précaution pour ne pas le réveiller et elle s'habilla. La maison entière était assoupie dans le calme et le silence, tout comme ses occupants, et une fois qu'elle eût réussi à ouvrir la porte, elle laissa derrière elle les résidus de la nuit qui avaient été épongés partout sur le sol et avaient éclaboussé les murs.

Son esprit ne parvenait pas à comprendre comment les autres pouvaient rester dans les bras de Morphée, se privant de la vue de l'air matinal qui superposait ses teintes au décor de cette propriété campagnarde. Son corps, pourtant, saisissait sans mal le besoin physique de demeurer immobile. Le niveau d'alcool en elle balançait d'un pied à l'autre et son lecteur MP3 hurlait *Everyone Wants to Rule the World* tandis qu'elle s'attaquait aux trois kilomètres qui la ramèneraient vers le centre d'Aix-en-Provence. Suivant la voie qu'ils avaient empruntée la nuit précédente, elle longeait le chemin de Repentance[2], tout en traînant dans la main gauche sa grosse veste de moto qui pesait plus de deux kilos et en

---

[2] Repentir en anglais. NdT

balançant son sac de l'autre. Le soleil lui vrillait les tempes mais c'était à peine si elle s'en rendait compte. À un moment donné, elle sentit l'envie irrépressible de boire quelque chose, n'importe quoi ! Elle continua à avancer sans se presser jusqu'à ce qu'elle fasse mouche.

Elle descendit en trottinant la rue Portalis, où elle avait vécu en 2007 avec l'une de ses plus proches amies de Californie. Ofir, originaire du Salvador, avait franchi les différentes étapes pour devenir citoyenne américaine. Elle envoya un message rapide à Ofir pour lui dire qu'elle pensait à elle et poursuivit son chemin. Il n'y avait pas de marché installé en face du palais de justice ce matin-là, un dimanche, ce qui était légèrement décevant mais sans doute pour le mieux. Les marchés ont tendance à abriter des multitudes de gens pris dans des discussions animées, des enfants qui crient, braillent ou se contentent de jouer ensemble ; un réconfort qui virerait à l'aigre par un matin comme celui-ci.

Bien que ce ne soit pas nécessaire, elle emprunta le passage aux airs de tunnel qui mène au cours Mirabeau, l'artère principale et grouillante d'Aix. Elle aurait dû prendre en vitesse une tranche de pizza chez *Pizza Capri* ; c'est ce qu'ils auraient fait. Mais cela aussi était un moment bien gardé, pris dans les glaces du passé ; le goût avait autant de saveur qu'autrefois, mais la compagnie d'alors n'était plus là.

Un léger soupir et la voilà repartie. Cette fois, il était judicieux d'acheter un soda, et elle sentait un peu la faim. Elle prit une rue réputée pour ses snacks qui vendent d'excellents sandwiches, sans doute vieux d'une semaine. Dans toute la rue, seul un snack était ouvert, qui se signalait par son sol jonché de résidus de kebabs au poulet. Et puis, il y avait un *Subway*. Ce dernier la tentait. Elle jeta un coup d'œil à la vitrine et ses yeux captèrent un instant ceux du vendeur. Sa chevelure sombre et son beau visage sévère l'amenèrent à s'interroger sur ses motivations. Elle poursuivit sa route. Mais le besoin impérieux revint deux minutes plus tard et elle ne put résister. À la descente d'une rue perpendiculaire, il y avait déjà un client dans la boulangerie dont elle franchit le seuil. Puis elle commanda un coca et un sandwich tout prêt qui ne laisserait pas sur ses vêtements l'odeur artificielle d'un fast-food.

Au moment même où elle payait, elle entendit un cliquetis métallique tandis qu'elle déposait son sac sur le sol. Elle paya, sortit, et une fois dans la rue posa toutes ses affaires. À nouveau, elle entendit le bruit du métal. Après avoir pris une gorgée de coca, elle jeta un coup d'œil dans son sac et trouva l'antivol qu'elle avait oublié d'attacher à sa moto la nuit précédente. Elle en eut le souffle court.

À ce moment-là, l'alcool commença à reprendre le dessus et elle se sentit faible, chancelante. Elle pensa aux autres qui réparaient les outrages qu'ils s'étaient eux-mêmes infligés, et elle pensa que ce n'était pas une si mauvaise idée. Puisqu'elle avait garé sa Yamaha grise YBR 125 chez son amie Kelly, elle lui envoya un sms. Puis elle en vint à la conclusion qu'elle ferait mieux de rester calme. Les gens semblaient particulièrement heureux ce matin-là, si bien qu'elle espérait que tout irait pour le mieux.

Le trajet de retour dans la navette Aix-Marseille, le numéro cinquante, lui donna l'impression qu'elle avait rêvé et qu'elle venait de reprendre contact avec la réalité, ce qui bien sûr n'était pas du tout le cas. C'était le premier dimanche d'avril et la journée avait un goût d'été. Puis elle sourit et rit en elle-même, tandis qu'elle était assise seule sur le siège raide. Un autre jour de soleil radieux, seule.

Elle pensa à lui comme elle le faisait toujours, incapable de s'en détacher ; celui qui avait été sien, celui qu'elle avait observé à peine entré dans l'âge adulte, avec son corps juvénile, puis plus tard avec la robustesse de ses traits virils, celui qui avait choisi de la blesser encore et encore, celui qui était là, puis qui disparaissait. C'était le genre de journée qu'ils auraient passée à faire un barbecue au bord de mer, au pied d'une falaise, juste tous les deux, à écouter de la musique, à parler, à boire, à fumer et à faire l'amour. Voilà les instants qui lui manquaient. Il serait sûrement là-bas, à « son » endroit, qu'elle en était venue à appeler le leur, et il ne serait pas seul. Il était rare qu'il soit seul.

Peut-être devrais-je manger, pensa-t-elle. Bien qu'elle ait perdu l'appétit, elle mangea le sandwich de la boulangerie, un double sandwich jambon, œuf, fromage, avec de la salade et de la tomate, dans un pain pita. Dès que la navette fit son entrée dans la gare Saint-Charles, elle en descendit d'un bond, n'étant plus mue que par « le simple désir que suscite le soleil de se rendre quelque part » et se mit en route pour se rendre à pied chez son amie Kelly, avec le solide espoir de revoir sa moto.

Depuis le haut du grand escalier de la gare, spectacle plutôt imposant lui aussi, elle laissa plonger son regard sur les marches et sur les gens, puis leva les yeux vers le ciel bleu et dégagé qui irradiait sa chaleur. Elle sourit et sautilla jusqu'en bas. L'espace d'un instant, chaque chose et chaque être suscitèrent un sourire sur son visage, lui paraissant incroyablement magnifiques. Elle rit doucement en passant à côté de deux mèches de *Barbie*, de toute évidence arrachées à leur propriétaire. La ville était en effervescence, en bas vers le port et dans toutes les directions. Son corps tremblait toujours. Elle pensa qu'il était étrange qu'elle se sente salie alors qu'elle n'avait rien fait de si terriblement répréhensible. D'où venait cette impression de culpabilité ? Oh, elle le savait bien !

Approchant le parking de la place, elle repéra sa moto, dont la couleur n'avait pas changé et à laquelle aucun nouveau dégât n'avait été infligé.

« Parfait », dit-elle à haute voix, et elle démarra, ses affaires rangées dans le top case et sa veste marron *Pepe Jeans* ouverte. Cela aussi était un cadeau qu'il lui avait offert, en ayant dûment soulagé son négligent propriétaire qui avait commis l'imprudence de la laisser derrière lui. Elle s'arrêta brièvement chez elle pour y déposer sa lourde veste de moto et son sac, puis se rendit au supermarché le plus proche pour prendre une bouteille d'Orangina rouge qu'elle n'avait jamais goûté.

Depuis l'A55, elle bifurqua au niveau de l'Estaque, et poursuivit jusqu'au Rove, puis elle prit la direction de Niolon et continua à rouler jusqu'à Carry-le-Rouet. Elle avait décidé de se rendre dans un endroit où elle ne s'était jamais rendue avec lui. Et de fait, elle n'était jamais allée à la plage elle-même – de l'autre côté, oui, mais pas sur la plage même. Alors, elle cadenassa la moto et se dirigea vers le *Beach Café*, sous le soleil exactement. Son corps tremblant avait l'envie soudaine de fondre en larmes mais au lieu de cela elle s'assit et commanda un café. Puis elle se mit à lire *Agnes Grey*. C'était son quart d'heure Brontë, un moment où elle sentait que sa propre vie la destinait à une fin légèrement moins dramatique que *Les Hauts de Hurlevent*.

Ses yeux étaient brillants, pas tant à cause de la tristesse que parce qu'elle avait dormi sans quitter ses lentilles, et pourtant elle pouvait encore voir la file de voitures à un kilomètre de là. Sur le toit d'une voiture deux portes à la modernité banale, d'un gris sale et indéfini, se trouvait un kayak jaune aux bords d'un vert décoloré. Son esprit vacilla encore une fois vers lui et la tristesse finit par la submerger. Ses mains mal assurées se mirent à trembler imperceptiblement. Une vapeur transparente émanant des *moules frites* de la table voisine flottait dans l'air, et une nausée monta en elle qu'il lui faudrait surmonter.

Chacun des enfants Brontë était mort jeune. Elle comprenait que dans les années 1800 une mort précoce était la norme, mais elle ne pouvait s'empêcher de se sentir triste pour eux. Et en même temps, tandis qu'elle écoutait la chanson *White Flag* de Dido, elle en vint à la conclusion que leurs brèves existences avaient été si pleines et accomplies qu'en réalité tout était bien. Une fois qu'on a tant fait, il n'y a sûrement pas de raison de s'attarder assez longtemps pour devenir une charge.

« Il se peut que les maisons de retraite créent des emplois », pensa-t-elle en poursuivant son monologue, « mais les personnes âgées qui y résident n'ont pratiquement rien à faire. Elles vivent et respirent dans une zone confinée dont l'odeur est celle de l'intérieur d'un hôpital, et qui en a aussi l'apparence. Soit elles n'ont pas d'enfants ou d'autres parents, soit on les laisse seules presque chaque jour sans beaucoup de visites. Au moins les filles Brontë n'ont pas eu à subir cela. Quel dommage pour Anne, dont le travail était méconnu du fait du succès d'Emily. Et de fait, il était impossible de ne pas admirer le travail d'Emily sans considérer celui d'Anne comme quantité négligeable. Cependant, Emily est morte sans même savoir que son œuvre remporterait un tel succès. Je suppose que cela ne lui importait pas trop pourtant. »

Les deux hommes avec leur chien au visage de poupée et aux yeux en forme de boutons, un american

Staffordshire terrier, avec une tête d'une longueur démesurée, qui s'étaient tenus assis à une distance d'environ cinq cents mètres, avaient disparu sans laisser la moindre trace de leur passage, et il y avait à présent beaucoup plus de gens dans le café, certains qui passaient commande et d'autres à qui on servait leurs *moules frites, carpaccio, tartare* et autres mets. Tandis que la serveuse courait dans tous les sens, la jeune fille pensive porta le regard sur son index gauche dont l'articulation souffrait d'une blessure, ayant été tranchée par un os ou un couteau à steak au cours du barbecue de la veille. Puis elle surprit la conversation d'un groupe de quatre Français assis à sa droite.

– Oui, mais bon ! Il faut demander en premier. C'est quand même un restaurant.

Bien sûr, elle pensa immédiatement qu'ils faisaient référence à elle, qui s'était plongée dans un océan d'interrogations et de méditation. Elle était assise derrière sa tasse de café vide et la bouteille d'Orangina Loca, une boisson pétillante au goût de fraise qui contenait une pulpe savoureuse, irrésistiblement alléchante. Nouvelle venue dans la gamme Orangina, cette boisson n'était pas facile à trouver. L'étiquette même de sa bouteille restait étrangère dans les cafés et restaurants. De toute évidence, elle avait été achetée ailleurs. Soudain, elle sentit un besoin désagréable d'en commander davantage. Elle fit signe à la serveuse.

– Excusez-moi Madame. J'aimerais bien manger, dit-elle en français, certaine que sa prononciation avait visé juste à chaque fois, et si ce n'était pas le cas, elle s'en moquait complètement.

Il était déjà quatorze heures trente, mais elle n'avait pas vraiment faim, si bien qu'elle attendit patiemment en lisant. Environ vingt minutes plus tard, la serveuse se libéra, prépara la table et disposa les couverts, nota sa commande, une *pizza Corsica*, l'une des meilleures pizzas avec des *figatelli*, de la mozzarella et du fromage de chèvre sur une sauce tomate faite maison. Elle dévora en cinq minutes sa pizza corse.

Un bref épisode de fatigue la submergea et cela faisait déjà un moment qu'elle s'était abandonnée à la caresse délassante du vent. Elle médita un temps pour savoir si oui ou non elle descendrait à la plage et s'assiérait sur le sable. Il devait y avoir du sable. Elle avait jeté un coup d'œil avant d'arriver au café un peu plus tôt, et ne pouvait se souvenir.

- *Quelle fatigue épouvantable*, murmura-t-elle. C'est maintenant ou jamais. Quelque chose va lâcher. Ce mode de vie n'est pas bon. La nuit dernière était plaisante. Il y avait tant de monde, et tous ces gens étaient intéressants, gentils, sympa. Mais pourtant...

Au cours des cinq dernières années de sa vie marseillaise, elle avait trouvé assez difficile de nouer des liens avec les Français qu'elle avait rencontrés. La plupart d'entre eux restaient dans leurs petits cercles et ne partageaient pas son intérêt pour des conversations amenant un échange culturel et ils se montraient très sceptiques. Plus tard, elle comprendrait pourquoi.

De tout son être elle refusait des pensées aussi négatives. Rien ne l'empêcherait jamais plus d'accueillir chaque nouveau jour avec enthousiasme et comme un accomplissement. S'éveiller avec un sentiment de satisfaction devant le jour qui n'est pas encore commencé doit être possible.

La fumée de cigarette de l'homme à sa droite venait polluer sa table, la rendant un peu nauséeuse. Il était peut-être temps d'abandonner *Agnes Grey*, de finir les dernières gorgées de son café froid, et de rentrer chez elle. Un sentiment de vide lui inondait le cœur. Elle ne pouvait imaginer une bonne raison de rentrer dans un studio vide ne contenant rien d'autre que des biens matériels. Mais c'est alors que la brise s'enroula à nouveau autour de sa tête lourde.

« Peut-être une petite sieste sur la plage alors ! » se dit-elle.

– J'aimerais payer et partir, dit-elle à l'homme qui se tenait derrière le comptoir, essuyant avec un torchon des verres qui venaient d'être lavés.

– La Corsica et un café, c'est ça ?

– Deux cafés, corrigea-t-elle.

Il entra le montant sur la machine, puis fit glisser celle-ci vers elle de l'autre côté du comptoir. Elle inséra sa carte et tapa son code personnel.

Les mots « *code bon* » qui s'affichaient sur l'écran signifiaient que la transaction se passait bien, donc il lui rendit sa carte. Elle dit *au revoir* et passa la porte en vacillant, plus épuisée qu'auparavant.

– *Au revoir, jeune fille*, lui cria calmement la serveuse. Elle répondit avec la même gentillesse et partit.

Hemingway aurait dû venir dans ce coin de la France. Il aurait sans doute eu une opinion bien différente de l'hospitalité française telle qu'elle se manifeste dans les transactions financières. La jeune fille n'avait pas laissé un centime de plus que ce qu'elle devait, et pourtant elle avait été traitée gentiment.

D'un autre côté, cela ne fait jamais de mal dans ce monde d'être une femme. Cela lui rappela le souvenir d'un moment lors de l'année précédente où elle était montée à Paris avec Puy, son amie thaïlandaise. Puy n'avait pas vu son père depuis des années, si bien qu'elle partit passer la journée avec lui. Pendant l'absence de Puy, elle se rendit dans un café au coin de la rue où se trouvait l'appartement de leur ami Maxence.

Le souvenir de ce café parisien évoqua l'image des quatre tasses à café vides avec leur inscription « café Richard ». Elle avait consommé les cafés, empilé soigneusement les tasses et les avait poussées sur le côté. Le café est sensé dynamiser ; pourtant, après la consommation d'alcool de la veille, son effet s'évapora dès que le liquide chaud toucha sa langue délicate.

Oh, cette nuit d'avant. C'était une nuit comme n'importe quelle autre et qui aurait pu évoluer de la façon habituelle. L'appartement, qui n'était pas si petit pour un appartement parisien, mais n'avait pas non plus les dimensions d'une maison de campagne, jouissait d'une vue extraordinaire sur une sorte de mini canal, naturellement vide, qui ressemblait à la paroi bleue d'une piscine sans eau. Il était entouré de plusieurs buissons, d'arbres et de plantes, et il se présentait comme une cour. Peut-être ne se situait-il pas tout à fait au centre. Il était tard ou tôt, selon la manière dont on considère les choses, et la soirée s'était écoulée à boire, marcher, parler et à faire la queue au club *Java*. La musique qui venait de l'intérieur du club tandis qu'ils faisaient la queue donnait le ton et alimentait les conversations. Tout commença dans la file d'attente du *Java* avec la question ô combien philosophique : « Qu'est-ce que la vie ? »

Elle, son amie Puy et les deux garçons qu'elles avaient rencontrés au dernier bar n'étaient pas encore prêts à renoncer à tout espoir en entrant dans le club. Alors elle demanda à chacun d'entre eux ce que la vie signifiait pour eux. Elle annonça qu'ils n'avaient droit qu'à une seule phrase pour formuler leur réponse : la vie est courte, la vie n'est qu'un centre commercial, la vie, c'est sortir et prendre du bon temps, enfin, la vie consiste à rencontrer autant de gens que possible pour des échanges culturels et philosophiques. La conversation se poursuivit plus tard à l'appartement des garçons. Tandis que la bouteille à demi pleine de chardonnay éblouissait les nouveaux amis, elle demanda si quelqu'un se souvenait de ce qu'elle avait répondu. Un des garçons entreprit de donner sa propre réponse, en la modifiant. À ce point, elle lança une attaque verbale et amicale, soulignant qu'il avait mélangé sa définition avec la sienne sans vraiment répondre à sa question. Son amie soutint son affirmation et il apparut que Puy avait la tête inclinée et fermait les yeux.

Quand quelqu'un demande « Qu'est-ce que j'ai dit ? », pourquoi les gens répondent-ils en donnant leur avis ? On devrait répondre « Tu as dit... » Comment est-il possible d'être si centré sur ses propres opinions que, sans penser à mal, on ignore complètement ce que l'autre a dit ? Un échange n'en est pas vraiment un si tout ce que l'on entend est sa propre voix. Trois heures durant lesquelles une seule personne s'écoute parler, voilà une situation qui n'a rien d'idéal !

Et tandis qu'elle était assise dans le café parisien, se repassant en mémoire tout ce qui s'était produit la nuit qui avait précédé les quatre tasses de café, la brise balaya son esprit et lissa son visage où apparut un petit sourire tandis qu'un message tout simple et délicieux était subrepticement glissé sous une cinquième tasse de « café Richard ».

Un café offert car vous avez de très jolis pieds.

Un serveur adorable lui avait offert un café alors qu'elle était assise à écrire, occupant l'une de ses tables durant des heures, vêtue d'un simple haut, d'une jupe en jean et de sandales. Qu'est-ce que la vie sinon cela ? Être celui qui a changé la vie de l'autre pour la rendre meilleure, lui offrant un moment de tendresse à chérir pour toujours.

Elle était en route pour la plage. C'était dans la même direction que l'endroit où elle avait garé sa moto. Des enfants charmants jouaient ensemble sur le sable, dans l'eau, et sur une grosse branche d'arbre qui jonchait étrangement une plage dépourvue d'arbres. Une fille qui devait avoir vingt-trois ans était étendue parallèlement à son homme, qui était à demi nu. Elle avait un bras en travers de sa poitrine et ses yeux ne quittaient pas les siens.

Elle sourit et poursuivit son chemin.

Au bord de la zone réservée à la baignade, on voyait des surfeurs dont les planches étaient extraordinairement imposantes pour l'usage qu'ils en avaient, glissant d'un côté à l'autre de la plage. Leur unique objectif était d'attirer l'attention. Il y avait des lettres ou des mots imprimés sur les voiles, mais ils étaient trop loin pour que ses yeux fatigués puissent les lire.

Elle descendit une petite volée de marches qui menaient à la partie la moins fréquentée de la plage, grimpa en haut de l'un des rochers et se laissa glisser au sol. Il y avait un homme aux cheveux longs d'un blond foncé comme les siens qui se tenait assis pas très loin sur sa gauche, et avec lequel elle échangea quelques regards. Une femme descendit ensuite les escaliers avec sa fille et s'assit au pied des marches, ignorant l'existence de la vaste étendue de plage. Elle disait à sa fille d'arrêter de grimper sur les rochers et de jeter des galets. Peut-être cette femme trouvait-elle étrange de la voir installée au sommet d'un gros rocher avec ses bottes, ses collants et en jupe. Lorsque la mère réprimandait son enfant, elle lui jetait un regard pour lui signifier sa désapprobation devant une telle interdiction, et elle se rendit compte que l'homme aux cheveux longs faisait la même chose. À un moment, ils échangèrent un sourire de connivence.

Encore quelques minutes s'écoulèrent. Elle regarda vers la mer, puis baissa les yeux vers ses bottes, et ce fut alors qu'elle remarqua un cœur parfaitement formé que les éléments naturels avaient sculpté dans le roc à l'endroit où elle était assise. Cette découverte envoya des vagues de chaleur qui réchauffèrent ses membres et elle pensa, l'espace d'un instant, que peut-être quelqu'un la protégeait après tout. Peut-être un jour retrouverait-elle vraiment l'amour.

Un soupir s'échappa de ses lèvres caressées par la chaleur du soleil. D'un pas nonchalant, elle s'aventura vers sa moto pour rentrer chez elle. Rien de raisonné dans cette décision ; elle ouvrit le cadenas, mit toutes ses affaires dans le top case, enfila son casque, démarra le moteur et partit sans mettre en route son lecteur MP3. Elle roulait en silence et l'esprit vide, tandis que l'après-midi finissante exigeait davantage de chaleur. On se sentait bien. On se sentait à sa place.

Avant de se diriger vers son domicile, elle s'arrêta chez son amie Kelly. Elle l'avait appelée pendant qu'elle était à Carry-le-Rouet et elles firent le projet de profiter encore ensemble du temps printanier. Un coup de fil d'une amie peut devenir banal au point qu'on en oublie parfois la valeur. Elle était pleinement reconnaissante de cet appel et de la pensée qui l'avait motivé.

Le temps a la capacité incroyable de gommer la distance, proche ou lointaine. Elle frissonna sous le poids du corps du temps étendu sur elle, lui donnant l'impression que tous les événements antérieurs s'étaient déroulés il y a si longtemps que les mots non prononcés entre elle et un autre venaient à elle comme un chapitre ultime, ou la fin d'une lecture passionnante qui vous laisse avec les questions « et ensuite ? » ou bien « mais pourquoi ? »

Enfin chez elle, elle mit en route un épisode de *Gilmore Girls*. L'histoire met en lumière non seulement le combat d'une femme à la fin de son adolescence pour trouver un emploi afin d'élever son enfant, mais aussi des conflits familiaux et un besoin de maintenir des liens forts malgré les désaccords. Elle pensait que cette série télévisée devait avoir été écrite par l'une des femmes les plus intelligentes de son temps. Tandis qu'elle lui rappelait sa maison, sa famille et sa jeunesse, elle s'en servait principalement comme d'un outil et comme un guide de développement intellectuel. C'était une période où elle devait se cultiver le plus possible. La série était truffée de références culturelles et politiques, et les acteurs s'exprimaient avec naturel, tout en lançant si possible des expressions élaborées.

Elle déclinait les invitations sous prétexte d'indisposition ou de fatigue. Alors que c'était pour l'essentiel la vérité, elle sentait qu'il était inutile de prendre part aux fêtes qui étaient organisées. Par ailleurs, elle appréciait vraiment la compagnie de ses amies et savait qu'une fois que cesserait l'isolement qu'elle s'imposait dans le but d'étudier, elle désirerait à nouveau les voir.

Elle avait pris les médicaments avant ce week-end-là et, quatre jours plus tôt, avait mis fin à la relation qu'elle avait entretenue durant trois semaines ; tout cela signifiait qu'elle ne l'avait pas vu depuis le 15 mars, à l'exception d'une visite pour récupérer son long pull rouge tricoté qui avait la forme d'une robe. C'était à présent le milieu du mois d'avril et le besoin de crier et de hurler lui échauffait les oreilles et lui serrait la gorge.

On dit que tout vient de la famille et de l'enfance. Tolstoï a décrit en profondeur les caractéristiques comportementales des membres de familles qu'il avait personnellement observées. Elle s'assit sur son lit, se demandant comment conjurer les sentiments atroces de jalousie, de colère et de peur. Bien qu'il soit toujours revenu, il ne revenait pas cette fois-ci. Elle ne savait pas si elle souhaitait nécessairement qu'il le fasse. Tout ce qui restait était la colère qu'il avait instillée en elle après avoir fait preuve d'une capacité maximum de malveillance destructrice, la peur qui l'enflammait à la pensée qu'elle serait émotionnellement incapable d'aimer à nouveau, ce qui l'obligerait à vivre dans la solitude jusqu'à ses derniers jours, et la jalousie qui mettait en ébullition son sang lors de ses rencontres quotidiennes avec d'autres femmes, qui lui faisaient se demander pourquoi elle n'avait jamais été à la hauteur.

Parmi toutes ces pensées pitoyables de bonheur perdu et d'erreurs irréparables demeuraient un espoir fugace et un désespoir éprouvant. Elle s'autorisait à être en colère contre lui pour avoir tant fait – il lui avait acheté une moto pour son anniversaire des années auparavant, il lui avait donné une machine à laver quand elle avait déménagé, il avait payé l'assurance de sa moto plusieurs fois, et d'autres choses encore – alors qu'il pouvait disparaître sans le moindre souci. Elle s'était raccrochée à cette colère causée par les torts inconcevables dont il s'était rendu coupable envers elle. Certains jours, elle se surprenait à lui souhaiter un malheur éternel. À d'autres moments, elle laissait entrer la compassion dans son cœur, et elle ne lui souhaitait que du bien.

Puis cette scène de l'été 2011 refaisait surface, et un tsunami de colère venait noyer sa compassion. Tous les événements qui avaient conduit à cet été-là se trouvaient généralement laissés de côté, mais ce dernier épisode la hantait. C'était l'été où elle avait emmené vingt-quatre de ses étudiants français aux États-Unis pour leur voyage linguistique. L'été de toutes les catastrophes commença par l'impossibilité de trouver suffisamment de logements pour tous ses étudiants. Elle dut séjourner à l'auberge *The INNternationale* avec huit des filles. Elle préparait le petit déjeuner et le dîner chaque jour et remettait de l'ordre. Elle ne pouvait pas demeurer dans sa famille, encore moins les voir, sinon pour laver le linge des filles. Ces dernières manifestaient rarement de la reconnaissance.

Puis elle avait rencontré des difficultés pour obtenir son visa parce que le consulat lui demandait de prouver qu'elle avait plus de huit mille euros sur son compte bancaire – c'était le résultat de sa tentative d'utiliser l'adresse de son nouveau domicile en France, non pas la sienne à lui. Son silence marquait la fin de leur relation et elle considérait que ce n'était que juste de se servir de sa nouvelle adresse. Dans sa situation désespérée, certains ne pouvaient pas l'aider, d'autres refusaient de le faire. Elle ne s'attendait pas à ce que ceux qui pouvaient l'aider le fassent, mais une forme de refus renforça son sentiment de rejet.

Durant son adolescence, elle avait coutume de se rendre en bicyclette chez sa grand-mère avant d'aller s'occuper de son pur-sang. Elle s'arrêtait pour dire bonjour à sa grand-mère. Elle aidait sa tante qui à l'époque vivait là, elle arrachait les mauvaises herbes dans le jardin pendant des heures. Ils appelaient sa sœur « la gravure de mode », et elle « la gentille fille », un surnom qu'elle en vint à mépriser.

Est-ce que cette gentillesse ne représentait rien ? Etait-elle censée le faire ? Elle détestait demander de l'aide à qui que ce soit. Quand une personne en aide une autre, on a souvent l'impression que l'autre est son débiteur. On a ce sentiment de supériorité qui peut ressortir plus tard lorsque la relation vire à l'aigre. Ou bien, on se sent en position de contrôle. On se figure que la personne qu'on a aidée devrait faire exactement ce que l'on veut.

Son désarroi personnel ne lui obscurcissait pas l'esprit. Elle savait parfaitement que beaucoup de gens rencontraient des difficultés financières. Ceux qui s'en sortaient bien serraient fermement leur portefeuille de peur que leur brillant statut actuel ne soit remis en cause. Elle ne demandait pas d'argent. Elle ne voulait pas d'argent de la part de qui que ce soit. Elle avait simplement besoin d'un garant qui signerait une déclaration attestant qu'elle était sous sa responsabilité. Elle avait assez d'argent pour payer ses frais universitaires et le loyer de quelques mois, elle avait un emploi de prévu pour l'année scolaire, et elle n'aurait pas besoin d'aide financière.

– Si vous n'avez pas de visa, ne quittez pas le pays pour aller en France, lui dit l'homme derrière le comptoir au consulat de France en regardant son billet de retour pour la France. Si vous le faites, on vous forcera à repartir et vous n'aurez plus la permission d'entrer en France.

– Mais je suis censée rentrer avec mes vingt-quatre étudiants !

– Je vous préviens. Ne partez pas sans votre visa.

À la fin de leur séjour, les vingt-quatre jeunes furent emmenés à l'aéroport de Washington DC. Elle leur dit au revoir, les regarda se diriger vers les douanes et elle se tint là, les larmes ruisselant sur son visage.

Environ une semaine plus tard, c'était officiel. Sa sœur avait reçu son salaire mensuel et elle pouvait se porter garante. Le consulat français accepta les documents signés ainsi que le relevé bancaire que sa sœur leur envoya par fax. Et on pouvait aller chercher le visa.

Son billet de retour fut acheté, encore une ponction de sept-cent cinquante dollars sur son compte, comme si elle n'avait pas besoin de cet argent pour payer son loyer. Quelques jours plus tard, elle retourna à Washington DC pour son dernier rendez-vous au consulat de France afin de récupérer son passeport contenant le visa qui lui avait coûté la valse d'un téléphone, des cheveux arrachés et des scènes d'enfer, mais n'était qu'en partie responsable de la perte de sa santé mentale.

Par bonheur, son amie Megan, qui vivait dans le district de Columbia à cette période, l'autorisa à dormir chez elle pour qu'elle puisse profiter d'une dernière nuit entre filles.

Elles prirent du vin et regardèrent un film après une course de dix minutes sous la pluie pour se rendre au magasin. Tout ce qu'elles purent faire fut d'en rire et de se réfugier dans une petite épicerie spécialisée se trouvant légèrement en sous-sol. Le beau garçon au visage bienveillant qui y travaillait ce soir-là leur offrit quelques échantillons gratuits des produits qu'il avait espéré vendre. Il semblait content d'avoir quelqu'un à qui parler, et si c'était deux jolies filles, c'était encore mieux.

De retour chez Megan, les filles eurent une longue conversation à cœur ouvert et en vinrent à la conclusion que Megan devrait venir en France pour Noël et pour la Saint-Sylvestre. Une fois les plans ébauchés, elles mirent en route le film et s'endormirent.

Après la visite au consulat pour récupérer le passeport, le reste de la journée passa comme un rêve. C'était comme si elles marchaient à travers les rues et les boutiques sans être remarquées. Le soleil était haut, la tempête avait disparu au cours de la nuit, et elle se hasarda dans un café en attendant son ami Andrew. Ils s'étaient rencontrés en France l'année précédente alors qu'ils étaient professeurs d'anglais assistants. Un homme aux cheveux bruns qui portait un tee-shirt bleu passa près d'elle, et pour une raison ou une autre, elle eut après cela le sentiment qu'Andrew serait vêtu de bleu.

Soudain son téléphone portable bon marché et prépayé chez AT&T se mit à sonner. Surprise, c'était celui dont le nom ne peut être mentionné, dont elle avait inconsciemment attendu l'appel. Cela faisait un peu plus d'une semaine qu'elle aurait dû prendre son vol retour pour la France avec ses étudiants. Elle se demandait comment se passerait cet appel parce qu'il avait refusé les siens depuis trois semaines.

Tremblante et nerveuse à l'idée de ce qui allait se passer, elle répondit au téléphone en sachant qu'il y avait des sujets plus sérieux à trancher, sans parler de son cœur qui bêtement battait la chamade. Cela faisait alors quatre ans qu'elle était avec lui et elle avait accumulé un petit tas d'affaires personnelles, la moto et quelques autres objets qui étaient encore chez lui.

Ce n'est qu'à son retour en France qu'elle comprendrait pourquoi il avait appelé. Pourtant il avait appelé, et pour cette raison il se sentait obligé de s'excuser de son comportement ; un jour pendant qu'elle était aux

États-Unis, il lui avait dit combien elle lui manquait et combien il l'aimait, et le jour suivant il refusait ses appels. La moto était un cadeau d'anniversaire et ce sentiment de culpabilité le poussait à dire de son plein gré qu'elle pouvait la garder. Sa seule autre préoccupation était de savoir quand elle rentrerait en France pour récupérer ses affaires. De mauvaise grâce, elle le lui dit, laissant planer l'ambiguïté sur le moment où elle se montrerait. La conversation s'acheva, et elle se retrouva à arpenter le trottoir.

Plusieurs fois elle retourna vers la voiture pour mettre plus de pièces dans le parcmètre. C'est alors qu'elle entendit « Hé, toi».

Surprise, elle se retourna et regarda avec une expression agacée, jusqu'à ce qu'elle se rende compte que c'était Andrew, vêtu de bleu. Elle sourit.

– J'avais ce pressentiment que tu serais habillé en bleu, dit-elle. Pourtant, ce qu'elle omit de dire, c'est qu'avant de le voir, elle pensait que le bleu lui irait bien et qu'il serait habillé en conséquence.

Ils entrèrent dans le café où elle avait attendu précédemment. Avant le parcmètre et les pièces. Avant le coup de fil. Cela ne dura que quelques heures mais leur donna assez de temps pour rattraper le retard. Il cherchait un emploi dans la politique et espérait rester un peu dans le district de Columbia. Le moment simple qu'ils partagèrent formait un tableau représentatif de la rencontre entre deux amis qui ne s'étaient pas vus depuis longtemps.

Ce moment avait été fugitif, et elle se retrouvait dans la voiture, en direction de l'appartement de ses parents. Une fois rentrée, elle s'assit pour faire la conversation avec sa famille qui avait dû être si soulagée de la voir enfin calmée. Sa tension nerveuse avait douché toutes les bonnes volontés dans la famille, y compris celle de sa sœur qui vivait de l'autre côté du pays à Los Angeles.

Les quelques derniers jours avant son départ s'estompèrent. Elle commença à exprimer une philosophie nouvelle : « Advienne que pourra, on n'y peut rien changer de toute façon. » Il est facile d'accepter ce qu'on ne peut changer lorsque tout va bien. Ce mode de vie ferait plus tard un plongeon fracassant dans les eaux profondes de la mer Méditerranée. Ce n'est pas que l'idée de ce qui allait advenir la choquerait ou lui semblerait impossible, mais c'était l'horreur pure ; une aiguille acérée dans l'oreiller tandis qu'on y pose la tête pour se reposer.

Le trajet depuis la côte Est jusqu'à Marseille n'est pas un si long vol, sauf qu'elle avait une correspondance à Londres. Malheureusement, l'escale ne dura pas suffisamment, puisque son premier vol avait une heure de retard. Elle manqua sa correspondance et dû prendre un vol plus tardif. L'acharnement du sort lui fit croire qu'elle devrait acheter un autre billet. Au guichet, elle faillit se mettre à pleurer quand elle demanda combien coûterait une nouvelle correspondance. Quand l'employé lui expliqua qu'il n'y avait rien à payer, elle retint ses larmes de soulagement.

Elle se retrouva enfin à Marseille où l'attendait Sarah, la cousine de Margaux. Sarah avait accepté de l'emmener chez son ex-petit ami pour récupérer la plus grande partie de ce qui restait de ses affaires. Les filles firent plusieurs chargements, mais voyant que Sarah en avait fait assez et qu'elle était fatiguée, et comme il avait proposé son aide, elle finit de déménager les meubles avec lui.

Une fois que Sarah fut partie, il lui offrit une bière afin de faire une pause. Ils avaient une occasion de parler mais il ne dit pas grand-chose. Le seul sujet qu'elle se souvenait l'avoir entendu aborder était celui de la Nouvelle-Calédonie, parce qu'il projetait d'y séjourner, et il le ferait. Il y eut une brève interruption au début de leur pause lorsque son ami Nico passa. Elle pensa qu'il avait demandé à Nico de venir pour le soutenir moralement. Nico ne resta pas plus de cinq minutes, et ensuite il mentionna qu'ils se verraient plus tard pour dîner.

La voiture vidée de son dernier chargement, ils se dirent au revoir devant chez elle. Comme elle avait encore beaucoup de ses effets personnels chez lui, il lui demanda de garder les clés et de venir lorsque cela l'arrangerait pour récupérer le reste. Il lui dit d'appeler si jamais elle avait des problèmes. Le vol de retour et le déménagement l'avaient épuisée, mais elle avait besoin que tout soit en ordre, sachant que son amie Sami venait le jour suivant. Sami arrivait de Londres et resterait environ une semaine.

Alors que Sami faisait la grasse matinée, elle se leva aux alentours de six heures et descendit au port du vallon des Auffes pour fumer une cigarette et regarder les bateaux, le pont et le large. Cela devint un rituel qu'elle respecterait pendant une période, jusqu'au changement de temps. La descente vers le port et l'arrêt de toute activité physique calmaient son corps ravagé d'angoisse.

Un jour ou deux après l'arrivée de Sami à Marseille, elle se rendit à son appartement pour prendre quelques affaires. Chaque fois qu'elle y allait, elle appelait d'abord et frappait avant d'entrer. Il ne répondait jamais au téléphone et ne la rappelait jamais. Puis un soir Sami voulut faire un dîner qui nécessitait certains ustensiles qu'elle avait laissés là-bas. Elle retourna donc à son appartement.

Elle appela à nouveau, mais pas de réponse. Elle frappa, pas de réponse. Elle entra et commença à rassembler d'autres affaires qui lui appartenaient. L'appartement semblait plus propre que d'habitude ; Elle passa dans la chambre en quête de l'édredon que sa mère avait fait pour elle et elle vit un petit sac noir de voyage posé sur son lit.

– Étrange, dit-elle à haute voix. Où va-t-il ?

Elle laissa sa curiosité prendre le dessus, comme souvent, et jeta un coup d'œil à l'intérieur du sac : des shampoings, des crèmes et autres produits qui ne ressemblent pas à ceux que les hommes utilisent. Puis son regard se porta vers le sol. À droite de son pied droit, elle repéra un string. Sa tête tournait tandis qu'elle se saisit de l'édredon et quitta les lieux.

– Eh bien, je l'ai trouvée, montrant à Sami la casserole dont elle avait besoin pour préparer le dîner, et j'ai trouvé quelque chose d'autre aussi. Elle dit à Sami ce qui venait de se passer.

– Je suis tellement désolée, dit-elle avec un air de grande sincérité, mais tu parais si calme. Toutes celles que je connais, ma sœur par exemple, auraient tout cassé dans la maison.

– Oui, eh bien je reconnais que j'ai eu l'idée de prendre son sac et de tout jeter dans la benne très loin, mais ce n'est pas vraiment de sa faute je suppose, et cela servirait juste à lui prouver que je suis folle et qu'il a bien fait de me laisser dans un fossé. Je ne lui donnerai pas cette satisfaction.

Elle s'assit sur les escaliers tandis que Sami préparait le dîner. Elle l'appela et lui laissa un message pour lui dire ce qu'elle pensait de lui. Retenant des larmes, elle retourna dans la cuisine, le visage aussi long que le coup d'une girafe.

– Que veux-tu faire ? Je veux dire que quoi que tu souhaites faire, nous le ferons, il suffit que tu le dises, éclata Sami.

– Tu veux savoir ce que je veux vraiment faire ?

– Oui.

– Je veux y retourner et rapporter le moindre objet qui m'appartient et laisser les clés dans sa boîte aux lettres pour en terminer une bonne fois pour toutes.

– Alors allons-y.

Elle lui laissa un autre message pour lui faire savoir qu'elle irait chercher toutes ses affaires. À quelques mètres du portail de son immeuble, elle l'entendit grimper la colline sur sa moto avec sa nouvelle copine à l'arrière. Elle portait son blouson allemand bleu foncé, celui qu'il prêtait toujours à ses petites amies, celui qu'elle portait avant et que les autres portaient avant elle. La colère montait dans les fissures les plus secrètes de son être. Il faillit lui rentrer dedans intentionnellement alors qu'il s'approchait en moto.

Sami et elle entrèrent et commencèrent à rassembler ses affaires. Il les suivit à l'intérieur et lui parla mais elle refusait de répondre. Elle se contentait de tout rassembler. Les filles partirent, chacune portant un tiroir de commode rempli de vêtements, de serviettes et d'autres objets.

– Est-ce que tu reviens chercher le reste ? demanda-t-il.

Elle ne répondit jamais.

Elles mirent le premier chargement d'objets en sécurité dans son appartement et repartirent chercher le second. Elles partirent et retournèrent prendre ce qui restait. Tandis qu'elle était dans la chambre à récupérer le reste, il la regardait, se tenant tout près d'elle, se contentant de l'observer.

– Je sais que tu es en colère.

– Oh. Tu crois ?

– Je suis désolé. Je ne sais pas quoi faire.

– Tu sais ce que tu aurais pu faire ? Tu aurais pu me dire que ta nouvelle petite amie, dont je ne connaissais pas l'existence, viendrait cette semaine, pour que je ne vienne pas chercher mes affaires en me servant des clés que tu m'avais dit de garder précisément à cette intention. Si tu me l'avais dit, alors j'aurais attendu. Alors je ne me serais pas présentée ici pour trouver par terre le string de ta nouvelle petite amie.

– Je ne voulais pas te faire de mal.

– Tu as raison. C'était mieux de ne rien me dire pour que je me présente ici et que je sois blessée dix fois plus que si tu t'étais contenté de me le dire. Tu es un lâche. Elle s'empara de son dernier sac, lui tendit ses clés, tourna les talons et partit avec son amie.

À la vue de sa nouvelle copine assise au bord de la route à côté de l'immeuble, elle aurait pu ou non échanger un mot ou deux. Ayant mis entre elles une distance convenable, elle hurla à la ronde :

– *Pour une vieille en plus* !

Elle s'avéra avoir le même âge qu'eux, mais semblait plus âgée, et bien qu'elle ne méritât pas techniquement un tel commentaire, elle ne pouvait s'attendre à moins de la part de celle qui déménageait ses effets personnels. De toute façon, cette *vieille* le quitterait des semaines plus tard et il se trouverait seul et abandonné.

Sami était partie.

Et elle était assise là, n'attendant rien, l'esprit vide. Ne se demandant même pas si ce moment passerait bientôt. La vitre épaisse entourée de bois peint d'un blanc délavé qui laissait apparaître une couche plus ancienne et plus défraîchie de bleu parce qu'elle s'écaillait, était ouverte pour faire entrer le soleil dans le studio de vingt-cinq mètres carré dont elle avait fait son foyer. Elle sentait que cet été-là marquait un nouveau commencement. Cependant, le creux profond qui trouait sa poitrine ne serait pas comblé aisément.

Il l'avait creusé avec sa petite cuillère en argent, grossièrement recouverte de sombre haine et de jalousie. Tandis qu'elle était assise à sa fenêtre ouverte, respirant la splendeur du soleil et fumant une cigarette pour noircir davantage son cœur, elle ne pensait à rien sinon à la tasse de café fumant sur le rebord de la fenêtre, son esprit vide conversant avec la page blanche devant Bandini.

Il n'y avait rien à penser, rien à dire, rien à faire ; sauf, en fait, une chose à faire, ou beaucoup de choses. Et ainsi, elle dessinait. Et ensuite elle lisait. Et parfois elle écoutait la même chanson d'Evanescence pendant des heures d'affilée. Elle se forçait à assister à des fêtes avec des amis, se faisant ainsi de nouveaux amis. Il y avait d'autres hommes, des flirts sans importance qui souvent ne menaient à rien de son côté et à la déception du leur. Certaines fois, elle-même avait été déçue.

Ce devait être une de ses plus belles années ; elle suivrait les cours de la faculté de droit d'Aix-en-Provence pour obtenir sa licence. Finalement, après tant d'années à lutter pour passer les étapes d'un système qu'elle comprenait à peine, elle réussirait.

Pourtant, elle était assise là, sans avoir conscience des événements valorisants qui allaient bientôt se dérouler. Elle n'envisageait pas l'idée, et n'imaginait pas la possibilité de plus de changement, en particulier dans un sens constructif. Le seul encouragement qu'elle aurait pu accepter serait venu du simple bleu solide qui se trouvait au-dessus de sa tête et de sa nouvelle maison pour laquelle elle avait travaillé dur et qu'elle méritait infiniment.

Il osait revenir vers elle en rampant, espérant la revoir, être à nouveau avec elle. C'était le scénario classique. Une fois qu'un individu a commis un acte qui semble stimulant, une douleur inévitable le blesse férocement au cœur, des jours, des semaines ou des mois plus tard.

Quand les enfants désobéissent à leurs parents, tout d'abord ils s'illuminent de joie tandis que, bravant l'interdit, ils mordent dans leurs biscuits aux pépites de chocolat. Mais une fois qu'ils se rendent compte qu'ils ont déçu leurs parents, qui refusent d'acheter d'autres biscuits pendant un mois, leur visage s'allonge sous l'effet du chagrin.

Tel un enfant dont le visage d'abord illuminé s'allonge de regret, l'adulte qui en blesse un autre se retrouve dans une situation moins plaisante. Le moment de colère ou de jalousie qui conduit à un tel comportement finit par se dissiper et il ne reste rien que le résultat des choix déplaisants qu'il ou elle a faits. Certainement, ce n'est pas toujours le cas, et il se peut que certains adultes n'éprouvent pas de remords. Mais il semble que même l'adulte jugé comme étant au plus bas dans la chaîne de la société doit ressentir une forme de culpabilité ou de tristesse.

Elle se souvint d'un autre moment de ce genre, alors qu'elle était assise sur le rebord de la fenêtre, à fumer une cigarette et à boire un café. Elle ne remarquait pas grand-chose à part le ciel bleu, mais elle levait à peine les yeux. Le soleil dardait des rayons sur sa peau légèrement brunie, mais elle ne le sentait pas.

« Erin » entendit-elle ; une voix masculine qui venait d'en bas. Elle n'eut pas besoin de regarder par-dessus l'appui de fenêtre pour savoir à qui cette voix appartenait, mais elle le fit quand même pour pouvoir lui jeter un regard glacial et dépourvu de compassion. Elle laissa un peu sa tête penchée au-dessus du rebord en attendant qu'il dise autre chose. Il fit le geste de fumer comme pour lui dire, « Envie d'une clope ? » Elle descendit de mauvaise grâce, ouvrit la grande porte d'entrée en bois et le regarda.

– Il faut que je te parle de quelque chose, dit-il.

Elle laissa échapper un soupir, ouvrit la porte et commença à monter les escaliers, le laissant refermer la porte et la suivre jusqu'à l'étage. Arrivée dans son studio, elle reprit possession de son siège près du rebord de la fenêtre et se remit à fumer la cigarette à demi consumée qu'elle avait laissée allumée lorsqu'elle était descendue.

Il la renseigna rapidement sur la raison pour laquelle il était venu, quelque chose concernant son oncle qui était allé voir la police à son propos, à propos de l'incident avec l'évier cassé et la fuite d'eau – une autre histoire qui appartenait à un autre temps. Cela la fit réagir un peu mais elle restait indifférente à sa présence turbulente. Après cette déclaration, il continua, lui racontant ce qu'il avait fait de son temps, comme si cela lui importait. Son front se barrait de rides et son regard se plissait tandis qu'il parlait de pêche avec ses amis.

– À quoi as-tu occupé ton temps ?

– À rien, fut tout ce qu'elle offrit comme réponse.

– Ok. Bon, je vois que tu ne veux pas vraiment de ma présence ici, donc je pense que je vais m'en aller.

Et bon débarras, pensa-t-elle, mais elle se montra suffisamment gentille pour répondre par un « Ok. »

Elle le regarda marcher de la cuisine à la porte, une distance qui n'excédait pas trois mètres cinquante. Ayant mis un pied dehors, il retourna la tête vers elle et la regarda l'espace d'un instant. Le silence, qui l'avait consumée, le frappa au visage.

– C'est juste que... Je ne peux pas croire la façon dont tu te comportes. Nous avons traversé tant de choses. Notre histoire est si profonde. Comment peux-tu être comme ça avec moi ? Je ne te dirais jamais de ne pas m'appeler, ou de ne pas venir me voir, et si jamais tu avais besoin de quoi que ce soit, je te dirais d'appeler. Les larmes commençaient à monter et son regard était vitreux.

– Oh, je vois. Et tous ces moments où je t'ai appelé, où j'avais besoin de toi, et où tu n'as pas répondu, parce que tu te trouvais avec ta nouvelle petite amie ? Tu dis que tu ne me dirais pas de ne pas appeler, mais tu as complètement arrêté de répondre à mes appels. Tu m'as menti et tu m'as laissée me pointer chez toi en sachant que je verrai ses affaires. Que penses-tu de cela exactement ? Je ne t'aurais JAMAIS fait quoi que ce soit de tel, même de loin. Alors, qu'est-ce que tu veux ? Tu veux qu'on soit amis ? Oublie ça. Je ne veux pas être ton amie parce que même mes amis ne me traiteraient pas comme ça.

À présent, les larmes ruisselaient le long de ses joues. Il n'y avait rien à dire à la réponse abrupte qu'elle avait apportée à sa question ridicule. Cela ne lui suffisait pas de revenir pour lui imposer sa présence physique, mais il fallait aussi qu'il lui jette au visage qu'il était contrarié de la manière dont elle agissait. Il avait de toute évidence oublié tout ce qu'il avait fait. Aurait-il pu honnêtement penser qu'elle agirait différemment ?

Chapitre deux
L'appel

Ce souvenir disparut pendant la diffusion de *Gilmore Girls* en fond sonore, des voix pour réduire à néant sa solitude. Une sonnerie qui la fit sursauter mit fin à la tentation de s'attarder sur le passé. Ce coup de fil de sa mère, dont l'inquiétude pour sa santé apparaissait dans les appels quotidiens de ces derniers temps, formerait la conclusion d'un dimanche absolument fabuleux. Puis elle se pelotonna dans son pyjama et se prépara à se mettre au lit.

Lundi, la journée de travail bien remplie à l'institut où elle enseignait l'anglais ne lui donna pas de quoi se pavaner. Mardi lui tomba dessus et elle s'éveilla pour se rendre compte que le planning vide de la journée attendait qu'elle le prenne en main. Elle remplit sa matinée d'obligations fastidieuses et de quelques emplettes irréfléchies avant son seul cours de la journée, de dix-sept heures à dix-huit heures. La journée se termina par une marche de deux heures le long de la corniche. Il faisait beau et, bien que son corps souffrît de fatigue et de nausées, elle refusait de gâcher un tel soleil. Elle emporta *Agnès Grey* mais au lieu de lire, prit plaisir à des rêveries irréalistes.

Elle était assise confortablement en haut d'un rocher dans l'une des calanques, peut-être Sugiton, se livrant au bonheur de la lecture solitaire, lorsqu'un garçon et deux filles vinrent à passer. Le garçon la regarda les yeux brillants, et tous trois étaient ce que la société qualifierait de charmants, une tenue vestimentaire et une coiffure appropriées, une allure altière. Des vêtements ordinaires lui collaient à la peau ; elle répondit à son sourire et reprit sa lecture. Elle entendit le garçon prendre congé des filles, qui partirent alors, et il revint au pas de course à l'endroit où il l'avait vue assise.

– Un choix irréprochable, dit-il, et elle parut perplexe. Vous êtes légèrement cachée par les arbres, mais pas suffisamment pour ne pas sentir le soleil, et pendant tout ce temps-là, vous avez la mer juste en face de vous qui brille de tout son éclat.

Elle sourit légèrement et inclina la tête pour marquer son approbation mais n'éprouva pas le besoin de faire des commentaires. Elle ne trouvait jamais que les réponses à ce genre de remarques aient le moindre intérêt.

– Pourquoi vos amies sont-elles parties ? demanda-t-elle. La journée ne fait que commencer.

– Oh, elles sont fatiguées. Et alors, qu'est-ce que vous lisez ?

Ils parlèrent de livres, de culture, de mouvements et de périodes littéraires, d'auteurs et de leur influence. Il ne la quitta jamais des yeux. S'il n'avait pas été si beau et si son discours n'avait pas été si séduisant, elle aurait rassemblé toutes ses affaires et elle serait partie, comme elle le faisait habituellement lorsqu'on l'importunait, mais il piquait vraiment sa curiosité.

Plusieurs voitures klaxonnèrent vers sa droite et la ramenèrent à la réalité. Aucune d'elles n'était décorée en l'honneur d'un mariage. Une Renault deux portes était stationnée devant un feu au vert. Sortant de la fenêtre de chacune des trois voitures coincées derrière elle, des bras s'agitaient et se balançaient rageusement. Il était clair que

M. Renault avait pris une seconde de plus que nécessaire pour se rendre compte du changement de feu, allumant une débauche de ressentiment passionné ; parce qu'ils avaient pris leur voiture ; parce qu'ils n'avaient pas choisi l'autre file ; parce qu'ils n'avaient pas pris une route complètement différente ; parce qu'ils n'avaient pas accepté cette offre d'emploi et quitté la région.

Juste à ce moment-là, son lecteur MP3 diffusa à ses oreilles la chanson *Welcome to Your Life, There's No Turning Back*[3] qui faisait toujours naître un sourire sur son visage. Elle pensa qu'il était tellement ironique que les gens éprouvent de la colère concernant leur vie alors qu'ils avaient pris les décisions qui avaient entraîné leur situation présente, et parfaitement incroyable qu'on ne puisse pas toujours prévoir l'effet de domino que provoqueraient ces décisions. Reste qu'on ne peut changer le passé. Les événements de ce passé se sont solidifiés pour former la voie qui trace l'histoire de notre vie. Tout ce que l'on peut faire, c'est se centrer sur un présent positif. C'était un fait qu'elle connaissait bien et dont elle tentait désespérément de se souvenir dans ses moments les plus sombres.

Mais d'un autre côté, la vie n'est pas une accumulation, seconde après seconde, de moments réconfortants et joyeux. Elle comporte tristesse, dépression, peines de cœur, pertes et autres souffrances que la plupart des gens choisissent d'ignorer, faisant semblant de croire que la vie est pareille à un chant, un papillon, un air léger. Il se peut qu'ils aient choisi d'embrasser les épreuves comme faisant partie de la vie et,

---

[3] Bienvenue dans ta vie. Impossible de rebrousser chemin — NdT

saisissant l'impossibilité de la changer, décidé de lâcher prise pour pouvoir rester insouciants. Des enfants naissent et sont élevés dans les rues, pas seulement en Afrique et dans les pays du Tiers Monde, et ils ont tout de même la faculté de sourire gaiement, heureux de prendre part aux nombreux miracles de la vie. Mais n'imaginez pas une seconde que ces enfants ne versent pas de larmes lorsqu'ils éprouvent la faim, le chagrin ou l'incompréhension. C'est le don qui nous a été donné en tant qu'êtres humains de tout simplement ressentir et nous devrions nous sentir privilégiés lorsque de telles émotions font vibrer notre âme.

C'est alors que, presqu'arrivée sur son pas de porte, elle pensa au personnage de Will Smith qui, dans le film *À la recherche du bonheur*, devait avant d'atteindre son but endurer les peurs les plus redoutables qu'un individu et en particulier un père puisse être amené à affronter. Il n'avait aucun soutien, pas même de la part de sa femme, et devait constamment expliquer la situation affligeante à son fils, dont il ne pouvait ignorer la propre perte de stabilité et la souffrance.

Elle s'inquiétait parfois que sa quête du sens de la vie puisse être perçue comme prétentieuse, bien qu'elle sache combien son désir de progresser était sincère. Elle pensait à ce qu'était son degré de connaissance et à ce qu'elle était alors en train d'apprendre. Chaque jour, semaine, mois, année qu'elle vivait lui faisait désirer d'augmenter son expérience afin de boucler la rédaction d'un *Comprendre la vie pour les nuls*, sous-section *les signes, les merveilles, les ennuis, ce qu'on ne peut éviter, ce qu'on ne peut changer*.

Elle savait que parfois ses mots avaient été trop durs, ses jugements trop critiques et ses décisions trop hâtives. Il était assez fréquent qu'elle s'accorde un temps de réflexion, mais était prise de court lors des moments de tension soudaine et devant des questions irrésolues.

Elle trouva refuge à nouveau auprès des *Gilmore Girls*, tandis que la nuit s'achevait. Elle pensa à tous les gens qu'elle connaissait, aux mots inconsidérés qui avaient été prononcés à son sujet et aux actions qui avaient à dessein été menées à son encontre.

L'obscurité totale s'attardait au cœur de la nuit. Les yeux fermés, elle voyait différents visages surgir et tourbillonner autour d'elle, chacun mutant pour prendre les traits du suivant. Une jeune fille vieillissait pour ensuite devenir une autre, une femme d'âge mûr à la chevelure sombre avec un nez plus allongé et des oreilles plus petites. Ou bien un homme se changeait en enfant. Aucun visage familier. Certains souriaient de leurs lèvres doucement incurvées, mais la plupart restaient des portraits tristes.

Ce pincement que donne le chagrin emplissait son cœur alors qu'elle essayait de les accueillir dans sa vie tout en tentant désespérément de plonger dans un sommeil profond. C'était le moment de sa vie qu'elle nommerait *Acceptation*. Et bien sûr, c'était la seule chose qu'il lui restait à faire.

Elle s'éveilla le matin suivant, sans savoir si elle avait à nouveau perdu un ami qui comptait beaucoup pour elle. Parce qu'elle regrettait ses actes pendant le barbecue qui lui avaient fait éprouver un fort embarras, sa fierté était rabaissée. Elle s'était généralement montrée une personne intègre, peut-être un peu suffisante, mais elle avait toujours gardé à l'esprit la peur de l'échec afin de ne pas s'égarer. Incapable de prétendre à la perfection, elle affichait par moment un excès d'orgueil qui l'exposait au péril. Au milieu de sa solitude, elle se trouva allongée sur le canapé dans son studio, les pieds pendant dans le vide. Là, accompagnée par la fraîcheur d'un souffle printanier qui entrait par l'évier à côté de la fenêtre de la cuisine, elle tenait Charlie sous son bras gauche tandis qu'elle reposait sur son flanc droit. Les douces petites pattes du canard en peluche de son enfance, qu'elle maintenait parallèles à elle, avaient le même balancement immobile que son propre corps.

Le visage usé de l'animal était blotti tout contre sa poitrine et elle plaça la main sur son ventre tendre. Sa présence était un réconfort inexplicable à coup sûr, mais c'était un besoin momentané qu'avait provoqué cet horrible été 2011. Des amies venaient lui rendre visite et elles se souvenaient toujours de Charlie à cause de tout ce qu'il représentait, à cause de la valeur qui lui était attachée, à cause des grosses rigolades... Avec Charlie à ses côtés, elle s'échappait dans un monde de pastels et de peinture à l'huile.

Le jour s'acheva après une troisième visite chez le médecin, une ordonnance pour une analyse de sang et d'autres examens, un après-midi occupé à terminer *Agnès Grey*, et la leçon d'anglais du mercredi soir à son ami Greg. Après une longue journée de travail, il était arrivé gaiement aux environs de sept heures moins le quart avec son calepin. Ils discutaient des derniers événements avant d'attaquer un autre chapitre de la version éditée chez Green Apple des *Aventures de Tom Sawyer*. Il lisait d'une voix si animée qu'elle avait plutôt l'impression de donner un cours de théâtre, et elle riait de son imitation de la voix haut perchée d'un jeune garçon surexcité... Ce n'était pas dur de travailler avec quelqu'un d'aussi bien disposé. Elle avait essayé de donner des cours de français à une amie qui avait fini par prendre seulement deux ou trois leçons avant de remettre à plus tard les suivantes, et ensuite d'annuler complètement. Un professeur peut rendre un cours agréable, mais si les étudiants ne se présentent pas, il sera seul à s'amuser. Et selon les étudiants, il vaut en fait parfois mieux qu'ils ne se présentent pas.

Pendant l'année scolaire 2010-2011, elle avait travaillé dans des écoles primaires du 15e arrondissement de Marseille. Ce sont les quartiers de la ville où circule la drogue. Ces gamins acrimonieux savaient à peine parler français, ne pouvaient se concentrer plus de trois minutes d'affilée, et s'accrochaient à ses jambes pendant la récréation parce qu'ils souffraient d'un manque d'attention. Ils autorisaient un face à face quand elle posait une question mais refusaient de remarquer sa présence. Les plus âgés riaient quand elle demandait gentiment s'ils voulaient finir sans emploi et à la rue.

Ce soir-là, Kelly avait appelé pour voir si elle voulait aller au *Ginseng* pour une nouvelle tournée de cuisine asiatique. Heureuse de sortir de la maison pour profiter de la dernière heure de soleil, elle attrapa son blouson de cuir et se dirigea vers la ville. Le trajet de cinq minutes sur sa moto lui redonna de l'entrain. Lorsque Kelly arriva, elle occupait gaiement l'une des tables à l'extérieur, lisant et écoutant de la musique.

– Salut ! dit Kelly à sa manière enjouée.

– Oh salut ! répondit-elle en souriant, tout en se disant aussi que Kelly était arrivée bien vite. À regret, elle posa son livre, rangea son lecteur MP3, et fit la *bise* à Kelly, salutation traditionnelle en Europe qui consiste à envoyer un baiser en l'air joue contre joue.

– Alors, tu veux rester dehors ? demanda Kelly tandis qu'elle s'installait sur le siège en face d'elle.

– Ouais..., ça ne me déplairait pas, et toi ?

– Tout à fait d'accord. Je vais juste aux toilettes vite fait.

Parfait, pensa-t-elle, cela me donnera quelques minutes de plus pour lire. Elle n'avait pas encore attaqué le premier chapitre. Elle avait lu toutes les notes et les critiques pour mieux se préparer. C'était *Jane Eyre*, le dernier des Brontë.

L'histoire de Charlotte s'est frayé un passage à la période du chartisme et elle a surmonté l'injustice teintée de motivations politiques qui attribuait au roman un rôle social. Bien que Charlotte n'ait pas personnellement pris part aux activités de ce mouvement, l'œuvre fut blâmée. Sur ce chef d'accusation, on pouvait difficilement faire des reproches à l'histoire elle-même. Cependant, le livre attribuait son existence à Currer Bell, un auteur inconnu, et ce mystère a dû éveiller un sentiment d'instabilité chez ses lecteurs.

Elle ne put développer ses idées sur ce concept, en partie parce qu'elle-même avait trop peu de connaissances sur le sujet, et parce que Kelly venait de rejoindre la table. Sur ses talons suivaient leur vague ami, serveur et propriétaire des lieux, qui semblait d'une humeur étrangement désagréable. Bougonnant, il leur tendit les menus alors que Kelly lui disait avec enthousiasme qu'elles s'étaient installées dehors pour manger sous les derniers rayons de soleil.

Elles étaient si absorbées par leurs bavardages que lorsqu'il revint Kelly avait encore des doutes sur ce qu'elle allait commander et elle s'en excusa à sa manière pétillante. Quant à elle, elle savait déjà ce qu'elle allait choisir, une *soupe vermicelles* et *bien piquante*, aussi chaude et épicée que possible !

Finalement, lorsqu'il revint pour la troisième fois, Kelly lui posa plusieurs questions avant de prendre sa décision. Elle avait commandé les *brochettes* avec du riz en accompagnement.

– Est-ce que vous pensez que je devrais prendre une soupe en plus, ou bien cela suffit ? lui demanda Kelly.

– Cela suffit, dit-il, et il fit mine de saisir les menus tout en plissant les yeux.

Il s'esquiva pour envoyer les commandes et les filles reprirent leurs bavardages. Kelly fit un commentaire sur le comportement du serveur et rit un peu. Tandis qu'elles conversaient, elle ne put s'empêcher de se laisser dériver vers d'autres dimensions de son esprit, la voie du souvenir balisée par des panneaux retour en arrière. Elle pensa en un éclair à la nuit où elle, Kelly et Vanessa s'étaient retrouvées au *Petit Nice* pour l'*apéro*, lorsque Kelly lui avait sans ménagement posé une question au moment où Vanessa était allée aux toilettes.

– Alors, qu'est-il donc arrivé à Mark ?

Une ou deux minutes avant de répondre, son esprit vogua très vite vers la nuit de leur premier rendez-vous. C'était l'époque où elle se plongeait dans des histoires fascinantes qui faisaient partie des classiques écrits par des mains expertes, sans éprouver elle-même un fort désir d'écrire la moindre phrase. Elle avait mis de côté ses propres projets. Un rencard manqué après l'autre, les malheureux n'avaient aucune chance véritable. Puis un visage, une voix douce conduisaient à un rendez-vous qui emplissait l'air d'un espoir illusoire.

Ils se retrouvèrent à la station de métro cours Julien et marchèrent à l'aventure dans les rues éclairées à l'ambiance artistique, jusqu'à ce qu'ils parviennent à un restaurant de tapas qu'il disait apprécier. C'était en effet un endroit charmant, avec une atmosphère rustique. Ils s'assirent dans la salle à manger vide dans le coin, au fond à droite. Il se peut qu'il soit trop tôt, se dirent-ils, et la conversation s'établit à partir de là. La jeune serveuse avait dû venir au moins trois fois, répondant aux nombreuses questions de Mark, jusqu'à ce qu'ils soient enfin prêts à commander.

Un couple plus âgé se tenait assis à la table voisine. Cela ne leur importait nullement. Ils conversaient, buvaient et se mettaient à manger lorsqu'ils se rendirent compte que les trois quarts de la salle étaient occupés par des groupes d'amis surexcités qui discutaient et riaient, ainsi que par d'autres couples.

Il essaya d'attirer l'attention de la serveuse pour commander un autre verre de vin, une manœuvre qui allait prendre dix minutes au moins, car ils étaient à présent littéralement invisibles dans le coin, avec à peine la place nécessaire pour sortir. Finalement, elle vint et repartit. Ils parlaient de sujets plus profonds, à propos de leurs familles, de livres et d'écriture, et ils échangeaient des histoires stupides et poignantes. Il mentionna son grand-père, qui était mort quelque temps auparavant, et elle sentit une bouffée de tristesse monter en elle tandis qu'elle pensait au sien. Elle savait que c'était un sujet qu'il valait mieux garder pour une autre fois, mais il avait ouvert pour elle une période de sa vie et elle se souviendrait toujours de son résumé du livre de deux cent cinquante-six pages qu'il avait écrit mais jamais publié. Il se passe quelque chose d'incroyable quand on touche une page écrite par un autre ; peut-être que cela stimule un amour intellectuel, qui permet de se sentir réellement relié à un autre. Rien de sexuel, bien que cela puisse créer le même sentiment exaltant.

Il parla de son style, de la manière dont l'histoire se déployait d'un chapitre à l'autre, sans révéler aucun détail précis concernant les scènes ou les personnages. Sachant que ce livre était personnel, elle se contentait des plus simples explications. Il lui suffisait de se satisfaire de ce qu'il était en tant que personne. Puis elle regarda autour d'elle et eut un petit rire quand elle vit qu'une fois de plus, ils avaient la salle à manger pour eux seuls. De l'autre côté de la pièce, où se trouvaient toujours le bar, le piano et la porte d'entrée, la serveuse parlait au barman et regardait leur table en souriant.

En marchant dans la rue, il lui prit la main. Ils remarquèrent que tous les autres restaurants avaient déjà fermé pour la nuit, et que la lune avait aussi déjà fait son plongeon sous l'eau. Oh, son blouson noir fit irruption dans ses pensées et son baiser fut suivi par un autre, plus intense et exaltant. Ils s'embrassèrent en marchant jusqu'à ce qu'il se mit à rire et lui montre la bonne direction.

– Je ne faisais pas très attention, dit-elle.

– Je vois ça.

Elle connaissait bien son chemin dans la ville et en particulier ce quartier, parce qu'elle y allait souvent quand elle sortait avec ses amies. Légèrement embarrassée, elle rougit puis recracha le gros bonbon à la menthe qu'elle avait pris dans le bol gracieusement offert aux clients du restaurant. Ils continuèrent à s'embrasser et à parler tout le long du chemin qui les ramena à la station de métro où ils s'étaient retrouvés plus tôt et où sa Yamaha 125 l'attendait patiemment.

– Ça n'a pas marché, mais je pense que c'était le plus beau rendez-vous que j'aie jamais eu, dit-elle en regardant Kelly qui se trouvait de l'autre côté de la table au *Petit Nice*.

– Mais pourquoi est-ce que ça n'a pas marché ?

Une partie d'elle savait que Kelly posait ces questions à cause de la façon dont cela avait affecté leur relation à elles. Bien que Kelly ait eu un petit ami à l'époque, son prodigieux coup de cœur pour Mark, qui avait duré quelque temps, fut tranché net.

C'était de sa faute, bien qu'elle sache qu'elle n'avait pas complètement tort, et elle s'en voulait terriblement. C'était loin d'être son habitude de blesser ses amies, particulièrement si elle savait comment faire pour l'empêcher.

Mais cette nuit-là, à la soirée d'anniversaire, elle avait fait son apparition dans une robe noire époustouflante, des collants terriblement sexy et des chaussures à talons Guess de couleur crème. Elle savait déjà qu'elle devrait parler à Mark des cours de journalisme qu'il donnerait. Elle fit en sorte de lui parler au début pour libérer la voie et pouvoir avancer. Elle alla d'un ami à l'autre, d'un nouveau visage à un autre, se contentant de parler. Elle avait invité un autre type qui était venu avec trois de ses amis. Cependant, elle se trouvait trop souvent proche de Mark et ils menaient une conversation agréable.

Il y eut un moment pendant qu'ils parlaient, où elle sentit qu'il valait mieux qu'elle s'éloigne de lui le plus possible. L'alcool apaisait son humeur et elle plongeait éloquemment son regard dans ses yeux tandis qu'ils parlaient. Se détournant, elle remarqua Vanessa qui roulait une cigarette dans le coin droit au fond de l'appartement. Parfait pensa-t-elle, et elle lui dit qu'elle allait là-bas pour rouler une cigarette avec son amie. Elle regarda à gauche et à droite puis tourna les talons. Lorsqu'elle arriva, Vanessa venait de finir de s'en rouler une, lança un rapide « Comment ça va ? » et partit vers l'ordinateur pour jouer au disc-jockey. Elle se retourna à nouveau et il était à côté d'elle. Il l'avait suivie pour qu'ils puissent continuer leur conversation.

De toute évidence Kelly attendait sa réponse, et elle savait ce qu'elle voulait entendre. Vanessa se dirigeait à nouveau vers leur table, mais les filles n'y prêtaient pas attention. Elle laissa échapper une sorte de soupir, incertaine de la façon dont elle devait réellement procéder et elle rétrécit à peine son regard tandis qu'elle observait Kelly.

– Il y avait quelques trucs, mais surtout le fait qu'il me rappelait beaucoup... certaines choses, tu sais. Et si je dois sortir avec quelqu'un, je préfèrerais vraiment qu'il ne me rappelle pas son souvenir. Je veux quelqu'un de complètement différent.

– Tu as dit à quelqu'un que c'était à cause de moi, à cause de ma réaction envers toi lorsque tu m'as parlé de la situation.

Vanessa se rasseyait lentement sur son siège. Sans jeter un regard vers elle, elle savait que Vanessa devait se sentir mal à l'aise. Il n'y avait personne d'autre qu'elle qui avait pu dire une chose pareille ; Vanessa était la seule personne à qui elle avait parlé de ses sentiments en ce qui concernait Mark.

– Eh bien, ce doit être Vanessa, bien sûr, qui te l'a dit, fit-elle légèrement irritée. Et bien sûr ton comportement envers moi a joué un rôle important dans mes propres sentiments. Cependant, comme je viens de te le dire, ce qui m'a le plus affectée était ce que j'ai vu en lui de ressemblant avec...

– Je pense que j'ai géré la situation plutôt bien, tout compte fait. Et je ne veux pas que ce soit de ma faute si tu n'as pas continué à le voir. Tu devrais être heureuse et ne pas t'inquiéter de tout le monde. Bien sûr, notre relation aurait changé.

– En fait, elle a changé dès que je te l'ai dit, et si je dois décider, je préfère t'avoir dans ma vie plutôt qu'un type. Si un type est bien pour moi, alors tout ira bien. Bien sûr, tu as bien géré les choses quand je suis venue vers toi et c'était une situation vraiment difficile. Mais c'est la façon dont tu as agi par la suite.

Elles continuaient à discuter d'autres détails, essayant de part et d'autre de rester calmes. La scène n'aurait pas déchaîné les foules. Kelly finit par cracher que ce qui l'avait le plus mise en colère était qu'elle avait attendu si longtemps pour venir lui en parler.

– Mais ton moment n'est pas le mien et nous procédons tous différemment. Je suis venue vers toi après avoir réfléchi à la situation et choisi soigneusement le bon moment. Tu ne sembles pas avoir la même perception du bon moment. Je veux dire que tu es venue m'en parler pendant la fête alors que nous étions tous totalement ivres ! Parler de quoi que ce soit de sérieux alors qu'on boit n'est jamais une bonne idée. Il faut que tu comprennes que les gens ne peuvent ni ne veulent faire les choses exactement quand tu veux qu'ils les fassent ou penses qu'ils devraient les faire. Le simple fait que je sois venue vers toi prouve combien tu comptes pour moi. N'oublie jamais que certaines choses ont été accomplies sans que l'on en touche mot à ceux qui auraient trouvé très intéressant de le savoir. Au moins je suis venue vers toi. Le rouge vint un peu au visage de Kelly, qui savait exactement à quoi elle faisait référence, tandis que Vanessa l'ignorait.

Une fois que le dîner au *Ginseng* fut terminé, elles purent s'aventurer prudemment dans une discussion plus sérieuse. Elle trouvait que les choses avaient changé entre

Vanessa et elle depuis l'apéro au *Petit Nice*. Elle s'était sentie négligée et isolée, incertaine, en partie trahie, jalouse et blessée, tout en étant en colère contre elle-même d'éprouver de tels sentiments.

Ces derniers temps, un poids avait pesé sur son cœur avec une ambivalence que son esprit ne parvenait pas à décrypter. L'analyse du comportement de ses amies la mettait dans tous ses états. Mais la réplique de Kelly calma son fougueux sentiment de honte et de ridicule, et elle quitta le restaurant beaucoup moins contrite qu'elle n'y était arrivée.

Le matin, elle ouvrit les yeux vers sept heures, se doucha, se vêtit avec soin, se maquilla un peu et grimpa la colline par la rue d'Endoume pour aller à la clinique. Sortant timidement l'ordonnance de son sac, elle expliqua à la femme derrière le comptoir ce dont elle avait besoin, et puis lui tendit son morceau de papier. Épargnant tous les détails à des oreilles ou à des yeux étrangers, l'acte fut accompli et le reste de la semaine s'écoula lentement sous l'éclat du ciel méditerranéen.

Cela faisait cinq ans qu'elle n'avait pas Internet chez elle. Sa façon de vivre sans connexion lui avait fait manquer les invitations d'amis. Mais elle était capable d'occuper son temps à d'autres activités. Pourtant, elle comprenait l'importance d'avoir Internet à la maison et savait que cela lui offrirait l'occasion de parler à sa famille plus souvent. Elle craqua et signa une offre combinée téléphone fixe, internet et télévision.

Internet à la maison ? Coché.

Ce serait un week-end délicieusement agréable avec des chants d'oiseaux et le bourdonnement des abeilles. Elle respira l'air marin tandis qu'elle parcourait trois ou quatre kilomètres en direction de l'*Escale Borély*, face au *Parc Borély*, entre la plage de David et la Pointe-Rouge. Elle fit une pause quelques minutes sur un banc le long de la mer.

Les émanations nocives dues à la circulation se propageaient vers l'endroit où elle était assise sur le banc au bord de la corniche à regarder la mer au-dessous d'elle, un à-pic de plus de mille mètres, semblait-il. Elle se leva avec tristesse et continua à marcher. Le mer était trop éloignée et devenait opaque, permettant à la lumière du soleil de se poser dessus comme une longue forme rectangulaire dirigée vers elle. Partout où elle se déplaçait, la forme étincelante suivait. Elle était à la recherche de l'endroit le plus propice pour installer son campement pour l'après-midi. L'*Escale Borély* semblait toujours le lieu faussement parfait, car s'il était beau, il n'était certainement pas calme.

Ce samedi-là, son amie américaine qui portait le même prénom qu'elle, Erin de Chicago, prévoyait de la rejoindre pour prendre le café à une table installée juste sur la plage, avec vue sur les vagues qui venaient se briser le long de son flanc accidenté et brunâtre. La journée se parait de splendeur et restait presque protégée des foules en quête de plaisir qui se pressaient généralement en masse, l'esprit vide, et que nous aimons qualifier de touristes, une belle blague, car la plupart d'entre eux ne sont pas du tout des touristes. Elle choisit la seule table pour deux disponible, qui se trouvait précisément, comme par hasard, placée juste à côté du sable et d'une table avec des bambins. Elle se plongea dans la préface de *Jane Eyre* en attendant l'arrivée de son amie. Elle notait certaines observations qu'elle jugeait intéressantes, très justes, ou qui formeraient un bon complément à la réserve de savoir qu'elle avait déjà acquise, et donc elle surlignait ces passages, en prenant garde de ne pas abuser. Un jour, à l'école élémentaire, on leur avait dit de mettre en relief toutes les informations pertinentes d'un texte. Elle avait pratiquement tout surligné, ce qui était peut-être un peu excessif.

Les gloussements des enfants tout près lui parvenaient comme aurait pu le faire une douce mélodie jouée au piano, et elle leva les yeux pour voir Erin s'approcher d'elle, vêtue dans le style artiste et totalement original qui lui était coutumier et qu'elle seule pouvait se permettre. Elle sourit. Erin resterait toujours une relation précieuse et une amie. Ce n'était pas dans ses manières de déborder de joie à la vue d'une personne ou d'une autre, un trait de caractère qu'elle admirait chez certaines de ses amies, mais auquel elle n'accorderait jamais pleine confiance en raison de son aptitude à jouer l'hypocrisie. Elle choisissait ses amies en fonction de leur originalité et de leur sincérité, et aucune ne ressemblait à l'autre. Elle s'enorgueillissait, encore une fois, de son caractère réfléchi, revendiquant le fait que toutes ses actions étaient le résultat d'un examen sérieux et d'une décision délicate, ce qui était généralement vrai, mais avait ses moments de dysfonctionnement. Elle était complètement imparfaite, après tout. Qu'on n'oublie pas que, comme c'est consigné ici, elle poursuivait l'effort impossible d'accomplir seulement le bien, et savait que sa mission échouerait avant d'être commencée ; un verre plein, ou deux ou trois, la faisaient rarement dévier, à part en quelques occasions. Son sens moral était une chose, la douleur des autres en était une autre. Mais ces quelques occasions...
– Salut Miss ! s'exclama Erin, s'adressant à son amie déjà installée, un livre à portée de main.

– Hey, bonjour, répondit-elle en lui faisant un clin d'œil amical. Assieds-toi. Si tu as soif, nous devrions aller ailleurs. Cela fait déjà quinze minutes que je suis là et le garçon a servi tout le monde autour de moi. Ce doit être parce que mes vêtements sont une invitation à la négligence, pas assez chic. Elle sourit, puis se mit à rire.

– Soit ! dit Erin en s'appropriant son siège. Vise un peu la tenue printanière !

– Woo hoo ! Je viens d'acheter ce pantalon et cette chemise chez *Mango*, et l'adorable petit sac aux *Galeries Lafayette*. C'est exactement la bonne taille pour y mettre un livre et un bloc-notes, en plus des objets de première nécessité, bien sûr, répondit-elle extasiée. J'ai décidé que partout où j'irai, j'aurai un livre et un bloc-notes avec moi. Puis, elle fit un autre petit clin d'œil.

Le pantalon était dans les tons blancs et, grâce à son tissu extensible, bien ajusté, moulant ses fesses de manière exceptionnelle. Pour parfaire le look *Mango*, il y avait un tee-shirt sans manches de couleur crème qui représentait une image carbonisée. Le clou de la nouvelle collection, son sac à main vert olive nouvellement acquis, qu'elle pouvait mettre en bandoulière lorsqu'elle conduisait sa moto, trônait sur sa propre chaise à sa droite.

– Génial, c'est fabuleux. Tu es magnifique ! Qu'est-ce que tu as là ? demanda Erin tandis que ses lunettes de soleil extraordinaires indiquaient le livre placé sur la table en face de son amie.

– Un petit Brontë. C'est mon truc en ce moment. J'ai lu *Les Hauts de Hurlevent* et *Agnès Grey* ; alors maintenant je mise sur un petit Charlotte Brontë. Il n'y a aucun doute que le livre d'Emily restera mon préféré au final.

Elles continuèrent à parler des différents membres de la famille Brontë, et de l'accueil morose ou enthousiaste fait à leurs œuvres. Puis elles abordèrent uns discussion plus profonde à propos des périodes littéraires et du combat entre richesse et pauvreté, amour et expérience de la vie. Pour faire évoluer leur conversation, elles mentionnèrent le cercle de Fitzgerald et Hemingway pendant les années de la génération perdue. Erin de Chicago mentionna *L'Invention de la solitude* de Paul Auster, qu'elle s'était récemment mise à lire.

Auster a publié ce mémoire en 1982, quelques années avant la naissance des deux filles, et il semblait qu'il abordait plusieurs idées qui se bousculaient dans leur esprit. La première partie du livre, *Portrait d'un homme invisible*, à propos de la mort inattendue de son père, apportait un soupçon de mystère qui pique toujours la curiosité. La seconde partie, le *Livre de la mémoire*, est celle qui suscitait au plus haut point leur intérêt. Elle fourmillait d'opinions personnelles de l'auteur sur des sujets qui incluaient le hasard, le destin et la solitude.

Elle avait déménagé pour s'installer à Marseille en 2008, une année avant Erin de Chicago. Leurs histoires étaient pleines de difficultés analogues que chacune pouvait associer à sa propre expérience. Depuis 2008, les écueils qu'elle avait dû surmonter étaient presque insupportables. Il était impossible de continuer à étudier ou de trouver un emploi sans visa, et les procédures étaient décourageantes. Quelle que soit l'influence que cela ait exercé sur son état mental, le reste comportait des défis ridicules. À cause de sa relation avec un jeune Français, chaque jour exigeait l'effort d'apprendre à s'adapter à de nouvelles coutumes, ou bien à un individu parfaitement atypique – elle ne savait pas laquelle des deux hypothèses était correcte. D'une façon ou d'une autre, les conflits internes et externes de l'époque laissèrent en elle un vide. C'était son choix et elle se frayait un chemin avec une envie puissante de rester, bien qu'elle ne sache pas pourquoi.

– Tu sais que je les adore, tu le sais. Fitz et les autres. C'est juste... qu'ils viennent tous de familles riches. Tous ont eu les mêmes opportunités d'expérimenter la vie et d'étudier, et tous ont écrit des histoires que la société encense, moi la première. Mais s'ils n'étaient pas nés avec ces privilèges, combien d'entre eux auraient trouvé une façon de provoquer cette situation, de se battre pour la provoquer ? Je pense que ceux qui naissent avec tous ces avantages, parce que cela continue de se produire, ne devraient pas oublier que c'est un privilège qui peut leur être retiré d'un instant à l'autre. Si tu y réfléchis bien, *Le soleil se lève aussi* est fondé sur l'expérience vécue par la bande d'amis d'Hemingway alors qu'ils se rendaient à Saint-Sébastien. Ils allaient d'un café à l'autre, d'un bar à l'autre, dissipant leur existence dans des fêtes et jetant l'argent par les fenêtres. Ils étaient en vacances bien sûr, mais on a l'impression que c'était leur mode de vie habituel. Pas tellement différent du nôtre, j'imagine, sauf que nous n'avons pas autant d'argent à lancer au serveur pour attirer son attention. Elle lança cette dernière affirmation en riant et en dardant son regard sur le garçon qui encore une fois servait une table voisine, dédaigneux de leur allure d'artistes.

– C'est tellement vrai. Au moins, on a réussi à s'asseoir. Dieu que je suis fatiguée, répondit-elle. Et bien vu en ce qui les concerne. Ils ont tous reçu une éducation à Princeton, Harvard, ou d'autres universités prestigieuses, Yale, j'imagine, etc. Ils ont eu tant de chance et en partie cela ne semble pas juste. Pas le fait qu'ils soient nés riches, c'est la chance et ils y ont droit, comme cela pourrait être le cas pour nous. Je veux dire l'image qui ressort de leurs livres. Elle rend compte du point de vue d'un homme riche.

– En même temps, certains d'entre eux ont vraiment travaillé. Je suis pratiquement sûre qu'Ernest était journaliste à Paris, mais quoi qu'il en soit, ils recevaient une indemnité mensuelle de leur famille qui avait été mise de côté longtemps à l'avance et leur avait été allouée.

– Je me suis penchée sur un autre auteur de l'époque d'Hemingway qui vivait aussi à Paris durant la même période, et elle donnait l'impression d'être différente d'après la façon dont elle s'exprimait dans son écriture, mais lorsque je me suis renseignée sur elle, je me suis rendu compte qu'elle aussi venait d'un milieu fortuné. Gertrude Stein, je crois, ajouta Erin.

– Nous semblons avoir de la chance nous aussi, dit-elle le sourire aux lèvres en regardant la mer à quelques mètres d'elles. Nous avons tellement lutté pour être là où nous sommes parce que nous adorons ça et, j'ose le dire, nous avons vécu tant d'expériences que d'autres ne pourraient comprendre. C'est une vie qui mérite qu'on se batte pour elle. Mon amie Vivienne qui vit à Aix est ici depuis des années et dit toujours la même chose.

L'idée d'un combat les amena à leur problématique coutumière qu'elles élargirent lorsque chacune aborda le sujet de la santé. L'une souffrait de douleurs dans certaines extrémités et était affectée de bosses inhabituelles sur sa peau. L'autre se battait entre autre contre un étrange virus à la gorge que le médecin ne parvenait pas à identifier.

Elles se regardèrent d'un air entendu.

– J'ai besoin de faire toutes ces analyses, mais c'est tellement cher. Je ne peux pas, absolument pas, dit Erin.

– Il est vraiment important que tu t'occupes de ça. As-tu appelé ta mère ?

– Non. Cette simple réponse, prononcée avec un regard fuyant, était recouverte d'un vernis de fierté en lequel l'autre pouvait se reconnaître.

– Si tu te sens comme moi, tu ne veux pas demander d'aide à ta mère parce que tu penses qu'à vingt-sept ans tu devrais être capable de prendre soin de toi. Elle marqua une pause, dans l'attente d'une réaction de la part d'Erin, et, comme elle semblait aller bien, ayant contracté sa gorge pour éviter tout débordement d'émotion, elle poursuivit : parfois, nous devons ravaler notre orgueil et appeler notre mère, parce que c'est tout simplement trop important.

La conversation s'interrompit lorsque Vanessa appela, leur demandant si elles voulaient aller déjeuner au *Ginseng*. Le mot déjeuner envoya des signaux de faim vers leurs deux estomacs et elles décidèrent d'aller retrouver Vanessa.

Vingt minutes plus tard, après une merveilleuse promenade en moto sous le soleil éblouissant, les filles se garèrent près du restaurant et trouvèrent Vanessa déjà installée à une table dehors. Un nombre incalculable de gens occupaient la terrasse lorsqu'elles marchèrent vers sa table et lui firent la *bise*.

– Salut toi ! Kelly dit que tu t'es inquiétée pour moi. Mais tu sais que même si je ne t'ai pas contactée, ça ne veut pas dire que je t'ignore. Vanessa fit ce commentaire tôt dans la conversation pour écarter le sujet.

– Oh, je sais. Je suis émotive ces derniers temps et j'ai beaucoup de choses en tête, ce qui fait que tout semble plus grave que ça ne l'est en réalité.

Pendant ce temps, Erin envisageait de partir parce qu'elle aussi avait été malade et pensait que la nourriture pourrait provoquer un drôle de réaction, en plus de la dépense que le repas occasionnerait inévitablement. Elle fut toutefois persuadée de rester et de profiter de la compagnie des filles devant une assiette de *nems*.

– Il y a un barbecue ce soir avec Gabriel, dit Vanessa. Gabriel était l'un de ses musiciens et un bon ami à elle. Il mettait toujours de l'ambiance quand il était là. Tu veux y aller ?

– Peut-être. J'ai d'abord besoin de faire certaines choses cet après-midi, et ensuite rentrer chez moi vite fait. Si nous partons à six heures et demie, alors ça devrait aller. On peut prendre la moto.

– Super ! Et tu peux venir aussi, bien sûr, dit-elle en se tournant vers Erin qui déclina sa proposition en raison de sa fatigue et parce qu'elle avait besoin d'être un peu seule. De caractère particulièrement affable, Vanessa se trouvait souvent dans la situation d'offrir de l'aide à tous et de proposer des invitations aux têtes familières ou étrangères, parfois pour le regretter plus tard. Ce n'était pas le cas à ce moment-là.

Elles terminèrent leur délicieux repas. Après avoir payé, elles partirent chacune dans des directions différentes ; Erin rentrait chez elle, Vanessa allait rencontrer un client Airbnb, et elle allait faire ses courses. Deux ou trois heures plus tard, elle était assise sur sa moto, descendant le chemin qui partait de chez Vanessa. Elle s'était présentée en coup de vent pour faire savoir qu'elle était prête et qu'elle attendait Vanessa, qui vint à sa rencontre à la manière nonchalante qui lui était coutumière.

La ballade en moto se prolongea car elles firent un détour autour du centre-ville d'Aix avant de prendre le chemin de Pertuis, une ville plus petite juste au nord d'Aix. L'idée était de laisser tomber l'autoroute à partir d'Aix et de suivre seulement les voies « vertes » qui reliaient les villes. Alors qu'elle conduisait, le soleil dardait ses rayons jusqu'à son cœur et fit fondre tous les sentiments négatifs qui s'y trouvaient auparavant. Cela avait calmé ses anxiétés concernant le genre de soirée que ce serait. À chaque fois qu'elles devaient assister à des soirées avec des Français, les mêmes inquiétudes survenaient.

Elle se souvenait d'une autre nuit où quelques-uns d'entre eux étaient montés à Aix durant l'hiver pour une fête chez un ami français. La pluie tombait sans discontinuer, si bien qu'elle ne pouvait pas voir à travers le pare-brise tandis que Maxence conduisait. Ses yeux bleu clair, qui faisaient paraître les siens plus proches d'un bleu mer profonde plutôt que d'un bleu lac, lui rendaient la conduite nocturne difficile. Passant de Radio Jazz à Radio Star, les filles à l'arrière, qui avaient bavardé bruyamment, tombèrent dans le mutisme alors que la chaleur pénétrait leurs corps.

– Fatiguées les filles ? demanda-t-il ? C'est l'heure d'aller au lit, taquina-t-il.

Les filles à l'arrière riaient sottement, tandis qu'elle tournait la tête pour les regarder en souriant. Ils étaient sur la route pour se rendre à une soirée, ou plutôt une crémaillère. Cela ne leur prendrait que vingt-cinq à trente minutes pour se rendre là-bas depuis Marseille.

Quelques minutes plus tard, ils arrivèrent. La pluie s'était arrêtée et, bien qu'Erin considérât que c'était un peu dommage, il ne neigeait pas. On leur avait dit auparavant qu'il neigeait à Aix, alors elle avait espéré voir au moins un ou deux flocons. En plus de cette déception très légère, la soirée était une réunion qu'elle s'était forcée à accepter dans le but de donner à son amie l'occasion d'exercer ses charmes sur le très beau chauffeur aux yeux bleu clair.

Après avoir trouvé une place de stationnement, le groupe de quatre déambula, descendant la rue où la soirée avait lieu. Ils traversèrent le quartier silencieux, le seul bruit qu'ils entendaient étaient celui de l'homme qui fermait son échoppe de sandwiches et le bruit de l'eau qui coulait dans la fontaine de l'autre côté. C'était une rue provinciale typique et il manquait seulement un musicien des rues, violoniste ou guitariste, qui n'aurait pas manqué de geler sur place. Si jamais il était possible de voir le souffle de sa respiration se figer en l'air et tomber pour se briser sur la chaussée, ce serait arrivé cette nuit-là. Pourtant, il ne faisait pas si froid que ça, d'après le thermomètre.

Et il en allait ainsi. Un *apéro* français typique où tout le monde est assis en cercle à raconter des inepties à son voisin, ce qui rend très difficile pour des retardataires de se faire une place. Il y avait environ dix à douze amis formant une figure ellipsoïdale autour de la salle à manger. Leur hôte, accueillant comme toujours, rayonna de bonheur en les voyant, un vrai amour.

Elle doutait fortement que la soirée présente, ce barbecue, parvienne à soutenir la comparaison avec celle-là. La maison avait été construite sur la route parallèle aux rails du chemin de fer, dans la campagne de Pertuis, si bien qu'elle ne fut pas difficile à trouver. Mais quand elles arrivèrent, l'essentiel de la nourriture avait été mangé. Leur cher ami avait eu la gentillesse de leur garder quelques merguez qui les empêchèrent de vraiment mourir de faim, et elles se jetèrent sur les sacs de chips ouverts. Il n'y avait non plus le moindre signe qu'on ferait griller autre chose au barbecue.

Le véritable objectif de la soirée serait la performance offerte par Vanessa et Gabriel. Ils rassemblèrent tous les invités et tandis que Vanessa interprétait les chansons de son choix, dont certaines qu'elle avait écrites elle-même, Gabriel la suivait à la guitare, à l'harmonica ou aux percussions ; Vanessa jouait aussi de la guitare et il jouait parfois de l'harmonica et des percussions. C'était vraiment impressionnant de le voir jouer des deux instruments simultanément. Il n'y avait pas de feu, mais des lumières de Noël pendaient des arbres tout autour d'eux. Cela donnait une impression festive à la scène.

Tout le monde encensa les artistes, en particulier Vanessa pour son apparition spéciale et son désir bienveillant de les enchanter de ses talents. Certains membres de la soirée s'éclipsèrent, quelques autres étaient dans la cuisine à préparer d'autres mets, et les derniers restaient dehors dans la nuit glacée à écouter la musique qui continuait. Dès qu'il fut temps de partir, les filles décidèrent de s'arrêter au centre d'Aix pour prendre un verre avec d'autres amis. Plus tard, Gabriel et Thomas les rejoignirent au bar à Aix.

C'était une nuit froide pour quelqu'un de trop légèrement vêtu et que le trajet obligeait à ne faire qu'un avec l'air de la nuit, presque sans aucune protection contre le vent. Elles réussirent cependant à rassembler leur courage, à dire au revoir à tous leurs amis et, dans leur état de légère ébriété, à marcher jusqu'à la moto pour reprendre la route pour Marseille. Le vent glacé mordait leurs mains tandis qu'il surfait le long des manches de leurs blousons. Froid.

Elle déposa Vanessa à son appartement et se dépêcha de rentrer à la maison pour se réchauffer. Cela ne prit pas longtemps pour allumer le radiateur, et elle se blottit près de lui avec une grande couverture au-dessus de son corps et du radiateur. Peu après s'être réchauffée, elle se sentit seule. Ses pensées, comme toujours, prenaient le contrôle. Elle saisit son téléphone et l'appela. Ça lui était égal.

Directement sur boîte vocale.

Bien sûr que non, cela ne lui était pas égal. Ça la contrariait au plus haut point et, faisant la moue, elle rechercha son autre numéro dans son annuaire téléphonique, déterminée. Cette fois, la sonnerie retentit avant que l'appel finisse par passer sur boîte vocale. Elle ne voulait pas laisser un message, donc elle se contenta de raccrocher.

Ils avaient plusieurs fois échangé des adieux définitifs, se séparant de façon mémorable pour la dernière fois, et ensuite ils se revoyaient des semaines plus tard.

Ce n'était pas la dernière fois qu'elle l'avait vu, mais c'était à environ mille cinq cents kilomètres de distance. Elle l'avait appelé pour changer l'huile de sa moto. Elle l'aurait volontiers fait elle-même si seulement il lui avait expliqué où prendre l'huile.

En terminant la *vidange* dans le garage de sa grand-mère, ils échangèrent un ou deux mots pour clore leur rencontre. Il plaça la moto sur sa béquille juste devant le garage et puis il ferma la porte. Elle sauta sur la moto et ils se dirent au revoir. Au moment de la séparation, ses yeux mimèrent une étreinte et, pendant un instant fugitif, les siens l'acceptèrent. Puis elle mit les gaz avec un petit regard en arrière pour une fois encore rencontrer le sien. Et elle était partie, et lui aussi.

À nouveau assise sous les couvertures, une vague de désolation déferla sur ses yeux fatigués. Juste au moment où elle pensait que cela lui était égal et que de toute façon il valait mieux pour elle se mettre au lit, son téléphone sonna.

– Allô, dit-elle en répondant au téléphone, tentant de contrôler sa voix pour que celle-ci paraisse enthousiaste et non pas fatiguée et tremblante.

– Salut. Je n'ai pas entendu mon téléphone.

Un bruit de fond indiquait qu'il se trouvait dans un bar et elle ne fut pas surprise qu'il n'ait pas entendu son téléphone lorsqu'elle avait appelé.

– Pas de problème. Comment vas-tu ? demanda-t-elle, se rappelant de son apparence soignée la dernière fois qu'elle l'avait vu sur le bateau, douché et bien habillé.

– Très bien. Et toi ? Qu'est-ce que tu fais ?

– Rien. Je viens de rentrer d'un barbecue à Aix avec une amie.

Ils discutèrent brièvement de ce qu'ils avaient fait. Il proposa de venir la chercher avec une bouteille de vin et d'aller au bord de la mer, à l'endroit où ils allaient toujours, à environ cinq minutes de son appartement. Elle ne refusa pas. Près de la mer, ils restèrent assis à boire, à fumer et à parler. Après avoir plaisanté sur des petits riens, il changea de conversation.

– Je ne peux pas te donner ce que tu veux. Je vois mes amis avec leurs gamins, avec leur femme, leur maison, et ce n'est tout simplement pas ce que je veux. Il poursuivit : j'ai tellement honte de ce qui s'est passé, de ce que j'ai fait.

Elle restait silencieuse, alors il continua à parler, disant encore bien d'autres choses avant d'en venir à la conclusion qu'ils ne devraient pas poursuivre comme par le passé.

– Promets-moi que nous ne coucherons plus ensemble, dit-il avec un sourire stupide mais grave et un petit rire.

Elle ne dit rien. Que pouvait-elle dire ? Elle ne ferait pas une promesse pareille. Il semblait ridicule de faire des promesses quelles qu'elles soient, en particulier parce qu'ils avaient trop bu. Mais tout ce qu'il dit la toucha et lui emplit les yeux de larmes. L'une d'elles s'échappa et tomba sur sa joue droite, à l'abri de son regard. Elle savait qu'il l'aimait, mais qu'il avait peur de ne pas vivre sa vie, de gaspiller les minutes de son temps assis à la maison avec une famille. Il considérait que c'était gâcher sa vie, travailler pour rien. Il ne pensait jamais que l'idée d'être entouré des gens qui vous aiment et que vous aimez était une vraie joie dans la vie. Mais pourtant, c'est la vaine routine de chaque jour qui lui faisait le plus peur. Ça l'effrayait de penser qu'il se réveillerait à soixante-dix ans et n'aurait rien à dire. Il se pourrait qu'il ait raison.

Il mentionna des gens qu'il connaissait et dit quelque chose sur les filles qui s'attendent à être subjuguées par les mecs sans jamais penser à quel point les mecs veulent aussi que leur petite amie les surprenne, les emmène quelque part, fasse preuve d'initiative. Cette nuit-là, il parla beaucoup et elle l'écouta. À environ cinq heures du matin, ils pensèrent qu'il valait mieux partir. Il la reconduisit chez elle, la déposa, et repartit vers son nouveau lieu de résidence sur le bateau.

Elle élimina l'alcool en pleurant pour s'endormir. Le matin suivant, elle se leva vers dix heures et demie, sauta du lit et s'habilla pour la plage. Le temps était incroyable. Elle s'arrêta au supermarché, prit à boire et à manger pour deux personnes. Puis elle roula jusqu'à l'endroit où son bateau était amarré dans le port. Elle appela mais il ne répondit pas, alors elle sauta sur le bateau. Le bruit le fit sursauter et, tandis qu'elle s'approchait de la porte, il l'ouvrit à la volée. Son apparence était épouvantable.

– Oh, ce n'est que toi. Mon Dieu, tu m'as fait peur.

Il avait l'air d'une épave. Et ce n'était pas surprenant, lorsqu'il était parti la nuit précédente, il pouvait à peine conduire. Elle était un peu inquiète à son sujet, mais elle savait qu'il n'avait qu'un trajet de cinq minutes et il n'y avait personne d'autre sur la route. Pourtant, les accidents peuvent se produire à n'importe quel moment.

Elle lui versait verre après verre du soda qu'elle avait apporté, dans l'espoir de lui rendre la vie, le fit s'habiller et l'emmena en moto avec elle jusqu'à Méjean. Ce n'était peut-être pas le meilleur choix car les routes sont sinueuses et elle aussi sentait les effets de la nuit précédente. Tout au long du trajet, il se cramponnait à elle, la serrait dans ses bras et la caressait.

Finalement, ils arrivèrent à Méjean et s'allongèrent sur un rocher en haut de la falaise sous le soleil. Ils mangèrent la nourriture qu'elle avait prise au supermarché et se détendirent côte à côte. Il la caressait et elle en faisait autant. Elle fermait les yeux, souhaitant que le moment dure, et il ne fallut pas longtemps pour qu'ils s'embrassent avec une passion qui pour elle n'existait qu'avec lui. Elle adorait la façon dont sa langue jouait avec la sienne, la façon dont ses lèvres touchaient et taquinaient les siennes, et le contact de ses mains sur sa peau. De ses doigts, il frôlait doucement son corps tandis qu'il l'embrassait avec frénésie. Elle avait peine à respirer mais ne souhaitait pas une seconde qu'il arrête. Ils entendirent un couple qui marchait dans leur direction. Ils s'apaisèrent et, s'accrochant l'un à l'autre, s'endormirent.

Son esprit se perdit dans des terres chimériques inconnues et des réminiscences. Tandis que son corps se détendait contre le sien, elle revécut un moment le temps où ils partageaient une vie commune dans son appartement sur la corniche.

Le silence de la nuit fut interrompu par un curieux remue-ménage tout près. Elle leva la tête, ouvrit les yeux pour accueillir l'obscurité, et vit sa silhouette, comme une ombre, enfilant son blouson.

– *Aïe* ! Qu'est-ce que tu fais ? demanda-t-elle.

– Je vais faire du kayak. Tu veux venir ?

– Euh, non. Je ne crois pas. Quelle heure est-il ?

– Environ cinq heures et quart.

– Hum, bon. Amuse-toi bien. Tu vas pêcher avec ta nouvelle canne ?

– Ouais. Puis il embrassa sa joue, l'installa à nouveau douillettement sous les couvertures, et s'en alla.

Jamais le lit n'avait paru si confortable que sous l'averse de ses baisers quand il l'avait bordée. Son affection pleine d'attentions ne se montrait qu'en coulisses et personne d'autre qu'elle ne la voyait ou ne la ressentait. C'était sa capacité à passer du chaud au froid qui la laissait dans la confusion à chaque fois. Quand c'était chaud, c'était incomparable.

À nouveau, la chambre retomba dans la quiétude et elle fit quelques brasses dans le lit avant de se rendormir. Elle adorait sentir ses jambes contre les draps, adorait se déplacer sur le matelas confortable malgré sa vétusté, et adorait encore davantage enrouler ses jambes

tout autour de son amoureux, le tenir dans une étreinte
étroite et tendre.

Chapitre trois
Leçons à retenir

Elle s'était portée volontaire pour se charger de la semaine Ado à l'institut. Seuls quatre étudiants s'inscrivirent. Elle avait préparé des leçons à l'avance, mais savait que cela prendrait quelques minutes pour cerner leur personnalité. Bien qu'elle ait préparé plusieurs exercices, se servant de plusieurs supports, et plusieurs activités ludiques, elle avait secrètement espéré leur faire jouer un petit morceau de *Tom Sawyer*. Elle se rendit rapidement compte que la nature particulière de leur caractère ne se laisserait pas séduire par cette idée.

« C'est dommage ! » pensa-t-elle.

Tout au long de la journée, ils avaient fait plusieurs pauses de quinze minutes, on leur avait servi du jus de fruit et ils avaient mangé des biscuits. Ils étaient installés à une table dans la zone d'accueil, mais ils étaient assis en silence. Chacun d'entre eux jouait sur son téléphone. Il n'y avait qu'un garçon qui avait envie de parler, mais il se mit à envoyer des sms lorsqu'il comprit que ses efforts étaient vains.

Les étudiants étaient suffisamment tenus en haleine et le temps s'écoulait. Elle pensa que le reste de la semaine promettait, avec un groupe d'enfants timides. Mais le jour suivant, elle remarqua en arrivant que seuls trois enfants sur quatre étaient là. Elle commença la leçon.

Vingt minutes après le début du cours, la conseillère d'éducation lui dit de venir la voir pendant la pause des enfants. Quand ils prirent leur quart d'heure, elle alla dans le bureau de la conseillère. Celle-ci lui demanda ce qu'était devenu le garçon qui ne s'était pas présenté et la pria de parler à la mère de l'enfant. Elle acquiesça. Elle appela la mère du garçon et lui demanda pourquoi il n'était pas venu.

Il s'était senti inférieur à l'autre garçon de la classe, dont le niveau d'anglais était un peu plus élevé que le sien. Elle dut convaincre la mère que les quatre enfants avaient tous un niveau d'anglais similaire, ce qui était vrai, et que chacun d'entre eux avait des difficultés dans des domaines différents, que cette semaine était censée être une partie de plaisir durant laquelle tous se régaleraient d'apprendre et de parler anglais ensemble. Elle mentionna le fait qu'elle avait eu le sentiment qu'il s'était parfaitement bien débrouillé le jour précédent et qu'elle était ravie de l'avoir dans sa classe. Après sa conversation avec la mère, le garçon prit le téléphone et elle répéta tout ce qu'elle avait dit en un effort désespéré de le faire revenir. À force d'arguments, elle réussit à l'amadouer.

Le garçon revint le jour suivant et termina la semaine.

Cette nuit-là, elle se pelotonna seule sous les couvertures et se sentit calme tandis qu'elle plongeait dans un sommeil qui durerait toute la nuit. Elle se fit violence pour sortir du lit le lendemain et se mit à se préparer pour la journée entière avec les ados qui l'attendaient ce matin-là.

Le reste de la semaine se passa bien. Elle leur fit dessiner une carte postale de Marseille sur le tableau noir et ensuite écrire un message à un ami américain. Une autre fois, elle dessina au tableau Bob, l'homme allumette, et demanda à un élève de donner des consignes à un autre pour qu'il dessine Bob en train de se livrer à des activités :

assis sur une table, dans une voiture, dans une machine à laver, en train de regarder la télévision ou sur un avion. Elle entreprit de dessiner un chapeau rouge sur le Bob qui chevauchait l'avion et lui donna un lasso. Ils éclatèrent de rire.

La semaine se termina et son responsable lui demanda d'écrire un rapport sur chacun des élèves. Vendredi, après les cours, elle s'assit pour rédiger les rapports pendant que tout était frais dans son esprit. Elle tendit les rapports à son responsable et il eut l'air surpris.

– Déjà ?

– Hein ? Oui. Eh bien, c'est juste plus facile de le faire maintenant.

– C'était super rapide.

Il eut l'air impressionné qu'elle prenne les choses au sérieux et qu'elle ait rapidement mené à bien une tâche qu'il lui avait confiée. Elle se sentit fière. Puis elle se dirigea vers son domicile. Ce week-end, elle pensa beaucoup au magistère de journalisme qu'elle avait abandonné en décembre pour pouvoir prendre un emploi.

Quand elle avait terminé le programme de licence, le professeur qui la dirigeait dans ses études l'avait convaincue de s'inscrire pour le magistère de journalisme et de communication des organisations. Il avait fait l'éloge de ses capacités de rédaction et d'expression et il avait affirmé qu'il pensait que c'était le bon choix pour elle. Elle n'avait pas imaginé qu'il était si difficile de mener à bien le programme et de trouver un emploi, mais la charge de travail était lourde et elle n'avait pas de temps disponible pour gagner sa vie.

Elle se souvint d'un courriel qu'elle avait reçu une semaine plus tôt. C'était son amie Vivienne à Aix qui lui avait fait suivre un message à propos d'un stage pour un magazine en ligne. Elle relut le message :

Je recherche actuellement un stagiaire secrétaire de rédaction bilingue pour contribuer au développement de notre magazine en ligne. Notre directeur de marketing, qui est américain, a suggéré que je prenne contact avec vous parce que nous recherchons des candidates anglophones. Vous trouverez le descriptif du poste ci-dessous. J'apprécierais tout particulièrement que vous fassiez circuler cette information parmi les personnes de votre groupe. La mission durera au moins six mois et comprendra les tâches suivantes, sous la supervision du directeur de publication :

- *rédaction d'articles, de reportages, d'entretiens et de résumés à publier*
- *proposition d'articles pour le magazine en ligne*
- *soumission d'idées d'articles*

Le candidat doit avoir un vif intérêt pour l'architecture et le design.

Profil : étudiant en journalisme ou science politique désireux d'obtenir une expérience pratique de journalisme dans un environnement international et dans un domaine qui vous attire tout spécialement. Vous devez être parfaitement bilingue anglais/français. La maîtrise d'autres langues, en particulier le chinois ou le japonais, serait un plus. Vous êtes indépendant, extrêmement organisé et avez d'excellentes capacités rédactionnelles. Vous devez être capable de gérer votre temps avec très peu de supervision. Vous cumulez détermination et passion journalistique et êtes curieux d'une grande variété de sujets. La connaissance des outils informatiques de base est nécessaire.

Mis à part le fait qu'elle n'était plus étudiante, cela semblait être exactement son rayon. Une semaine s'était déjà écoulée depuis qu'elle avait lu ce message. Elle imaginait que Vivienne l'avait également fait suivre à d'autres personnes et que la place était probablement déjà prise. Pourtant, elle décida de s'asseoir à sa table et de tenter le coup. Puisqu'ils cherchaient un candidat anglophone, elle écrivit sa lettre de motivation en anglais. Elle se lâcha et écrivit :

Vous recherchez actuellement un stagiaire secrétaire de rédaction bilingue pour contribuer au développement de votre magazine en ligne. Je vous écris pour vous dire que j'ai les qualités que vous recherchez chez votre stagiaire et que cela fait quelques mois à présent que je recherche un poste de ce type.

Comme vous l'avez remarqué, j'ai suivi le MJCO à Aix-en-Provence. Cela m'a donné l'occasion de me plonger à nouveau dans l'écriture. Notre professeur de journalisme m'a félicitée du peu de fautes grammaticales que je faisais lorsque j'écrivais des articles en français, tandis qu'il reprochait aux autres leurs erreurs récurrentes et obstinées. En raison de difficultés financières, j'ai dû quitter le MJCO.

Cela ne doit pas vous paraître être un manque de motivation car j'ai pris un emploi peu après mon départ. Enseigner à l'institut W... me permet de mettre en pratique mes connaissances grammaticales toutes les semaines. Cependant, cela ne devrait pas vous empêcher de prendre en considération ma candidature parce que mes heures de travail hebdomadaires sont peu nombreuses.

La combativité et le temps qu'il m'a fallu pour comprendre le système français afin de m'inscrire à l'université et mener à bien ma licence démontrent mon indépendance et mon sérieux. Mes compétences organisationnelles se manifestent dans ma capacité à mettre sur pied des voyages linguistiques aux États-Unis pour des groupes d'étudiants français. Je n'ai pas besoin d'être encadrée pour mener à bien des tâches. Je suis tout à fait capable d'en prendre en charge plusieurs à la fois et de décider ce qui a besoin d'être accompli et quand. Mes centres d'intérêt sont larges et embrassent aussi bien la littérature, les mouvements politiques et l'art que les découvertes et les théories scientifiques, et d'autres domaines encore. J'ai récemment mis en place un blog en ligne dans lequel je couvre les expositions artistiques de la région Provence. En fait, je l'ai commencé quand j'ai quitté le MJCO. Ce serait un plaisir de voir de plus près ce qui se fait chez V..., et j'ai vraiment une réserve inépuisable d'idées. Je serais heureuse de prendre en charge les tâches énumérées pour ce poste (rédaction d'articles, de reportages, d'entretiens et de résumés à publier, proposition d'articles pour le magazine en ligne et soumission d'idées d'articles.)

Ce stage de six mois semble parfait pour moi et je pense que la société en tirerait également parti. Si vous avez déjà quelqu'un pour ce poste, je vous demande de prendre en considération mes qualités et de me trouver une petite place. Vous pouvez me joindre au numéro indiqué ci-dessus ou par courriel.

Elle se moqua d'elle-même et pensa que ce serait un vrai miracle s'ils la contactaient réellement.

Puis sa sœur l'appela pour lui dire que les billets pour la Grèce avaient été achetés. Ils partiraient en septembre avec le petit ami de sa sœur. Sa sœur lui envoya par courriel une photo de l'hôtel où ils devaient séjourner : le rêve. Ils allaient sur l'île de Mykonos.

Elle avait échafaudé tous les plans dans sa tête. Bien que sa sœur lui ait dit de prendre un taxi pour aller à l'hôtel, elle avait l'intention de louer une moto et de débouler à l'hôtel avec panache. L'idée provoquait une telle excitation qu'elle eut du mal à dormir.

La journée suivante fut la quintessence du plaisir de vivre en Provence. C'était l'anniversaire de son père, donc elle ne pouvait manquer de l'appeler et de lui souhaiter une merveilleuse journée. Puis elle se présenta énergiquement sur son lieu de travail, salua son collègue Rory et commença à préparer ses cours. Pendant la première leçon, elle reçut un appel téléphonique qui aboutit directement sur répondeur. Pendant l'interclasse, elle écouta ses messages. C'était incroyable. Le bureau des ressources humaines pour le magazine en ligne avait laissé un message afin d'organiser un entretien.

« Non, pensa-t-elle, cela ne peut être vrai ! »

Elle se tourna vers Rory et poussa des cris de joie, en sautant en l'air. Elle lui saisit le bras et lui raconta tout. Il écoutait avec incrédulité la nouvelle de la réponse rapide qu'elle avait reçue et fit allusion au fait que cela ne lui était jamais arrivé.

Elle rappela la secrétaire des RH et elles discutèrent de sa situation. Pour travailler en tant que stagiaire, il fallait qu'elle soit étudiante. Alors la secrétaire des RH lui dit d'appeler le directeur des études pour découvrir quel était son statut. Lorsqu'elle finit par retrouver sa trace, il s'avéra qu'elle était toujours sur les listes d'étudiants. Parce qu'elle n'avait jamais demandé à être remboursée – dans l'idée d'accepter de payer le prix d'une expérience valorisante – elle restait étudiante et pouvait accepter le stage.

Quelques jours plus tard, elle reçut un sms intéressant de la part de sa sœur qui lui demandait si elle savait qu'elle venait de postuler pour un emploi là où elle travaillait. Sa sœur vivait à Los Angeles et elle était infirmière, donc elle trouva ce message très étrange. Elles échangèrent plusieurs messages et elle appela ensuite sa mère pour faire toute la lumière sur cette affaire. Elle finit par découvrir qu'elle avait mal lu le nom de l'expéditeur. C'était son amie Ali.

– («) Quelle nouille (»), écrivit Ali.

Ce mercredi-là, le soleil brillait de tout son éclat sur une toile d'un bleu très pur. Elle fit tourner le moteur de sa moto à plein régime. Le bitume absorbait la chaleur. Elle décolla en prenant son itinéraire habituel en direction de la gendarmerie, de la rue d'Endoume au boulevard de la Corderie vers la Préfecture, puis directement en haut de la côte, là où elle traverserait le cours Lieutaud pour rejoindre la rue de Lodi. Là, elle continuerait habituellement vers Baille, mais ce matin elle fit un arrêt à la boulangerie de la rue de Lodi et s'acheta un *pain au chocolat*.

À nouveau en selle et à environ trois minutes de la maison de Lola, elle se rendit compte que cette leçon-là avait été déplacée du mercredi matin au samedi midi. Comme c'était le premier de deux jours *fériés*, les parents avaient voulu permuter les jours. Elle grommela un peu intérieurement.

Elle alla donc faire des courses. Il était grand temps qu'elle s'achète une nouvelle paire de lunettes de soleil. Elle entra dans quelques magasins mais ce n'est que chez H&M qu'elle choisit certains articles. Leurs vêtements fabriqués en Chine ne l'attiraient jamais vraiment, mais leurs lunettes de soleil s'ajustaient toujours parfaitement à sa petite tête. Les autres marques étaient trop larges.

Plus tard, elle alla au supermarché près de chez elle, le Super U. À cette période, elle descendait le jus de tomate comme si elle en faisait commerce, si bien qu'elle en acheta quatre bouteilles individuelles en verre. Comme elle avait vécu de soupe ce dernier mois et avait décidé de poursuivre ce régime alimentaire, elle se saisit de paquets supplémentaires de soupe thaïe, chinoise, et quelques autres.

Une fois rentrée chez elle, elle reçut un message de son ami Greg disant qu'il avait besoin de remettre à plus tard sa leçon. Ils ne parvinrent pas à trouver un moment qui convienne à l'un et à l'autre, et décidèrent de mettre à nouveau les choses à plat la semaine suivante. C'était parfait parce qu'il avait été invité à un barbecue et qu'elle avait prévu d'aller à Aix pour passer la nuit chez Vanessa.

L'air de l'après-midi était suffisamment chaud tandis qu'elle suivait l'A7 en direction d'Aix-en-Provence. Juste avant d'atteindre Plan de Campagne, elle vit des panneaux pour Simiane et pensa combien il était nécessaire qu'elle s'y arrête pour voir la famille Sachot. Cela faisait trop longtemps et la mère de Sylvie était récemment décédée. Ce devait être au mois de novembre que la nouvelle de sa mort s'était répandue. C'était un moment d'une tristesse si terrible qu'elle n'avait jamais pu se résoudre à lui rendre visite, encore moins à l'appeler.

Elle se souvenait de Lucile qui devait avoir environ douze ans lors de leur rencontre. Elles riaient ensemble tout en travaillant à des cours d'anglais. Lucile avait besoin de perfectionner ses connaissances en anglais avant de passer un test d'entrée pour une école internationale à Aix où elle serait plus tard admise. Elle avait été embauchée par les parents de Lucile pour l'aider. Et puis il y avait Paul, le petit frère de Lucile qui n'avait pas pris goût à parler anglais mais tentait d'écouter. C'était plutôt un petit gars sérieux pendant les leçons, et il préférait toujours se servir de son livre d'images pour apprendre l'anglais. Une fois, elle essaya de le faire jouer à un jeu et il alla voir Lucile pour lui dire qu'il ne voulait pas jouer.

Le livre était génial. Chaque page présentait une situation différente, la plage, la ferme, la maison, et autres catégories de ce genre. Chaque image comportait le mot anglais et le mot français à côté, dessous, dessus ou autour de l'image. Après avoir revu le vocabulaire, elle finissait par lui faire créer des phrases complètes : la grosse maison est jaune ; la coccinelle est noire et rouge ; il y a trois vaches ; le canard est sur le lac, ainsi de suite. Son désir d'apprendre ne gâtait jamais l'instant.

Les parents de Lucie lui avaient acheté un poney un ou deux ans auparavant, et cela lui avait rappelé l'époque où elle aussi était jeune, quand ses parents lui avaient acheté son premier cheval, SweeTart. L'année où ses parents étaient venus des États-Unis pour lui rendre visite, ils étaient allés faire un bon déjeuner chez les Sachot. Après, ils s'étaient tous rendus au centre équestre où Lucile laissait son poney pour qu'elle puisse aller faire une ballade avec son amie. Elles avaient sorti le poney et l'avaient laissé paître un peu pendant que Lucile lui mettait la selle. C'était un endroit situé juste en-dehors d'Aix.

Ils lui manquaient. La famille avait toujours été si gentille avec elle, ne l'oubliant ni pour son anniversaire, ni pour Noël. Leur sincérité gardait toujours une place dans son cœur, et elle pensait souvent à eux. Elle savait qu'avec le temps elle finirait par aller leur rendre visite, pour les serrer dans ses bras alors qu'il n'en serait plus temps.

La balade le long de l'autoroute ne la fatiguait jamais. Elle coupait au travers de champs dans des camaïeux de vert, de rose, de mauve, de jaune et autres teintes similaires. Lorsqu'elle atteignit enfin l'hôtel de ville au centre d'Aix, elle gara sa moto sur l'aire de stationnement réservée aux deux roues. C'était précisément l'endroit où elle s'était garée précédemment et avait reçu une contravention parce qu'elle stationnait pour un tiers en dehors de la ligne. La ville n'hésite pas à gagner de l'argent en exploitant des victimes qui ne sont pas sur leurs gardes.

Ayant suivi les directions qu'elle avait vues auparavant, elle prit le coin de la rue, puis le suivant, descendit une rue et atterrit devant la porte de Vanessa. Elle appuya sur l'interphone. Le son de la porte qui se déverrouillait signifiait qu'elle pouvait entrer. Elle poussa la porte et emprunta le corridor jusqu'à la porte de l'appartement où attendait Vanessa.

Vanessa était toute excitée de lui faire les honneurs de son nouvel appartement. Elle avait fait de son mieux pour le rendre accueillant, une tâche difficile parce qu'elle ne s'était installée que quelques jours auparavant, mais l'effet était génial. Les filles restaient assises à ne rien faire, buvant une grande *seize* et ensuite une bouteille de vin blanc, tandis qu'elles discutaient. Avant qu'il ne soit trop tard, elles sortirent et se dirigèrent vers le *P'tit Quart d'heure*, à seulement cinq minutes à pied du nouvel appartement de Vanessa. C'était un curieux petit bar, toujours pris d'assaut par ceux qui venaient pour le verre de vin à un euro. Le bar *Au P'tit Quart d'heure* était situé en bas de la place des Cardeurs, qui se prononce exactement comme *quart d'heure*. Elle avait une fois déjà remarqué le jeu de mots et le trouvait plutôt astucieux. Un *quart d'heure* signifie quinze minutes. Bien qu'on puisse facilement passer plus de temps dans ce bar, c'est incontestablement une bonne adresse pour partager rapidement un petit verre.

Après avoir savouré deux verres de vin blanc, elles se remirent en route pour le *Cay Tam*, restaurant où son amie Puy travaillait. Vanessa y avait déjà mangé une fois auparavant et dit que c'était excellent. Elles n'étaient pas sûres que Puy travaille précisément cette nuit-là, mais c'était le cas ! Cela faisait si longtemps qu'elle n'avait pas vu Puy. Elles commandèrent et mangèrent comme des reines, tout en profitant de la compagnie occasionnelle que Puy pouvait leur offrir. Bien sûr, elles firent un dernier arrêt au bar *Sextius* avant de rentrer à la maison. La nuit se déroulait merveilleusement bien.

Le matin, elles se mirent en route pour prendre un bon *brunch*. Vanessa suggéra un endroit au coin de la rue, en tout cas peu éloigné, et donc elles prirent la direction du restaurant. Il se trouvait que le restaurant était près du palais de justice et de la rue où elle habitait en 2007.

– Oh regarde, il y a un marché ! s'exclama joyeusement Vanessa.

– Oui ! J'adore ce marché. La nourriture est vraiment super. J'y venais toujours et je flânais autour de l'étalage avec les différents condiments et les olives, dit-elle en souriant et en écarquillant les yeux.

– Oh putain de Dieu ! Il y a un marché !

– Ouais...

– J'ai garé ma voiture là ! dit Vanessa sur un ton dramatique.

– Que veux-tu dire par là, là-bas ?

– Oui, juste là !

Elle avait laissé sa voiture en stationnement, à côté de plusieurs autres véhicules, juste à l'endroit où ils avaient installé le marché. Comme c'était les vacances, elle ne pensait pas vraiment qu'il y aurait le moindre problème. Pourtant, il y en avait bien un. Sa voiture avait été emmenée à la fourrière.

Le reste de la matinée s'écoula. Elles déjeunèrent comme prévu au restaurant qu'elles avaient choisi plus tôt. Ensuite, elle retourna faire un petit somme chez Vanessa tandis que celle-ci filait chercher sa voiture à la fourrière. Elles furent plus tard rejointes par leur amie Erin qui avait décidé de venir les retrouver à Aix pour qu'elles puissent faire une randonnée toutes ensemble. Les voisins faisaient tellement de bruit qu'elle ne dormit pas réellement mais elle pensa que c'était bon signe parce que Vanessa avait en tête de faire répéter un groupe de musique dans son studio. Elle ne voyait pas bien comment ils auraient pu se plaindre. Il y avait des chiens qui échangeaient des grognements, les propriétaires qui élevaient la voix après eux, des garçons qui chantaient et criaient à tue-tête pour accompagner un CD, des objets qui tombaient bruyamment au sol au-dessus de sa tête, et elle pouvait imaginer toutes sortes d'autres scénarios.

Lorsque Vanessa arriva, elle la mit au courant pour les voisins et elles discutèrent un peu de la voiture. Elle lui dit qu'Erin allait bientôt arriver et qu'alors elles pourraient sortir de la ville et tout simplement se détendre. Vanessa avait l'intention de les emmener au *barrage* près de la

Sainte-Victoire. Elle s'installa pour lire tandis que Vanessa jouait de la guitare et chantait.

Sa noble voix filtrait par la fenêtre ouverte de son nouvel appartement et s'échappait dans la rue Granet. C'était sa nouvelle chanson *Movin' or Breathe* qui décrivait parfaitement son mode de vie. Un jeudi après-midi pouvait apporter de telles merveilles. Là, dans son appartement, une bougie était allumée et placée sur la table en bois d'un brun sombre. Elle tripotait sa guitare et laissait jaillir les paroles comme elles lui venaient, tandis qu'elle enregistrait sur son iPhone.

Chaque sentiment et chaque pensée ont un but. Elle se servait des uns et des autres, laissant chacun d'entre eux venir dans son cœur et dans son esprit. Elle leur donnait une expression dans le chant, s'appuyant sur des notes qui conféraient de la dignité à chaque mot. Le moment était fugace et profondément satisfaisant. Elle changea ensuite pour interpréter une chanson plus ancienne qu'elle avait déjà terminé d'écrire, *I'll Never Give You Up*.

Elles attendaient Erin qui était sur la route qui montait de Marseille, pour qu'elles puissent embarquer dans la voiture de Vanessa et aller prendre un peu l'air dans la forêt. *Everything's Gonna Be Alright* suivit dans la même veine et fit frissonner ceux qui étaient assez près pour distinguer les paroles. Elle était assise à la table, se demandant si les garçons à l'étage au-dessus pouvaient entendre. Elle pensa que tout le monde devrait avoir l'occasion d'écouter la belle voix de Vanessa et espéra qu'ils pouvaient l'entendre chanter.

Une fois qu'Erin fut arrivée, les filles partirent dans la Twingo mauve profond de Vanessa. Le voyage ne dura que vingt minutes avant l'arrivée au *barrage,* et dès qu'elles se garèrent, elles sortirent de la voiture, marchant dans la direction d'où venaient les gens. On aurait pu faire voler un cerf-volant, mais il n'aurait jamais été possible de s'allonger, si bien qu'elles marchèrent sous un ciel d'un gris lisse pour se dégourdir les jambes et discuter de leurs projets. Par une journée splendide, elles auraient pu prolonger leur marche pendant des heures, mais alors que le jour s'achevait sous la bruine, elles se contentèrent d'une ballade d'environ une heure et demie. Comme le *barrage* est posé au pied de la montagne, elles avaient une belle vue sur la Sainte-Victoire.

Après ça, elles retournèrent au centre-ville d'Aix pour l'*apéro*. Bien qu'elles aient dû se garer un peu en dehors du centre, elles n'étaient encore qu'à dix minutes de leur *bar à vin* préféré, *Le Quart d'heure*. Tandis qu'elles prenaient place, elles entendirent quelqu'un hurler pour attirer leur attention. Elle leva les yeux après avoir entendu appeler son nom. C'était son amie Vainess, qui venait de gravir la montagne à pied et était exténuée. Elle alla dire bonjour à Vainess et à ses amis. Elles échangèrent quelques mots et Vainess promit de passer plus tard pour leur parler.

Le barman allait et venait, servant à gauche et à droite, remplissant à nouveau leurs verres de vin blanc, ainsi que tous les autres verres en vue sur les tables environnantes. Il était absolument charmant et se montrait amical, souriant et s'adressant gaiement à tout le monde. Les filles étaient assises, parlant et riant à des bêtises jusqu'à ce qu'Erin parte pour prendre le bus qui la ramènerait à Marseille. Son mari était en train de lui préparer un dîner exceptionnel qu'il aurait été dommage pour elle de manquer. Elle et Vanessa se trouvèrent ensemble à nouveau, juste toutes les deux. Il n'y avait

absolument aucun intérêt à partir pour une virée en ville :
elles l'avaient déjà fait la nuit précédente. Donc elles
décidèrent de retourner à l'appartement de Vanessa, de
préparer de la soupe et de regarder un film.

Finalement, elle avait bien fait de passer la nuit
chez Vanessa car le matin amena un soleil éclatant avec un
vent qui resta modéré. Le trajet du retour lui rafraîchit les
esprits. Elle inspira profondément. Elle se sentit vraiment
vivante.

Le weekend emplit son cœur de la possibilité d'un
espoir. Il l'avait invitée à camper et à faire du kayak sur le
lac, là où ils allaient toujours autrefois. Il avait dit qu'il
s'occuperait de tout et que la seule chose qu'elle avait à
faire, c'était de préparer son sac à elle. Elle était surprise,
enthousiaste, et se sentait importante, du moins à ses
yeux.

Il avait en effet tout préparé. La camionnette était
chargée lorsqu'elle arriva au garage, mais elle dut l'aider à
mettre les kayaks sur le toit. En moins de temps qu'il faut
pour lacer ses chaussures, ils avaient attaché les kayaks et
ils prirent la route. Le mistral cognait les côtés de la
camionnette tandis qu'ils avançaient. Traversant village
après village, ils finirent par se ranger devant un des
supermarchés et prendre suffisamment de denrées de
première nécessité pour une nuit : salades de thon en
boîte, vin, bière, saucisses, fromage, une *baguette*, et du
tarama. Ils atteignirent bientôt le village que bordait le lac.
Ils enlevèrent les kayaks de la camionnette et les
remplirent de toutes leurs affaires. Après, ils portèrent les
kayaks avec leur chargement et descendirent les escaliers
qui menaient au bord de l'eau, sautèrent à l'intérieur et se
laissèrent porter par le courant.

Il y avait plus de vent que ce qui était requis, et c'était superbe de le voir soulever des crêtes à la surface de l'eau ; il soufflait à gauche, à droite, décrivait partout des cercles, s'épuisait, et reprenait de la force. Tôt dans l'après-midi, le soleil restait haut, tandis qu'en pagayant, ils se frayaient la voie vers leur endroit habituel, à environ trente minutes du village. Quelques petits voiliers et un pédalo passaient au loin, et ils se réjouissaient de savoir que le lac n'était pas si fréquenté ce week-end-là. Approchant de leur endroit, ils s'arrêtèrent le long du flanc de la plage, sortirent de leurs kayaks et s'activèrent à installer leur camp. Une fois que tout fut prêt, ils se détendirent sur la plage qui à ce moment-là était assez ombragée. Ils parlèrent, burent bière sur bière, fumèrent, rirent et retournèrent tester le confort du lit, capitonné par cinq couches de couvertures. Tandis qu'il la tenait dans ses bras, il la regardait avec des yeux d'une belle sincérité et pleins d'amour.

Le soir, ils traversèrent le lac en kayak pour se rendre à un autre village pour le dîner, distant de trente minutes encore, Le vent avait forci et il devint difficile de pagayer. À un moment, elle ne pouvait plus ramer et elle se surprit en train de lui crier, alors qu'il était un peu trop loin pour réellement l'entendre, qu'elle ne pouvait tout simplement pas y arriver. Et pourtant, ils réussirent ! Elle sauta de son embarcation avant lui, posant le pied droit en plein dans l'eau et elle l'aida à tirer son kayak au sec pour qu'il n'ait pas le même problème. Ils engloutirent encore du whisky pris dans la petite bouteille qu'ils avaient apportée, comme toujours, et ils gravirent la côte dans la direction des escaliers.

Le panneau en bas des escaliers indiquait : *le village*. Impossible de se tromper sur la localisation du village après avoir vu ce panneau. Ils flânèrent dans les rues éclairées, essayant de trouver un restaurant. Ils finirent par choisir celui qui était le plus exquis, le plus ravissant. L'extérieur était vert, simple et engageant. La salle était pleine, avec seulement une ou deux tables libres, et le propriétaire accepta gentiment qu'ils restent manger en dépit de l'heure. Il était vingt-deux heures.

Retour à la réalité : elle se trouvait à la maison, blottie dans son lit. Le lundi s'étira en longueur tandis qu'elle se projetait déjà dans l'entretien du mardi pour le stage. Lorsque mardi arriva, elle était sous l'emprise de l'excitation. Elle quitta la maison des heures à l'avance, et fit le trajet jusqu'à l'Estaque. Elle dut faire des allers-retours dans la rue non loin de laquelle se trouvait le bureau, et rester sur l'un des ronds-points pendant au moins cinq minutes. Elle n'arrêtait pas de tourner, encore et encore. Finalement, elle se gara et appela pour demander sa route.

Quand elle entra dans le bureau, celui-ci était beaucoup plus grand que ce qu'elle imaginait. La secrétaire en charge des relations humaines la fit patienter dans la zone de restauration tandis que son ami Geoff se dirigeait vers la cuisine pour se faire une tasse de café.

– Erin ! Que fais-tu ici ? demanda Geoff.

Il proposa de lui faire un café, qu'elle accepta avec plaisir, et ils discutèrent du poste et de l'atmosphère au bureau. Elle avait déjà rencontré quelques personnes qui travaillaient là et elle était impatiente de travailler avec elles.

Puis elle alla dans une pièce du fond avec la secrétaire des relations humaines et la directrice de la rédaction du magazine, Lucy. Elle ne savait vraiment pas comment déchiffrer sa personnalité, qui était très professionnelle et posée. Elle lui posa de nombreuses questions concernant tous les aspects de son expérience, y compris son blog récemment créé. Bien qu'elle ne soit pas certaine que c'était une bonne idée, elle parla d'autres projets personnels qu'elle avait mis en route.

Cela semblait s'être bien passé et elle savait qu'il y avait de bonnes chances pour que cela se concrétise, mais elle resta rationnelle, sachant qu'il y aurait toujours une chance qu'elle ne soit pas choisie. Elles lui dirent qu'elles l'appelleraient plus tard dans la semaine, mais lui demandèrent d'envoyer un courriel mentionnant ses dates de disponibilité comme stagiaire.

Les quelques jours suivants étaient fériés, si bien qu'elle monta passer du temps à Aix avec Vanessa. Toutes deux allèrent traîner dans les rues. Il devait être près de trois heures du matin et elles avaient jeté l'éponge pour cette nuit-là. Sur le chemin du retour vers l'appartement de Vanessa, elles discutaient. Les rues semblaient calmes pour la plupart, parce que les fêtards excités se trouvaient encore dans les boîtes. Elles virent trois garçons qui marchaient vers elles. Comme d'habitude, leur conversation en anglais avait attiré l'attention des mecs, quelque chose qu'elle avait toujours trouvé agaçant.

– Hé ! Vous venez d'où ? leur cria un des garçons.

– De nulle part ! répondit-elle sans regarder.

– Oh attends, dit Vanessa. C'est JB et ses amis.

Elle tourna la tête pour voir et, effectivement, il était là, le petit surfeur avec qui elle sortait avant l'infâme barbecue. En quelques secondes, elle trouva le temps de se remémorer la fois où elle les avait vus chez Oogie, lui et ses amis, quand ils lui avaient vraiment parus assez gentils. Plus tard, elle les considéra comme des mecs typiques, peu fiables et qui cherchaient des ennuis. Des ennuis, ils en trouveraient, sans aucun doute.

Plusieurs échanges de salutations circulèrent dans le groupe quand enfin les garçons leur demandèrent si elles continuaient les réjouissances. Un refus abrupt de la part des deux filles coupa court à toute velléité de proposition de fin de soirée. Ils partirent chercher une crêpe dans un restaurant ouvert tout la nuit, et elles se dirigèrent vers leur destination.

Sur la route du retour d'Aix, le jour suivant, elle releva de nombreux détails, les grands arbres habillés de vert, les belles fleurs de différentes couleurs, les vastes champs ainsi que les maisons provinciales. Lorsqu'elle arriva à son studio, elle s'affaira pour mener à bien diverses tâches, avant son créneau de seize heures trente à l'*English Institute*.

Plusieurs jours – des semaines dans son esprit – s'étaient écoulés depuis l'entretien d'embauche, et ils n'avaient pas appelé pour dire si elle était sélectionnée. La secrétaire des RH lui avait parlé comme si c'était une affaire conclue, mais rien n'était signé. Elle ne pouvait s'imaginer que ce serait aussi facile, et se sentait anxieuse.

Elle envoya un courriel à la secrétaire des RH qui lui avait demandé de lui faire parvenir la date de la fin du stage. Elle pensa se servir de ce prétexte pour masquer la véritable raison pour laquelle elle écrivait. Elle envoya donc un message rédigé avec délicatesse qui fournissait l'information demandée et insistait sur son impatience de rejoindre l'équipe. Vingt minutes plus tard elle reçut un appel. La chance était de son côté : elle était choisie.

La première pensée qui lui vint fut qu'elle ne pouvait plus aller en Corse avec les autres. Il faudrait qu'elle soit au bureau le matin pour remplir toute la paperasserie nécessaire et plus tard il faudrait qu'elle se rende à Aix pour que la secrétaire du MJCO signe à son tour les papiers.

En France, tout semble plus compliqué qu'aux États-Unis et c'est souvent inutile. Cela leur prit une heure pour compléter ces papiers qui, simplement rédigés à la main, n'auraient pas demandé plus de vingt minutes.

C'était vendredi soir et elle avait été invitée à la Nuit du Poker. Geoff conviait des amis du travail une fois par semaine à son domicile, dans l'immeuble au-dessus d'Häagen-Dazs. Avant de poser sa candidature, elle ne savait pas du tout que quelques-uns de ses amis y travaillaient. C'était comme si elle était inconsciemment entrée plus loin à l'intérieur du cercle. Elle se doucha, s'habilla et fit le trajet pour les rejoindre. Juste au moment où elle était sur le point d'appuyer sur l'interphone du domicile de son ami, elle se retourna et vit le petit copain de Kelly qui marchait dans sa direction.

– Salut, dit-elle, perplexe.

– Salut. Où tu vas ? Nuit du Poker ?

– Ouais, j'allais juste passer un petit moment. Qu'est-ce que tu fais, toi ? Tu vas chez Kelly ? demanda-t-elle.

– Non. Elle et Vanessa sont juste là-bas. Il montrait du doigt la direction du *snack* près de l'église sur le port, où les filles avaient pris l'*apéro* quelques jours auparavant.

– Oh ! Eh bien je vais traverser avec toi et dire bonjour.

Elles avaient choisi ce snack-bar parce qu'il recevait toujours les derniers rayons de soleil. Ils discutèrent tous avec animation, jouissant de la chaleur, jusqu'à ce que Kelly et Kévin partent dîner, la laissant à nouveau seule avec Vanessa. Elle n'avait plus envie d'aller à la Nuit du Poker mais elle ne voulait certainement pas rentrer seule et sentir la solitude de son appartement vide, sachant qu'il n'avait pas répondu à son appel plus tôt et ne l'avait pas rappelée.

Quelle différence cela faisait-il, en fait ? Malgré la magie du weekend précédent, son manque d'égards par la suite ajoutait de la fragilité à une relation déjà déroutante. Les deux filles retournèrent au domicile marseillais de Vanessa pour échapper à la solitude. Elles firent un arrêt au marché en haut de la rue pour acheter du vin et ensuite s'installèrent dans les canapés de son appartement, à discuter et à boire verre après verre jusqu'à un peu avant minuit. Il était temps de rentrer à la maison, pensa-t-elle, et elle prit ses affaires, dit au revoir et se mit en route. Sa route passait par un petit arrêt au tabac du port, quelques bars plus loin que le *Shamrock*. Cette tentative inconsciente de croiser son chemin semblait impossible jusqu'à ce que la réalité lui offre la vue de sa moto qui filait. Jamais ne lui échappait son aspect, le bruit qu'elle produisait, ou l'allure de son corps correctement placé sur celle-ci. Elle prit sa respiration en se demandant où il allait. Très vite, elle balaya ces pensées et maintint son cap. En face du *Shamrock*, elle avait entendu son nom mais ne s'embarrassa pas à regarder. Elle savait que cela ne pouvait être lui. Elle l'imaginait probablement. Quelques minutes après, elle aperçut un visage familier.

– JR ! hurla-t-elle.

Il se retourna pour voir qui avait crié son nom. En la voyant, il sourit et revint sur ses pas pour dire bonjour. Ils se firent la *bise*.

– Salut, qu'est-ce que tu fais ? demanda-t-il.

– Et bien, j'ai traîné avec Vanessa mais elle est claquée. Alors, je suis simplement venue acheter des cigarettes avant de rentrer à la maison. Et toi ?

– Oh, j'attends A... Il a dit qu'il allait t'appeler pour voir ce que tu fabriquais.

– Hum, eh bien je n'ai pas eu de ses nouvelles. Je veux dire, il a juste essayé de m'appeler il y a environ cinq minutes, mais l'appel a seulement duré cinq secondes, puis ça a coupé.

– Sa batterie était morte et il avait besoin de la recharger.

Il dit deux ou trois autres choses, mais elle prêtait à peine attention. Désormais, elle ne croyait que rarement ce qu'on lui disait et dans tous les cas, elle savait qu'il était probable que son téléphone ait été mort tout l'après-midi. Ce qui la tracassait, c'était que JR lui ait dit de l'attendre et elle savait qu'elle devrait le faire afin de ne pas paraître hautaine ou contrariée. Juste à ce moment-là, il l'appela et vint à leur rencontre là où ils se trouvaient sur le port. Tous les trois allèrent boire un verre au *Shamrock,* malgré son désir extrême de les laisser tranquilles. Une bière, pensa-t-elle, juste une bière pour faire bonne apparence, et ensuite je me tire.

Pendant que JR était aux toilettes, ils sortirent fumer tous les deux devant la porte d'entrée. Tandis qu'ils parlaient, elle entendit quelqu'un crier son nom à nouveau. Il l'entendit aussi. L'un et l'autre, ils regardèrent du côté d'une des tables où un groupe d'environ sept garçons étaient assis. Elle les reconnut et soupira en son for intérieur. L'obligation incontournable d'aller dire bonjour l'envahit et elle lui dit qu'elle reviendrait tout de suite. L'un des garçons, celui qui criait son nom, se tenait en plus debout et pointait du doigt un de ses amis, dont elle savait qu'il avait un faible pour elle depuis quelque temps. C'était extrêmement ennuyeux et elle ne savait pas quel serait le dénouement. En un éclair, elle les avait salués et leur avait souhaité une excellente soirée. Ils étaient déçus de la voir partir aussi rapidement, mais ne firent pas d'objections. Cet épisode entraîna chez lui un état de jalousie qui tout d'abord amena un sourire sur son visage. Il ne réagit pas de façon excessive, mais allait se montrer indifférent le reste de la nuit. Une fois que quelques-uns de ses amis de comptoir les eurent rejoints pour une tournée de ricanements et de plaisanteries racistes, et après que le barman soit venu leur demander en plaisantant si oui ou non ils seraient calmes cette fois-ci, elle leur souhaita bonne nuit.

De toute façon, elle travaillait le matin suivant, donnant des leçons d'anglais de dix heures à environ quatorze heures. Incapable de dormir, elle fuma à peu près six cigarettes près de sa fenêtre et appela sa sœur à Los Angeles. Pendant la communication, sa sœur se montra indiscrète à propos de la situation, lui demandant si elle le voyait à nouveau ou pas. L'appel tardif prit fin et elle était étendue sur son lit, s'efforçant de tomber dans un sommeil profond qui ne viendrait pas avant une demi-heure encore.

Le matin suivant, elle s'éveilla pour découvrir un fin rideau de gris qui couvrait le ciel tout entier. La pluie était revenue pour arroser la ville d'un peu de morosité, pour préparer la terre à l'air chaud et humide de l'été, et rappeler à tous que le changement était inévitable. Elle alla donner sa première leçon de la journée. Quand elle arriva chez Cédric, l'un et l'autre titubèrent jusqu'à la cuisine, le lieu de leur cours, s'assirent à leur place habituelle, et commencèrent.

— Est-ce que tu as des devoirs ? Elle posa sa question coutumière tout en grattant son majeur de manière à exaspérer la démangeaison de l'une de ses quinze piqûres de moustique, une des nombreuses merveilles de l'été.

— Non, répondit-il en regardant ses livres sur la table.

– Super, dit-elle en sortant *L'Attrape-Cœur* de J.D. Salinger, l'un des livres les plus formidables qu'elle ait lus, et elle savait que cela l'intéresserait, ou du moins elle le pensait.

Tandis qu'elle gribouillait deux ou trois notes, elle voulait lui faire lire pour lui-même la quatrième de couverture. Elle s'apprêtait à lui dire de la lire lorsqu'elle s'aperçut qu'il n'y avait rien d'écrit là. Elle rit, lui rendit son regard, parce qu'il l'observait pendant tout ce temps, et lui dit que cela ne faisait rien. Elle pensa qu'il était fascinant de se dire que les livres qui semblaient mystérieux suscitaient davantage son intérêt. Quand elle ne lisait pas la dernière de couverture et s'autorisait simplement à plonger dans le récit à partir de la première page, elle y prenait généralement du plaisir. Puis elle réfléchit au fait que tout le monde lui demandait quelle était l'histoire de son livre, celui qu'elle était en train d'écrire, et au fait qu'elle ne voulait jamais leur répondre, pensant que ce serait une forme de tricherie. Les avant-premières donnent un aperçu d'une histoire pour que les gens sachent s'ils veulent voir un film ou pas. Alors que si, au hasard, ils se rendaient simplement dans une cinéma, achetaient un billet d'entrée, et se retrouvaient dans une salle où l'on projetait un film, ils sentiraient peut-être des picotements d'excitation en suivant les rebondissements d'une histoire radicalement différente de celles qu'ils avaient imaginée auparavant, ou bien ils quitteraient le cinéma au grand désespoir d'avoir perdu une heure et demie de leur journée. D'une façon comme une autre, cela alimente des conversations animées.

Tandis qu'il lisait, elle corrigeait sa prononciation et expliquait certaines expressions et mots dont elle savait qu'il ne pouvait absolument pas les avoir compris. À la fin de chaque page, elle lui faisait expliquer ce qu'il avait compris en français pour être sûre qu'il suivait bien, et ensuite elle posait plusieurs questions en anglais. Il s'efforçait de répondre par des phrases complètes et exhaustives. Une fois qu'il avait lu trois pages, elle lui faisait écrire son avis sur l'histoire à ce stade de son développement. Cet exercice consomma les cinq dernières minutes du cours.

Pendant tout ce temps elle pensait à lui, son lui, et à l'attitude qu'il avait adoptée la nuit précédente et au cours de la semaine écoulée. Dans un effort pour rester concentrée, ou du moins optimiste, elle orienta sa réflexion vers les dernières recherches qu'elle avait faites. Des images de *Little Jimmy* lui traversèrent l'esprit, et l'idée de faire partie des balbutiements de quelque chose de radicalement neuf faisait frissonner ses membres. Elle imaginait ce que cela avait dû être d'avoir joué un rôle dans le développement des bandes dessinées au XIXe siècle, ou bien d'avoir été un personnage-clé comme Joseph Pulitzer créant un nouveau style de journalisme, la presse jaune[4]. Pourtant, avec le commencement de tout ce qui est nouveau et différent, viennent les détracteurs qui attendent, prêts à jeter leurs calomnies écrites sur des boulettes de papier.

– Ouah ! La boulette de papier traverse les airs. Prends ça !

Puis ses pensées vagabondèrent vers la conversation téléphonique avec sa sœur la nuit précédente. Les choses avaient vraiment beaucoup changé entre elles depuis la période où elles étaient des enfants. La distance physique qui les séparait semblait les

---

[4] Le terme date de la fin du XIXe siècle et fait allusion à un type de presse axée sur le sensationnalisme – NdT

rapprocher. Elles éprouvaient un amour sororal qui les liait et que personne ne pouvait briser. Elles se soutenaient mutuellement dans leurs projets et leur environnement relationnel, mais elles se mettaient également à l'épreuve. Aux yeux de sa sœur, elle resterait la petite sœur qui avait besoin de son aide, et celle-ci se ferait un plaisir d'être là si jamais son soutien était nécessaire. Alors qu'elle connaissait l'état d'esprit de sa sœur, elle ne demandait pratiquement jamais un coup de main, étant devenue plutôt individualiste et fière de ce qu'elle accomplissait par ses efforts personnels et sa motivation.

C'était il y a si longtemps en fait. Elles étaient les meilleures amies et les pires ennemies ; être des sœurs séparées par une année peut produire cet effet sur deux filles. L'une était préoccupée par la mode et sa popularité, tandis que les désirs désespérés de l'autre de rester proche et importante passaient inaperçus. En définitive, la seule différence que cela faisait était la manière dont chacune menait sa vie ; l'une désirant la distance pour mettre un écart entre leurs actes quotidiens et leurs amitiés, et l'autre espérant un contact étroit. Celle qui souhaitait initialement que les deux restent proches voulait à présent qu'un océan les sépare, et celle qui avait tout d'abord aspiré à une vie mondaine et continuait à le faire, recherchait aussi une relation plus étroite avec l'autre. Déroutant. Les deux sœurs avaient simplement échangé leur point de vue. Toutefois, elles avaient de nombreuses similitudes malgré leurs différences évidentes, qui sautaient aux yeux de ceux qui les rencontraient.

Elle était la plus jeune enfant, une petite chose calme et mignonne, qui prononçait rarement un mot, vraisemblablement de peur de contrarier l'enfant du milieu, une petite peste depuis l'enfance jusqu'à son adolescence, et un peu au-delà. Pourtant la petite dernière n'était pas irréprochable. Elle percevait l'ombre immobile, sans se rendre compte de la souffrance et de la douleur qui fréquemment planaient au-dessus d'elle ; la sombre vacuité qui la privait d'attention, tandis que la maladie de l'enfant du milieu en nécessitait davantage.

Cette pensée même ne lui vint jamais, bien après avoir dépassé ses vingt ans. La maladie même de sa sœur aînée ne pouvait jamais avoir semblé une affection réelle jusqu'à ce qu'elle soit suffisamment âgée pour saisir sa signification ; une maladie dont, cependant, elle continua à ignorer le nom. Avec l'âge, elle comprit qu'elle aurait pu la perdre. Cela fit naître un malaise en elle devant ce que pouvait réellement signifier la perte. Elle avait éprouvé du chagrin à la mort de ses chiens, puis à la mort de son cheval en 2002, ce qui provoqua chez elle un tumulte émotionnel qui lui fit prendre conscience de ce qu'elle n'aurait pas pu comprendre alors qu'elle était une jeune enfant. Cependant, ces épisodes se produisirent plus tard, après la période de maladie de sa sœur. Il était donc impossible qu'ils aient pu la préparer au sentiment prévisible que susciterait l'éventuelle perte de sa sœur, de tout autre membre de sa famille, ou encore d'un être aimé.

La survenue possible de tels événements tournoyait dans son esprit. Elle se maintenait à une distance physique incroyable, tout en marmonnant les paroles de son père : « Si notre chien n'est plus parmi nous dans sa vieillesse, nous ne verrons pas venir sa fin et nous souffrirons moins. » À cette période même, ils se défaisaient de leur vieil ami George, le berger allemand. Ils avaient aussi donné Pepper à la fourrière en même temps que George. Le seul défaut de Pepper était de ne pas aimer sa grand-mère et de poursuivre jusque chez elle une amie d'enfance, avant et après l'école. Son père n'aurait pu imaginer l'effet de ses paroles sur sa plus jeune fille. Ni elle. Des années plus tard, cependant, elle se trouverait séparée de tous les membres de sa famille par un océan.

Elle le rencontra durant son deuxième semestre à Aix en 2007, et la visite qu'il lui rendit au cours de l'hiver de cette année-là la laissa tremblante d'incertitude ; et pourtant, elle partit. Des semaines avant son départ, elle continuait à chercher une maison pour Little Boy, son mustang noir qui méritait un lieu d'accueil chaleureux. Ses efforts acharnés ne résolurent rien et le hongre fut repris par ses anciens propriétaires. Au milieu de la tension du départ et des contraintes de temps, elle ne put laisser le petit mot qu'elle souhaitait envoyer aux anciens propriétaires avec des informations pour pouvoir la joindre là où elle se trouverait. Les mois filèrent et une visite épisodique aux États-Unis confirma que sa plus grande peur était devenue réalité : son mustang avait été vendu — ou plutôt on s'était défait de lui, dirent-ils en lui mentant — et elle l'avait perdu pour toujours. Dans les tréfonds de son cœur, elle ressentait la douleur de savoir que la faute ne pouvait qu'être la sienne. Enfant, elle avait souvent entendu sa mère dire que si on veut que quelque chose soit fait correctement, il faut le faire soi-même.

Si on veut que quelque chose soit fait correctement, il faut le faire soi-même.

Le problème auquel elle se trouva confrontée plus tard fut de créer des liens étroits avec les autres sur un territoire étranger. Elle pensa qu'elle recherchait quelque chose de nouveau, mais elle ne comprenait pas quoi exactement. La visite qu'il lui avait rendue avait renforcé sa conviction d'être différente. Après avoir rempli deux énormes valises, elle repartit pour ce qui dans son esprit représentait le paradis : la France.

Retour à J.D. Salinger et à la leçon d'anglais de Cédric. Le garçon avait fini d'écrire la rédaction où il devait donner son avis sur les quelques premières pages. L'écoutant en faire la lecture à voix haute, elle fut ravie de savoir qu'il avait profondément apprécié le style d'écriture de Salinger. Qu'il trouvait l'auteur intéressant et captivant. Cela signifiait qu'elle avait finalement déniché un auteur et une histoire qui lui plairaient, dont ils pourraient se servir pour le reste de leurs cours, cette année-là.

La nuit tomba aussi rapidement que le matin était venu, et elle se força à adopter une humeur optimiste, sachant qu'elle allait voir le cousin de son amie Vanessa pour la première fois ; elle pensa qu'ils s'entendraient parfaitement bien s'il ressemblait à celle-ci. La famille de Vanessa lui rappelait la sienne. Elle avait une fois rencontré ses parents sur Skype et avait eu l'occasion de leur parler quelques minutes. Ils étaient d'une si douce sérénité.

Déterminée à rester positive, elle enfila un haut noir sexy, partiellement lacé dans sa partie supérieure qui montrait des roses noires et un peu de peau, sa jupe en jean, des collants noirs, ses bottes cavalières qui lui montaient aux genoux, et elle couronna le tout de son chapeau Bebe que tout le monde adorait. À son oreille gauche se balançait une longue boucle d'oreille à fleur mauve de la marque Guess. Sa chevelure était prise dans les ondulations créées par une tresse qu'elle avait gardée deux jours.

En passant le seuil de l'appartement de Vanessa, elle scruta la pièce et y trouva non seulement Vanessa et son cousin Czar, mais aussi Maxence. Après s'être fait la *bise*, ils discutèrent à n'en plus finir, et elle en vint à la conclusion que Czar était en effet une version masculine de sa très proche amie. Elle était absolument ravie. Ce serait une merveilleuse occasion de se faire un nouvel ami. Plus tard, leur ami Rory s'arrêta en passant pour se joindre à leurs festivités, et après avoir encore bu et fumé, ils se mirent à flâner dans les rues de Marseille. Ils les arpentèrent en direction de La Plaine et tombèrent sur des amis de Rory, puis décidèrent d'aller au *Petit Nice*, un bar aux tarifs peu élevés et à l'ambiance géniale.

La nuit prit fin et la journée suivante se déploya ; le soleil darda des rayons éclatants dès qu'il apparut, et l'habituel vent du sud chassa tous les nuages. Vanessa et Czar la retrouvèrent pour le déjeuner à la pizzeria du Vallon des Auffes. Ils mangeaient, assis sous la brise fraîche. Une fois qu'ils eurent fini, ils serpentèrent nonchalamment entre les petites maisons de pêcheurs jusqu'à atteindre la corniche et la voiture de Vanessa, qu'elle avait garée juste en face de l'arrêt de bus. Après un petit arrêt à Malmousque, où ils descendirent chercher Maxence, les quatre amis étaient en route en direction de Callelongue, pour leur randonnée vers le massif de Marseilleveyre.

Le week-end fondit comme peau de chagrin et tous étaient au lit avant vingt-trois heures. Le jour suivant était férié et elle ne travaillait pas. Elle passa la journée à nettoyer et à mettre de l'ordre. Puis elle courut le long de la corniche jusqu'à la statue de David, puis dans l'autre sens. Elle pensait à lui, celui qui était là, puis disparaissait. Bien que ses appels soient brefs et houleux, elle gardait la tête haute et luttait contre les pensées désagréables. Elles étaient superflues.

Autre journée lumineuse, mardi la poussa à accomplir des tâches. Elle alla en moto jusqu'à Aix-en-

Provence, à l'université qu'elle fréquentait, pour faire signer sa *convention de stage* par la secrétaire du MJCO. Vanessa et elle prirent un repas convenable, pendant lequel Czar dormait. Puis tous trois prirent un verre dans un bar du coin, à côté d'un des pubs, avant un retour en force sur Marseille, avec un sentiment de satisfaction.

C'était mercredi. Le jour où elle avait programmé la visite d'une exposition artistique dans l'hôpital psychiatrique où Margaux avait mené à bien un stage. Toutes deux avaient prévu de s'y rendre ensemble. Elle passa prendre Margaux, et elles se rendirent à l'hôpital. Le trajet prit vingt minutes et les emmena à la périphérie de la ville, plus près des montagnes. La senteur des herbes de Provence flottait dans l'air.

Elles se garèrent et marchèrent vers l'entrée. À l'intérieur, les lumières étaient tamisées, et il semblait n'y avoir personne. Une porte était encore ouverte, pourtant. Elles entrèrent donc et commencèrent à regarder autour d'elles. Un homme entra sans dire un mot. Cela créa un sentiment de gêne, et il y avait seulement une petite pièce avec des œuvres d'art exposées. Elles demandèrent à l'homme s'il n'y avait pas d'autres pièces, et il leur dit que l'exposition était déjà fermée.

Par chance, Lise Couzinier, la scénographe, se trouvait dans la pièce voisine. Lise la reconnut pour l'avoir vue à une autre exposition qu'elle avait couverte pour Transmedia. Cette expo était phénoménale, donc elle présenta Margaux à Lise, et toutes les trois commencèrent à discuter. Lise rouvrit les pièces fermées et leur permit de jeter un coup d'œil.

Elle déposa Margaux et rentra chez elle tard le soir. Le lui qu'elle avait très envie de voir réapparut. La saleté et la fatigue d'une journée de travail de dix heures ne soulevaient qu'un seul désir en son cœur, celui de la voir, et elle lui dit de passer. Quand il arriva sur son pas de porte, il sonna à l'interphone. Toute sa concentration était absorbée par son dernier projet en date lorsqu'il appela, irrité par le fait qu'elle ne l'avait pas entendu crier son nom, bien que sa fenêtre soit ouverte. Les voisins avaient entendu, mais pas elle. Pour vaincre son irritation, elle ouvrit la porte de l'immeuble en souriant et mit ses bras autour de son cou tandis qu'elle embrassait ses lèvres, puis son cou. Ils montèrent et entrèrent dans son studio, où il se laissa ensuite tomber sur son lit déjà déplié et prêt pour une bonne nuit de sommeil.

Il avait les yeux fermés et elle s'assit près de lui, et tandis que de ses mains impatientes elle frottait partout son corps endolori, elle lui demanda s'il aimerait qu'elle lui prépare quelque chose à manger. Elle avait déjà mangé un petit bol de soupe et n'avait pas réellement faim.
– On ne pourrait pas simplement commander une pizza ? demanda-t-il.

Elle rit en pensant que l'esprit de son amoureux constamment obsédé par la peur de prendre du poids serait toujours vaincu par son goût pour la pizza. Cependant, elle savait que c'était la fatigue qui influençait sa décision, et elle fut satisfaite de n'avoir qu'à passer un simple coup de fil au lieu de préparer tout un repas. Elle composa le numéro des *Deux Frangins*, la pizzeria qui se trouvait juste en haut de la rue sur Bompard.
– Bonsoir, lança un jovial livreur de pizza.
– Bonsoir, répondit-elle. J'aimerais commander une pizza à livrer. Voulez-vous mon numéro de téléphone ?
– Madame G... ? demanda l'homme à l'autre bout de la ligne, se servant de son nom de famille à lui.

– Euh non, répondit-elle, se demandant pourquoi il posait une question pareille.

– Ce n'est pas Madame G... ?

– Presque, dit-il après avoir entendu son propre nom prononcé par le livreur de pizza. Presque Madame G...

Elle le regarda du coin de l'œil et ne pouvait s'empêcher de sourire et de rire sottement comme une lycéenne de seize ans.

– Allô ? entendit-elle de l'autre côté de la ligne.

– Désolée !

– Alors, ce n'est pas Madame G... ?

– Non, non.

– Quel est le nom sur l'interphone ?

– C'est T.... Et elle se retourna pour le regarder, encore assis sur son lit. Elle commanda la pizza qu'il désirait et raccrocha.

– Alors, tu ne te fais pas appeler Madame G... ? demanda-t-il tandis qu'il levait son majeur de façon espiègle.

Sa tête se renversa un peu en arrière et elle laissa échapper un rire frais, puis retourna vers lui. Ils reprirent possession du lit de la même façon que précédemment, elle le frictionnait avec douceur tandis qu'il se nourrissait de l'amour qu'elle lui offrait.

– Pourquoi te montres-tu si méchante avec moi ? demanda-t-il.

Un autre rire emplit son cœur de joie et elle se leva, alla à la fenêtre et regarda dehors.

– Parce que tu m'embêtes, répondit-elle en souriant.

– Il n'y a pas de bière ? On ne peut pas en avoir une ?

– Super idée, dit-elle en allant vers le réfrigérateur pour sortir deux canettes. Alors peut-être que tu auras plus d'énergie. Pourquoi faut-il toujours que tu viennes ici fatigué ? demanda-t-elle en le taquinant.

Elle posa sa canette sur le rebord intérieur de la fenêtre, qui était encore ouverte pour laisser entrer l'air frais de la nuit. Oh, ce garçon veut être choyé, pensa-t-elle. Au lieu de lui apporter le liquide pétillant qu'il réclamait en silence, elle alla à lui, glissa contre sa poitrine jusqu'à ce que ses lèvres atteignent les siennes et elle l'embrassa. Il serra alors les lèvres. Elle continuait à l'embrasser, refusant d'accepter la défaite que lui opposait sa résistance moqueuse.

– C'est un baiser américain, dit-il en serrant à nouveau les lèvres, et elle rit avant de continuer.

Il tira les couvertures pour qu'elles couvrent à moitié ses yeux, si bien qu'il était partiellement caché à son regard tandis qu'il continuait à la voir.

– T'es si belle baby.

Cette simple affirmation envoya des frissons de joie dans chaque parcelle de son être, et elle jeta ses bras sous lui et autour de lui, imposant encore un autre baiser plus tentant, qu'il accepta. Le livreur de pizza, qui s'était arrêté au bas des escaliers menant à la Rue d'Endoume, se fit alors entendre sous la fenêtre.

– La pizza ! s'exclama-t-il, et il sortit de l'argent de la poche de son pantalon.

– Non bébé, j'ai ce qu'il faut. Elle se dépêcha, un billet de vingt euros à la main.

– Non ! Mais elle était déjà partie vers les escaliers. Je pose un billet de dix ici, entendit-elle tandis qu'elle descendait les escaliers. Ce ne serait que le jour suivant qu'elle remarquerait le billet de dix euros placé sur le rebord intérieur de la fenêtre.

Tout le reste de la nuit, elle penserait à la chanson de Barbra Streisand, *Lessons to be Learned*.

On dit qu'un plan universel existe pour chaque femme, pour chaque homme. Je crois vraiment qu'il y a un pouvoir supérieur, mais dans nos heures les plus sombres, c'est difficile de comprendre. Alors, nous commençons à nous poser des questions, nous commençons à douter. Nous perdons la foi en ce qu'est la vie. Pourquoi est-ce que la route à droite a pris un mauvais tournant ? Pourquoi est-ce que notre cœur s'est brisé ? Pourquoi avons-nous été brûlés ? Tout comme les saisons, il y a des raisons qui expliquent le chemin que nous choisissons. Il n'y pas d'erreurs, simplement des leçons à retenir.

Chapitre quatre
Le cercle sans fin

La semaine suivante, elle écrivit l'article pour son blog tant que ses idées étaient encore fraîches. La raison pour laquelle elle avait espéré couvrir cette expo, c'était qu'elle tombait au bon moment. Elle savait qu'une fois qu'elle aurait commencé son stage, elle n'aurait plus de temps pour quoi que ce soit d'autre. Ses journées tourneraient autour du bureau, de la rédaction pour le magazine, et ses soirées concluaient chaque journée par quelques heures à l'institut.

Elle écrivit :

UN ART PSYCHOTIQUE ?
Ose l'Art *et le* Théâtre de l'Arcane *présentent l'original* Art Hors Normes *du 15 au 31 mai. Organisé par Lise Couzinier, le festival a lieu à l'hôpital psychiatrique Valvert. Parmi la vaste sélection des œuvres d'art dispersées dans la capitale de la culture européenne émerge cette exposition combinant tableaux et sculptures qui alimente le débat public. Qu'est-ce que la normalité en fait ?*
Outre les tableaux et les sculptures créés par les patients, Danielle Jacqui, artiste française de réputation internationale, a également exposé certaines de ses œuvres dans la pièce attenante en bout d'exposition. Elle a pris part à la conférence-débat du festival qui s'est tenue le mercredi 15

mai. Cette artiste au style réputé singulier a plus de quatre-vingts ans et continue à créer de l'art, à tenir un blog, et à communiquer avec le public par Internet et par sms. La valeur intrinsèque de son art peut vraiment être saisie lorsque l'on se trouve devant sa maison de Roquevaire, à environ quarante minutes de Marseille, qu'elle a transformée en objet d'art. Une maison artistiquement décorée et complètement « hors normes ».

L'expo. Lors de la visite des pièces emplies de tableaux et de sculptures considérés comme des œuvres d'art inhabituelles, l'esprit pourrait se trouver pris dans une boucle déstabilisante. Des visages peints au milieu d'images aléatoires ou de couleurs indécises regardent vers le public ou bien détournent le regard. Un homme sur une étrange bicyclette de cirque pédale sous un grand verre cristallin à travers lequel on peut apercevoir une montagne faite de mosaïques qui laisse place à un arbre déshabillé pour l'hiver et une fleur de printemps, l'un et l'autre prenant racine dans le sommet. Des sculptures créées à partir de ce qui semble être des objets recyclés, comme des étuis à lunettes, titillent les yeux des spectateurs initialement incapables d'identifier les objets. Certains sont extrêmement bien réalisés, tandis que d'autres relèvent encore du jeu d'enfant. Cependant, presque toutes les œuvres ont une chose en commun : un visage.

Ces objets aléatoires, ces vestiges, petits marginaux qui ne sont plus utiles ni désirés, qui ont été rejetés, sont la clé qui permet de créer des objets expressifs qui deviennent de l'art. Prenez un peu de recul et regardez vraiment ces sculptures. Le visage est là. Il se peut que cela n'ait pas l'air de grand-chose de loin, mais l'observation minutieuse des détails permet de faire preuve de davantage de perspicacité : des yeux, un nez, une bouche ? Le visage semble s'illuminer et égayer les œuvres les plus sombres, en exprimant des pensées et des sentiments.

Qu'est-ce qu'un visage ?

« Un visage est une surface sur laquelle on voit parfois un reflet, comme le soleil sur l'eau. Cela peut être n'importe quelle surface pourvu que la lumière puisse s'y refléter. Un visage peut refléter une image, comme un miroir reflète la nôtre », explique Carla, une Marseillaise de quinze ans.

Intéressant de voir comment les visages nous rapprochent. Même les relations humaines naissent des échanges de sourires reflétés sur des visages. Cela semble tout à fait normal, pas vrai ? Vrai. Donc ces œuvres « anormales » peuvent être prises et analysées sur un terrain où quelque chose de « normal » peut en être tiré, tandis que leur existence même est issue d'un travail collectif ou individuel réalisé par des patients d'hôpitaux psychiatriques marseillais. Cela les rend-ils moins »normaux » ? Pourriez-vous créer une œuvre d'art tout aussi anormale? Si oui, est-ce que cela vous rendrait anormal ?

La beauté de ce style d'art réside dans le fait que l'artiste est authentique avec lui-même, ou avec elle-même. En chaque personne se trouve une surface rocheuse, un terrain instable, un fouillis de formes et de couleurs mal assorties. En permettant aux patients de pratiquer l'art, les hôpitaux psychiatriques font tomber les limites mentales de leurs patients et les maintiennent en activité. L'art semble vraiment avoir la faculté de sauver et de guérir dans les circonstances les plus normales et anormales.

En plus de mettre son énergie à développer ses talents d'écriture, elle avait aidé Erin de Chicago à écrire son mémoire en français. Il y avait d'autres personnes qui l'aidaient également et le résultat final était formidable. C'était, bien sûr, la production d'Erin. Ce dimanche-là, elle avait été invitée à un *brunch* chez Erin et Vincent, son mari. Cela permit à tous ceux qui avaient aidé de voir le produit fini : un journal. Incroyable. Plusieurs textes étaient éclatés en différents articles et imprimés sur un papier d'apparence rustique. Cela ressemblait à un vrai journal.

Ils firent tous l'éloge du mémoire.

La semaine avait filé sans qu'elle s'en rende réellement compte. C'était le dernier samedi avant les vacances où elle donnerait à ses étudiants des leçons d'anglais, et c'était aussi le week-end précédant son premier jour de stage. Intérieurement, elle flippait, un mélange d'excitation et de panique.

Puis elle reçut un sms provenant d'un numéro qui ne faisait pas partie de la liste de ses contacts. Elle ouvrit le message et vit que ce n'était pas la première fois qu'elle recevait un message de ce numéro. Tandis qu'elle faisait défiler l'historique, elle vit un message plus ancien :

Mauvaise nouvelle, décès ce matin d'Anne-Marie, la maman de Sylvie. Cérémonie prévue lundi prochain à 10 h à Béthune. Amitiés. PM Sylvie.

Son cœur cogna avec tristesse tandis qu'elle se rappelait le moment du mois de novembre où ce message lui était arrivé. C'était Pierre-Marie, le mari de Sylvie. Il avait écrit à tous ceux qu'ils connaissaient pour les informer de la mort de la mère de Sylvie. Ce moment sombre, inévitable, auquel tous doivent être confrontés.

Elle n'avait pas répondu parce qu'elle n'était pas sûre de qui il s'agissait, et à cette époque, elle connaissait plusieurs Sylvie. Malheureusement, il y en avait une avec qui elle travaillait l'anglais depuis plus d'une année et demie. Elle envoya à son élève Sylvie un sms de condoléances.

Des mois et des mois passèrent et elle n'envoya jamais ses condoléances à la bonne famille.
Quand elle tira les conclusions qui lui permirent de savoir de qui s'agissait, elle resta toujours incapable d'envoyer un message ou même d'appeler. La mort est un sujet délicat. Elle pensa qu'elle passerait plutôt les voir et les consoler par sa présence. Mais le moment ne vint jamais.

Cependant, ce nouveau message de PM l'emplissait de l'espoir de passer les voir. Il lui disait qu'ils avaient beaucoup pensé à elle et se demandaient si elle vivait toujours en France. Elle ne les avait pas vus depuis deux ans – depuis juin 2011 lorsque ses parents étaient venus lui rendre visite.

PM l'invita à déjeuner le jour suivant, et elle accepta. Sylvie vint à sa rencontre à la gare de Simiane et l'emmena chez eux, où l'attendait Paul pour montrer ses talents de joueur de tennis et de danseur de hiphop. PM arriva peu de temps après, de retour d'une sortie VTT avec des amis. Lucile n'était pas rentrée de sa promenade à cheval, une escapade qui finalement durerait beaucoup plus longtemps que prévu.

Ah les filles ! pensa-t-elle.

Ensemble, ils parlèrent de tout ce qui s'était produit depuis la dernière fois qu'ils s'étaient vus, ainsi que de leurs projets d'avenir. Sylvie préparait un excellent repas, comme d'habitude, tandis qu'elle regardait un match de tennis important avec Paul. PM fit allusion au fait que Lucile participerait à un voyage scolaire au Canada, grâce à un programme spécial. Il savait que cela l'intéresserait parce qu'elle avait organisé des voyages ces quelques dernières années et qu'elle avait l'intention d'établir sa propre association dans les mois à venir.

Elle disait au revoir pour la seconde fois, leur prodiguant encore ses embrassades, et tandis qu'elle tournait la tête à droite, elle repéra un pot de fleur mural décoratif, avec trois fleurs rouges en céramique qui pointaient au bout de leurs tiges. Une envie irrépressible de les toucher la saisit, et elle avança la main pour caresser les pétales fermes.

– Je sais où tu les as achetées ! s'exclama-t-elle en adressant un petit clin d'œil amical à Sylvie. Cette certitude ne pouvait être mise en défaut, car rien de ce qui venait de La Petite Fleur du panier ne pouvait être trouvé ailleurs.

Plus tard, elle appellerait Marie-Christine Markiewicz, la propriétaire de La Petite Fleur du panier, pour un entretien, afin d'écrire un article destiné au magazine en ligne pour lequel elle travaillait. Comme l'édition suivante mettrait en vedette Marseille-Provence, capitale de la culture européenne 2013, il semblait pertinent de faire valoir un travail exceptionnel, quoique caché. Même si l'article devait être refusé pour l'édition Marseille-Provence, elle pensa qu'elle rendrait justice à Marie-Christine en le publiant sur son blog.

Elle écrivit :

Un trésor caché brille de tous ses feux dans l'un des plus anciens quartiers de Marseille. La Petite Fleur du panier *abrite un art original, des bijoux et objets décoratifs, tous propres à cet endroit particulier. Ici, on se sent immédiatement chez soi, tout en ayant aussi la sensation d'être au milieu d'une galerie d'art, avec l'impression de se trouver face à une version sculptée des* Tournesols *de Van Gogh dans leur vase, et davantage encore. Il y a un espace dédié à l'atelier, où l'on peut voir l'artiste au travail. Marie-Christine Markiewicz a créé une marque déposée avec ses fleurs en céramique que l'on peut parfumer. Cette création est une histoire en soi. Après avoir quitté la Lorraine en 1997 pour s'installer à Marseille, Marie-Christine voulut rentrer chez elle rendre visite à une amie. Elle créa un bouquet de fleurs qu'elle parfuma. Descendant les escaliers du train, avec un gentil sourire, elle tendit le bouquet à son amie qui l'attendait. Depuis ce moment-là, ses fleurs se sont épanouies.*

PM la reconduisit à la gare de Simiane avec seulement dix minutes de battement pour prendre son train. La voiture à peine disparue, elle regarda son billet pour consulter l'horaire de départ. Si quelqu'un avait été là, son dépit ne serait pas passé inaperçu. Elle devait attendre quarante-cinq minutes parce qu'elle avait manqué son train.

Elle fit face assez admirablement, et se mit à appeler une amie après l'autre tandis qu'elle était assise dans la gare obscure, trop faiblement éclairée. La plupart ne répondirent pas mais elle réussit à joindre quelques-unes d'entre elles. Sa mère l'appela brièvement, après qu'elle lui eut envoyé un sms. Si la technologie n'avait pas fait son apparition, elle aurait calmement réfléchi à des sujets que nous considérons certainement à présent comme dénués de sens, et de toute façon, en l'état actuel des choses, elle ruminait un peu trop. Le mystère et le caractère imprévisible de la vie lui donneraient plus tard une sagacité qui lui permettrait d'apprécier les nouveautés technologiques de son temps.

Sa première semaine au magazine fut reposante. Elle travailla à réviser les articles déjà écrits pour l'édition qui fut publiée une semaine plus tard. Puis elle se concentra sur la recherche d'idées concernant l'architecture et le design à Marseille pour l'édition suivante. Elle s'habitua à travailler avec le système *Google doc* et elle organisa toute sa recherche sur une feuille *Excel.*

Bien que sa semaine de travail lui donnât du plaisir, elle attendait secrètement la venue du samedi. Elle n'avait pu jouer au hockey sur gazon que quelques fois cette année-là et avait accepté de participer au tournoi à Montpellier. C'était la deuxième année qu'elle jouait. La première année avait été un choc pour elle, parce que les équipes étaient mixtes. C'était une époque plus faste à son avis. Les garçons jouaient bien et l'appelaient *la fille aux lunettes.*

Ils la taquinaient continuellement, en voyant ses bonds en prévision de la réception de la balle. Ils braillaient pour que leurs coéquipiers se tiennent sur leurs gardes quand elle partait en direction de l'attaquant qui se trouvait en possession de la balle. Elle avait couru aux côtés de l'un de ses adversaires musclés qui lui avait plus tard fait un clin d'œil parce qu'elle avait maintenu l'allure. Au fond, elle passait de merveilleux moments.

Cette fois, elle se prépara mentalement. Elle avait pris froid, bien que le temps rende la chose peu probable. L'entraîneur plaisanta avec elle, disant qu'elle venait au tournoi juste pour la paella, ce qui en théorie était une idée alléchante, mais en réalité épouvantable – paella et vin entre les matches et en pleine chaleur.

Surprise. Il n'y avait que quelques filles qui jouaient. Tous les autres étaient des garçons. Dans son état physique affaibli par un manque d'exercice et le rhume qui l'accablait, elle en eut la gorge serrée. La journée s'avéra en effet difficile, et sa prestation fut loin de ce qu'elle avait été l'année précédente. Malgré tout, elle fit de nouvelles rencontres et on la complimenta sur son jeu.

Pendant le premier match, le garçon âgé de vingt-et-un ans aux cheveux blonds ne lui faisait pas confiance pour passer la balle. Elle lui donna probablement une raison pour changer d'avis car il la lui passa fréquemment dans la deuxième partie. Ils jouaient gentiment ensemble et discutaient entre les matches. Avant la fin du dernier match, elle faillit s'étaler de tout son long.

La semaine suivante, c'était la fête de la Musique. Toute la France célèbrerait la musique dans les rues, depuis les musiciens connus, jusqu'aux DJ et au simple quidam. Avec des amis, elle courut dans tous les sens sur le Vieux Port et le cours Julien, suivant la musique au hasard. La fête n'avait rien d'exceptionnel. Elle ne l'était jamais plus désormais. La première fois qu'elle avait participé à cette célébration nationale, elle était au lac avec lui. Ils avaient campé et traversé le lac en kayak jusqu'au village. Ils avaient bu et mangé dans le petit village, parcouru les quelques rues en écoutant de la mauvaise musique. Puis ils s'étaient éloignés en kayak jusqu'à un ponton flottant. Après avoir attaché les kayaks, ils avaient grimpé sur le ponton et bu encore, écoutant de la musique sur son téléphone portable. La lune pinçait l'eau, y laissant des particules scintillantes, et ils dansaient.

Depuis, la fête de la Musique n'avait plus aucune importance à ses yeux. Ce n'était pas seulement le fait de ne pas en profiter avec lui. La magie de cette première nuit ne se reproduisit tout simplement jamais. Elle la cherchait pourtant. Après des heures de quête, elle sauta sur sa moto et rentra chez elle.

Le jour suivant, c'était la fête du Panier, une célébration de quartier qu'elle n'avait jamais vraiment appréciée. Annika avait proposé d'aller d'abord à la fête de la plage des surfeurs. Elle imaginait que cela ne ferait pas de mal d'essayer quelque chose de différent. Et puis elle retrouverait Kelly, Ali, plus tard Rachel. La foule rassemblée pour la fête sur la plage ne lui plaisait pas mais Annika et elle dansèrent un moment. Le ciel nocturne et la mer s'étalaient derrière elles comme une toile.

Les filles s'ennuyèrent et décidèrent de retrouver les autres au Panier. La fête s'essoufflait mais lorsqu'elles arrivèrent, quelques-unes des chansons programmées retentissaient encore. Kelly, Ali et Rachel étaient avec Kévin, le petit copain de Kelly, et ses amis. Le groupe dansa en descendant une rue, puis une autre, jusqu'à arriver à un bar, où chacun s'acheta une boisson.

Quand ils eurent fini leur verre, la fête était officiellement terminée. Les amis attristés se tenaient sur la place d'où ils avaient une vue sur Notre-Dame de la Garde, et ils tentaient de déterminer ce qu'ils feraient ensuite. Annika se décida la première ; elle rentra chez elle. Kelly et Kevin voulaient aussi partir et Robin, l'ami de Kevin, partit avec eux. Restaient donc Ali, Rachel et elle.

Les filles suivirent un panneau qui annonçait un bal salsa à la descente d'une rue proche. Elles passèrent l'entrée du bar qui menait à un espace ouvert où elles entendaient de la salsa. Elles prirent un verre et passèrent les quelques heures suivantes à danser. Elle pensa que c'était la meilleure manière d'apprécier la fête du Panier : la manquer et finir dans un club de salsa.

Durant la semaine, Ali fit allusion à une exposition d'architecture qui avait lieu au cours du week-end. C'était une présentation de projets potentiels pour Marseille. L'annonce indiquait qu'on servirait de la paella à midi pour les visiteurs de l'exposition. Elle prit note de toutes les informations et décida d'y aller le dimanche.

Le sentiment de liberté pourrait se résumer à contempler la pureté d'une mer bleue, les cheveux au vent et la peau exposée à l'air salé. Elle acheta un billet pour la navette vers les îles du Frioule. Trente minutes plus tard, elle gravissait la colline menant à la chapelle où était affichée la présentation de cinq projets. La conception tout entière de l'exposition semblait négligée. Personne ne se trouvait là pour expliquer quoi que ce soit. Après avoir pris des photos de la description de chaque projet, elle descendit une volée de marches qui menaient à une boutique.

C'était habituellement une boutique. Mais ils servaient à déjeuner pour accompagner une œuvre d'art : il s'agissait d'un enregistrement. Plusieurs personnes étaient assises dans des chaises longues, écoutant la voix d'une femme qui s'échappait de haut-parleurs. Des bruits parasites faisaient vibrer l'air. La femme s'arrêtait au milieu d'une phrase, la répétait trois fois depuis le début avant de la terminer.

Le bleu au-dessus de la voile, au-dessus de la voile, au-dessus de la voile, le bleu au-dessus de la voile se fondait dans la mer.

Elle mangeait et écoutait, perplexe mais hypnotisée. C'était une histoire étrange, mais elle lui rappelait ses propres pensées, ou des souvenirs qui repassaient dans son esprit encore et encore. Elle n'avait pas la moindre idée de la finalité de cet enregistrement, mais n'avait pas envie de l'écouter tout l'après-midi. Elle se détendit dans une des chaises longues pendant une quinzaine de minutes, puis elle partit.

La semaine de travail fondit comme neige au soleil tandis qu'elle égrenait un jour après l'autre jusqu'au 4 juillet, qui se trouvait tomber un jeudi. Elle avait été informée d'une exposition dans sa crêperie préférée, *L'Ambassade de Bretagne*, où la toile maîtresse représentait le drapeau américain. Après avoir contraint quatre amies – ou plutôt les avoir convaincues par de délicieux arguments – à participer à un dîner qui promettait d'être fertile en événements, ou du moins en œuvres d'art, leur petit quintette survécut à la soirée sans que le sang ne soit versé. Les différends indubitables entre deux des amies nécessitèrent une séparation apaisée à la fin du dîner, si bien qu'elle se dirigea vers le pub avec son amie Annika pour une tournée de boissons et de billard américain. Annika fit la timide et laissa peser sur elle la responsabilité d'engager la conversation avec les garçons pour qu'elles puissent se joindre à une partie. Ce qui est choquant, c'est qu'il ne lui fallut pas longtemps avant de finir par être engluée dans une conversation lamentablement ennuyeuse, comme le font les jeunes de vingt-quatre ans.

Des visages juvéniles tournaient autour des deux jeunes filles. Elle se souvint soudain de ce que l'on ressentait à vingt et un ans. Annika, bien sûr, était attirée par le garçon blond, le beau parleur, un nom qui remplace clairement celui d'abruti. Les gens réagissent mieux au terme de beau parleur. Les garçons tentèrent de les entraîner vers un club, et bien qu'elle adorât danser, elle déclina la proposition et rentra chez elle, après leur avoir souhaité une merveilleuse soirée. Elle lança un rapide clin d'œil à Annika.

Ses oreillers ne lui avaient jamais paru aussi moelleux alors qu'elle se préparait pour une nuit de sommeil de six heures, rien d'extravagant. La nuit apporta des rêves agréables, la vague promesse d'un week-end palpitant. Les heures de travail du vendredi s'égrenaient. Après une journée entière passée à son travail pour le magazine et une demi-heure de son service du soir à l'English Institute, il lui envoya un sms.

On part au lac ce soir ?

La perspective de s'enfuir au lac ensemble pour le week-end fit naître un sourire sur son visage.

– Je termine à 19 h 30... Qu'en penses-tu ?

– D'accord.

– OK 🙂 Hôtel ? Elle savait que d'ici le moment où ils arriveraient au lac, il ferait trop sombre pour randonner trente minutes en traînant toutes leurs affaires jusqu'à leur endroit pour établir le campement. Elle pensa à leur dernier voyage et se souvint combien il avait été exceptionnel, mais aussi qu'il avait suggéré qu'ils auraient pu simplement passer la nuit à l'hôtel.

– Oui.

– Ouais ! ;)

Elle se dirigea vers la porte à dix-neuf heures trente pile. Un arrêt rapide devant l'ordinateur pour rentrer les résultats de ses étudiants. Elle remarqua que les ordinateurs avaient été éteints. Cela la força à affronter sa collègue Mailys, la coupable. Elle n'avait en réalité rien contre elle, mais elle avait besoin de régler le problème pour n'avoir pas encore eu le temps d'entrer les données. La vérité de l'affaire se résumait aux problèmes de nouvelle gestion du personnel. Le directeur nouvellement embauché lançait de prétendues insultes anonymes et tentait verbalement de monter les collègues les uns contre les autres. Comment il avait réussi son inspection au moment d'être sélectionné, voilà qui laissait tout le personnel perplexe.

Mailys revenait sur l'atmosphère peu agréable et les deux filles en vinrent peu à peu à échanger leurs expériences précédentes avec le directeur en question. Elles exprimèrent leur inquiétude profonde et leur déception. La joie qu'elle avait jadis ressentie en entrant à l'institut pour donner ses cours avait été anéantie après plusieurs cas de comportement déplaisant de la part du directeur. Elle expliqua à Mailys qu'elle était déjà en train d'écrire une lettre au grand patron. Lorsqu'elle se rendit compte que d'autres étaient également mécontents, elle décida d'envoyer la lettre par courriel à ses collègues pour qu'ils puissent gérer la situation en tant qu'équipe. La conversation prit au moins vingt minutes, ce qui la retarda considérablement pour faire ses bagages.

Dès qu'elle arriva chez elle, elle jeta dans un sac des vêtements et autres objets de première nécessité et attendit son appel. Pour ce voyage, ils ne prenaient pas les kayaks, donc il n'était pas nécessaire qu'elle le retrouve au garage. Il sonna et elle se précipita à sa rencontre. Depuis le siège conducteur, il tendit le bras et lui ouvrit la porte. Souriante, elle monta. Tandis qu'elle s'asseyait, elle vit plusieurs sacs qui occupaient le siège arrière, ainsi que la tente !

– Donc..., déclara-t-elle en le regardant droit dans les yeux, légèrement énervée.

– Donc, nous allons camper. Il avait dû voir le tremblement de ses paupières. J'ai appelé l'hôtel du coin et les prix ont triplé depuis la dernière fois. C'est environ quatre-vingt-dix euros la nuit à présent, et puisque nous ne serons pas là-bas longtemps, cela semble ridicule.

– Quoi ! C'est parfaitement ridicule. Va savoir pourquoi. Plus on se rapproche de l'été, plus le lieu est envahi par les touristes. Sa déception restait perceptible.

– Tu n'es pas contente que nous campions.

– Ce n'est pas cela. Je vieux dire, oui, j'aurais préféré séjourner dans un hôtel cette fois, mais c'est trop cher.

– Quatre-vingt-dix euros pour y rester juste quelques heures de la nuit ne se justifie pas. Tu n'es pas d'accord ?

– Bien sûr que oui. Tant pis. Je me réjouissais à la perspective d'un bain et d'un lit confortable, mais je sais que tu as essayé.

– J'ai appelé tous les hôtels là-bas et tous les prix étaient aussi élevés.

– Eh bien, comment est-ce que cela va pouvoir marcher ? Nous ne pouvons descendre avec toutes nos affaires à notre endroit habituel et installer notre camp. Il fera sombre et il sera tard !

– Non, j'ai en tête un emplacement parfait pour un campement. J'y allais enfant avec mon père. Je ne me souviens pas exactement où c'est mais cela ne devrait pas être trop difficile à trouver. En plus, avec mon père et Alex, nous prenions une autostoppeuse que nous appelions Dents jaunes. Elle était folle, vivait dans une sorte de cabane au bord de la route avec un jardin, et elle avait cette ancienne *mobylette* qui date de l'antiquité. Peut-être vit-elle encore là-bas. Elle pencha la tête en arrière pour exprimer la fatigue d'une journée de travail de dix heures, tandis qu'il poursuivait.

– Tu vas m'aider à conduire jusque là-bas.

Un soupir qu'elle ne put réprimer lui échappa, accompagné par un regard sévère qui manifestait de l'irritation. La journée avait été si longue, épuisante, et elle avait pensé que son désir de « s'occuper de tout » signifiait qu'il voulait qu'elle se détende. Lui demander de conduire sur une partie du trajet semblait momentanément lui retirer la possibilité de le faire.

– Super sympa, dit-il en réponse. Cela me gâche tout simplement le week-end. Tu ne veux même pas me donner un coup de main. Je veux dire, c'est moi qui me suis occupé de tout, d'emballer toutes les couvertures dont nous aurons besoin, de mettre en état la tente, de préparer le camping gaz et une casserole... Il continuait tandis que l'irritation montait en elle.

Elle l'interrompit pour expliquer ce qu'elle attendait du week-end, compte tenu de son affirmation préalable de tout prendre en charge. Puis, une fois qu'elle se fut calmée et qu'elle l'eût calmé, elle fit des compromis. Elle conduirait sur l'autoroute jusqu'à la sortie sélectionnée, et il prendrait la relève à partir de là. En fait, elle finit par conduire tout le long, ce qui s'avéra plutôt relaxant quoi qu'il en soit.

La maison de Dents jaunes était demeurée intacte, à l'endroit où elle se trouvait quinze ans auparavant. Là, juste dans le jardin, il y avait la fameuse *mobylette* avec un panneau à vendre. Il s'énerva quand ils passèrent à côté. Il s'agita dans le siège passager, puis commença à parler de l'année et de la marque, se demandant pour quelle somme elle la vendrait et si elle marchait encore. Pendant les vingt minutes suivantes, tout ce qu'elle entendit fut à quel point il aimerait acheter la mobylette. Le tableau tout entier, maison, plus jardin, plus l'antique mobylette lui représenta par flashes rapides ce qu'était vraiment un hippie. Cela faisait longtemps qu'elle n'avait pas vu un tel décor domestique.

Ils changèrent de place, et il prit le volant. Au détour d'un virage montagneux, l'entrée du camping apparut furtivement. S'il ne s'était pas rappelé du virage, ils auraient facilement pu passer à côté du chemin de terre rocailleux qui menait au milieu des arbres. Après avoir choisi un minuscule espace hors de la route, conçu pour assurer davantage d'intimité aux campeurs, il se gara. Il sélectionna un emplacement pour la tente et la mit en place derrière la voiture en moins de cinq minutes. Une fois la literie installée, ils flânèrent en direction des douches situées près de la falaise au-dessus du canyon. Deux chaises longues faisaient le gué au-dessus de la corniche, et la lumière des étoiles leur offrait la chance de percevoir la beauté autour d'eux.

De retour à la tente, ils commencèrent à cuisiner des saucisses à la poêle et ils burent du vin rouge. Le dîner fut clôturé par du vin répandu sur leur couverture, un revers mineur pour cette soirée, et ils poursuivirent en regardant les étoiles, des millions d'étoiles simplement suspendues au-dessus de leurs têtes microscopiques. Soudain, un bébé sauterelle sauta sur leur couverture. De l'index, il approcha Petite Verte. Ensuite, il caressa doucement ses pattes arrière pendant quelques secondes, jusqu'à ce qu'elle s'échappe d'un bond. Le ciel plein de constellations et d'une pureté sans tache leur offrit trois étoiles filantes, et elle fut témoin du passage de l'une d'elles, sans parler des nombreux satellites qui erraient. Si l'on excepte les Allemands, qui riaient et parlaient fort, la nuit se montra digne d'admiration.

À huit heures du matin, un rayon de soleil les tira de leur tente. Ils s'habillèrent et partirent vers le village situé à cinq kilomètres de là pour un petit déjeuner démoralisant. Elle avait demandé un verre d'orange pressée. Le goût trahissait un jus concentré bon marché, mais elle le but néanmoins volontiers.

Ils prirent la voiture jusqu'au supermarché pour acheter de la nourriture avant d'atteindre le belvédère, qui était le but recherché. Ils se garèrent sur le bas-côté et suivirent à pied la route jusqu'à l'entrée du sentier. Il y avait plusieurs adultes avec des enfants, mais ils savaient qu'ils trouveraient un endroit sans touristes.

C'était une marche intense, dans l'obscurité, à travers le site de l'ancienne mine, trois longs tunnels avec des ouvertures minimales pour voir la rivière au-dessous. Flaque après flaque, ils vainquirent les tunnels avec seulement leurs chaussures trempées. Le trajet suivant était une bagatelle jusqu'à la descente, une falaise escarpée qui menait vers la rivière. Aucun autre randonneur ne s'aventurerait sur ce chemin.

Le courant fougueux se précipitait à côté du sentier tandis qu'ils recherchaient l'endroit idéal pour paresser et pique-niquer. La rivière rapide faisait le grand saut au moment où elle tournait brusquement à droite, puis à gauche. Ils choisirent cet endroit protégé pour s'allonger au soleil.

Ils étaient parfaitement préparés ; il avait glissé son frisbee M&M jaune dans le sac. Un pied dans l'eau, son corps était averti de sa température glaciale. C'était mortel. Cependant, la chaleur intense du soleil sauva la mise. Un plongeon rapide et elle était sortie. Un autre plongeon rapide vérifia ses présomptions : c'était plus chaud à chaque fois.

Après avoir pleinement apprécié leur déjeuner, qui incluait une bière régionale des Alpes et une bouteille de rouge, ils se mirent à faire une partie de frisbee, comme des enfants. Tout d'abord, ils restèrent du même côté de la rivière, mais quand ils s'en lassèrent, elle décida de nager de l'autre côté et d'attendre sur un rocher plat qu'il lance le frisbee. Il l'encouragea tandis qu'elle avait l'audace de sauter dans le courant glacé et de lutter pour traverser.

Le jeu se termina enfin. Elle traversa à nouveau à la nage pour s'asseoir en haut d'un rocher à la forme trop ingrate pour que des fesses y prennent place confortablement. Il tripotait quelque chose sur un rocher derrière le sien. Comme elle tournait la tête vers le côté, elle le vit du coin de l'œil prendre une photo d'elle. Elle sourit. Puis elle se tourna suffisamment pour le voir qui se tenait là, de toute évidence excité. Il rougit un peu, embarrassé, et il rit. Pas un instant de perdu, elle sauta sur le rocher où il se trouvait, l'embrassa avec passion et commença à caresser son corps tandis qu'il faisait de même.

Elle appuya ses mains sur ses épaules, le forçant doucement à s'asseoir. Ses genoux glissèrent le long de ses cuisses jusqu'à atteindre ses hanches, et elle commença lentement à lécher ses lèvres avec le bout de sa langue. Elle se glissa plus avant vers lui, si bien que ses seins s'écrasèrent sur sa poitrine. Tandis qu'elle l'embrassait, elle passa ses doigts dans ses cheveux pour les saisir. Et sous la chaleur qui réchauffait tellement l'âme, l'amour coula dans leurs veines, et un moment unique fut gravé. Pour ne jamais se perdre.

Plus tard, le soleil quitta leur côté de la rivière, et ils parlèrent de traverser vers l'autre rive, là où il y en avait encore. Afin de s'assurer qu'ils le feraient, il visa le rocher d'en face et se trouvait sur le point de lancer le frisbee.

– Non, ne le fais pas, dit-elle en souriant. Que se passe-t-il si tu rates ton coup ?

– Eh bien, si je le jette là-bas, nous devrons aller le chercher.

– Tu tentes le sort. Si tu rates ton coup, tu plongeras dans l'eau froide à sa poursuite. Pas d'inquiétude, de toute façon, nous irons de l'autre côté.

Il fit son sourire têtu et lança.

L'eau clapotait contre la surface rocheuse qui bordait la rivière, déterminée à laisser sa marque. Un vent léger soufflait. Au moment même où le frisbee prit son envol à travers les airs, elle laissa échapper un cri strident. La brise n'avait rien à voir avec le besoin qu'éprouva le frisbee de dévier de sa course. Il s'éleva pour plonger directement sous leurs yeux dans le liquide bleu glacé, les mettant au défi de tenter de récupérer au plus vite l'objet rond et jaune. Il se jeta dans l'eau en un effort pour accomplir cet objectif, sans succès. Le courant le força à sortir et il grimpa sur le rocher de l'autre côté. Elle suivit son exemple.

– Il est perdu pour toujours, dit-il, jetant négligemment les bras en l'air dans la direction où l'eau coulait.

– Je ne peux accepter ça. Elle marcha vers le bord et sauta dans l'eau. À mi-chemin, elle se rendit compte que ses lunettes de soleil étaient sur sa tête. Elle tendit la main pour les saisir mais elles avaient déjà été emportées. Le courant l'emmena vers l'aval et chaque fois qu'elle avait une chance de grimper sur un autre rocher pour se mettre à l'affût, elle le faisait. Cette fois, il la suivit.

Ils découvrirent différents endroits de la rivière durant cette escapade. Ses lunettes de soleil avaient disparu pour de bon. Juste au moment où il confirmait qu'il était vain d'espérer repérer le frisbee, elle regarda, et il était bien là !

Pour célébrer l'événement, ils se réconfortèrent avec la dernière bouteille de bière régionale qui était restée au frais entre les rochers de la rivière, près de leur endroit. La conclusion parfaite d'une journée parfaite. Sauf qu'elle n'était pas encore tout à fait terminée. Le soleil qui les avait enivrés de lumière les laissa sans force pour marcher, et pourtant il fallut bien. Une falaise à un angle de soixante-dix degrés se dressait devant eux. Le début fut l'enfance de l'art, comme elle grimpait petit à petit, portant un sac rempli de déchets.

Tout d'un coup, ses pieds arrêtèrent leur mouvement tandis que son regard se porta vers le haut pour analyser une situation rapidement estimée déloyale. Un petit mouvement vers la gauche, puis vers la droite, la convainquit qu'aucune direction n'était très attrayante. Juste au moment où elle décidait de choisir le sentier à gauche, il se fit entendre depuis le bas.

– Va à droite, cria-t-il. Sa suggestion s'opposait à son instinct premier, et bien que son intention soit d'être conciliante, la peur qui venait avec la prise de conscience de la réalité de leur situation commença à brûler en elle. Il se répéta.

Après avoir laissé échapper un soupir, elle passa de la parole aux actes et tenta de bouger vers le côté droit.

En moins d'une minute, le temps que ses pieds glissent de quelques centimètres vers le bas et que son cœur batte d'affolement devant l'absence d'arbrisseaux à saisir, elle écarta son aimable conseil.

– Je vais à gauche !

– Mais à gauche ça ne mène nulle part.

– Il n'y a rien à quoi se raccrocher sur la droite. Nous allons nous tuer, sans aucun doute. Fais ce que tu veux. Je vais de ce côté, même si je dois grimper à travers les buissons. En disant ces mots, elle avançait un pied à la fois, tandis que ses mains saisissaient au hasard des rochers solides jusqu'à atteindre le seul de bonne taille, pas très loin de l'alignement d'arbres qui annonçait le bois.

Tout au long du chemin, il criait des commentaires censés la motiver et elle tournait la tête pour le voir suivre sa voie. C'est alors qu'elle comprit l'importance de sa décision. S'ils ne réussissaient pas à atteindre le sommet, ce serait le résultat direct du choix qu'ils avaient fait, qu'elle avait fait, de prendre cette voie.

Trouvant en elle de nouvelles forces, elle lutta pour se frayer un chemin jusqu'à la première branche d'arbre qu'elle put saisir et, le sac entre les dents, elle se hissa jusqu'au bois.

Elle fut tout d'abord soulagée, puis le bruit de ses pas alors qu'il montait fit qu'elle commença à s'inquiéter. À peine une minute plus tard, elle sauta à nouveau à l'endroit qu'elle avait choisi pour pénétrer dans le bois afin de le guider. Une fois qu'il fut proche, elle le persuada de lui donner le sac qu'il avait porté et qui pesait trois fois plus lourd que le sien.

– Y a-t-il un sentier ? demanda-t-il après s'être hissé dans la forêt.

– Pas vraiment, mais quelque chose qui y ressemble suffisamment pour pouvoir nous aider à traverser sans nous égarer. En plus, tant que nous nous dirigeons vers le haut et non vers le bas, tout ira bien.

– Vrai. D'accord, on fait comme ça.

Elle attendit à peine sa réponse ; elle saisit son sac et marcha vers le haut, le laissant ramasser le sien qui était beaucoup plus léger. Ils rusèrent pour atteindre le sommet et se réjouirent à l'arrivée. Le sentier dans le bois avait été le bon choix, sans l'ombre d'un doute.

– Bravo baby. Tu t'en es vraiment bien sortie, marmonna-t-il entre deux respirations irrégulières.

Ce soir-là, une fois de retour au camping, ils se douchèrent et s'habillèrent pour le dîner. Ils décidèrent d'aller dans un restaurant pittoresque dans un village proche. L'atmosphère légère et joyeuse calma leur esprit et délassa leur corps. Après un repas honnête, ils passèrent à côté de la fête du village et décidèrent de ne pas y participer pour éviter l'humiliation. L'air doux, le tendre clair de lune, et la paix de l'âme leur permit de bien dormir toute la nuit.

Le jour suivant, à une heure vive et matinale, ils s'arrachèrent du camping dans sa *Twingo* vert anis deux portes, projetant le gravier alentour et laissant un nuage de poussière derrière eux. Quelques personnes, qui s'étaient garées le long de l'entrée du camping, leur lancèrent des regards étincelants, ébahis de voir un jeune couple sourire et rire, de la fumée flottant par la fenêtre passager et la musique à plein volume. Il se peut que cela suffît à leur rappeler leurs jeunes années de rébellion.

La route des Moustiers les emmena vers leur coin habituel près du lac. Après s'être arrêtés au marché pour acheter les denrées de première nécessité, ils descendirent vers le site. Bien que la marche de quarante-cinq minutes les eût épuisés, ils accélérèrent le pas quand ils remarquèrent un kayak et des serviettes au bord du lac près de la cabane, signalant la présence du vieux couple. Ils avaient construit la cabane, mais la propriété ne leur appartenait pas. Près d'un hamac, ce couple avait installé un panneau « propriété privée » qui ne reflétait pas la vérité. Ne voyant personne à ce moment-là, ils dépassèrent la zone en toute hâte pour se rendre sur une autre petite plage isolée.

– *Merde*. On a oublié la poêle, pas vrai ? demanda-t-il juste avant d'atteindre la pente qui descendait vers la plage.

– Euh, j'ai pris le camping gaz. Sa voix se teintait d'affolement, pensant que s'ils l'avaient oubliée, il rejetterait la faute sur elle.

– Comment se fait-il qu'à deux nous ne soyons pas capables de nous souvenir de tout ? Nous avons apporté des côtelettes d'agneau et nous ne pouvons même pas les manger. Il fit une pause. Tu sais, s'ils n'étaient pas là, je prendrais juste une des poêles dans la cabane. Il y en a quelque chose comme vingt. Il fit une autre pause. Tu pourrais aller leur demander. Non, tu ne le ferais pas, dit-il si sûr de lui, si certain de la connaître.

– Bien sûr que je le ferais, dit-elle en souriant malgré son irritation, et elle retourna vers la cabane.

Puisque personne ne se trouvait dans les environs, elle supposa que le vieux couple était en haut de la colline sur laquelle était construite la cabane.

Le sentier familier la conduisit à une piste escarpée en terre battue. Elle arriva à un autre panneau « propriété privée », poussa un soupir, et continua d'avancer. Dix pas plus loin, elle atteignit les lieux, et là, à une distance de sécurité, arpentant la colline, se pavanait un vieil homme nu. Rien ne l'empêcherait d'obtenir la poêle, qu'elle doive ou non se la procurer à la manière de l'agent 007.

Pourtant, elle rassembla tout son courage et cria « bonjour ». De toute évidence, l'âge du vieil homme affectait son ouïe, même si la sienne aurait aussi pu bénéficier d'une petite mise point, mais il tourna la tête après le troisième bonjour. Il posa la grande serviette qu'il était en train de secouer et marcha droit vers elle jusqu'à se trouver à moins d'un mètre de distance, nu comme un ver.

Ses cinq années de vie en France devaient l'avoir préparée à cet instant. Quiconque aurait observé la scène aurait remarqué qu'elle ne montrait aucun signe de gêne. Ses yeux restèrent fixés aux siens, sans s'égarer un seul instant, alors qu'elle parlait.

– Salut. Je suis vraiment désolée de vous déranger. Ce n'est certainement pas mon intention. Mais vous voyez, mon petit ami et moi nous sommes venus pour l'après-midi pique-niquer sur la plage plus loin au bord du lac, et nous avons oublié notre poêle à frire. Elle ne pouvait faire allusion au fait qu'ils étaient au courant pour la cabane, ou pour les poêles. Vous n'en auriez pas une que nous pourrions emprunter par hasard ?

– Si, j'en ai une que je pourrais vous prêter. Vous êtes seulement là pour la journée ? C'est illégal de camper, vous savez ? Ils vous donneront une amende de mille cinq-cents euros.

– Oh, on le sait, et de toute façon, on était dans un camping de l'autre côté du lac. Mais demain on travaille tous les deux et on ne peut rester davantage.

Il lui posa des questions à propos du camping et lui parla de lui et de sa femme. Ils avaient construit la cabane plus de trente ans auparavant et venaient de Corse. À chaque occasion, ils venaient en vacances ici, à leur endroit. Il alla à l'intérieur chercher la poêle et revint.

– Et voilà. Surtout, ramenez-la. Ça ne nous dérange pas de prêter des choses à condition qu'on nous les rende. Oh, vous ne faites pas de feu, j'espère ? Ce n'est pas autorisé, et c'est dangereux.

– Non, non. Ne vous inquiétez pas. Nous avons un brûleur à gaz de camping, et nous ramènerons la poêle sans faute, et propre en plus, dit-elle, et elle s'esquiva.

Quand elle le vit sur la plage, elle lui fit des signes et lança la poêle avant de descendre la côte. Il ne s'émerveilla pas de ce qu'elle avait accompli, ce qui la déçut grandement. Il ne posa pas la moindre question à propos de cette aventure. Elle lui donna quand même les détails.

Ils eurent une bonne vingtaine de minutes de soleil avant que le ciel ne se couvre presque complètement de gros nuages gris. Un orage se préparait. Le tonnerre martelait tout près, et la foudre frappait au loin. Ils installèrent le pique-nique sous un arbre qui les protègerait en cas de pluie. Tandis qu'il commençait à faire frire les côtelettes d'agneau, il plissait les yeux dans la direction d'où ils étaient venus.

– Le vieux type nous regarde avec des jumelles.

– Peu importe, répondit-elle, en riant de sa plaisanterie.

– Non, c'est vrai. Il s'est agenouillé sur une jambe, a le coude appuyé sur l'autre, et des jumelles dans les mains.

Elle se tourna pour regarder et, effectivement, c'était exactement comme il l'avait dit. Le vieil homme avait espéré que les feuilles des arbres et les buissons le garderaient invisible. Horrifiée, elle en eut le souffle court, puis à nouveau éclata de rire. Ils se détournèrent un moment puis, quand ils se retournèrent à nouveau, il avait disparu.

Le spectacle était terminé, donc ils mangèrent et burent. Ils burent jusqu'à vider la bouteille de vin et le paquet de six bières. Le jus, source de gaité, se transformait en un plutonium liquide qui coulait en chacun d'eux. Epuisés, ils tombèrent sur la couverture étendue devant eux. L'épuisement, bien sûr, se dissipa alors qu'ils liaient étroitement leurs corps. Elle glissa les doigts dans sa chevelure tandis que leurs lèvres s'activaient en même temps.

À seize heures trente environ, ils se dirigèrent à nouveau vers le haut de la colline et, une heure et demie plus tard, ils s'écroulèrent littéralement de fatigue dans la voiture. Sur le chemin du retour, il lui dit à quel point il aurait aimé prolonger leur séjour. Elle acquiesça, bien qu'elle sache à quel point elle était heureuse d'avoir d'autres projets. Cette nuit-là, son amie Margaux l'attendrait et elles iraient à la Friche pour regarder un film sur le toit-terrasse au coucher du soleil.

Il la déposa chez elle. Elle se doucha et prit ensuite sa moto pour se rendre chez Margaux qui naturellement l'attendait tout excitée. Margaux descendit les escaliers de son appartement et, une fois dehors, laissa échapper un petit glapissement de fille et ses épaules se soulevèrent. Il n'était pas compliqué de savoir quand Margaux était heureuse, et il n'était pas compliqué de savoir quand elle ne l'était pas.

Les filles partirent ensemble à moto par cette chaude soirée d'été avec le cœur léger, portées par l'enchantement de la nuit et l'idée de la passer en bonne compagnie. Quand elles arrivèrent à la Friche Belle de Mai, elles se transformèrent en touristes et cherchèrent les escaliers qui menaient sur le toit-terrasse. Après avoir gravi le mauvais escalier quelques fois, elles allèrent au fond et furent ensuite dirigées. À ce moment-là, le groupe qui avait commencé à les suivre se rendit compte de leur erreur et fit demi-tour.

– Il vous faut retourner vers l'avant et prendre les escaliers à gauche, leur dit un homme qui travaillait dans la zone arrière.

Les deux filles réussirent encore à grimper à nouveau le mauvais escalier qui les conduisit à un portail fermé par une chaîne. Elles rirent de leur stupidité, regardèrent à gauche, et virent une petite foule qui passait les portes. Une fois redescendues, elles s'approchèrent et entrèrent par les portes. Après avoir monté les escaliers qui menaient au toit-terrasse, elles virent qu'un bar avait été installé et qu'un grand écran blanc était en place pour le film.

Son ami Geoffrey et l'une de ses copines attendaient les deux filles. Ils s'étaient approprié des chaises et une table, mais la foule considérable ne leur avait pas permis de réserver deux places supplémentaires pour les retardataires. Une petite scène était installée en face de l'écran où des danseurs se produiraient avant le début du film.

Le coucher de soleil somptueux après une journée nuageuse lui mit le sourire aux lèvres.

Les conversations flottaient dans l'air d'un coin à l'autre du toit-terrasse et l'atmosphère de liesse estivale emplissait leur cœur d'une joie simple. Le film, *La Source des femmes*, bien qu'il soit par moments hilarant, véhiculait un message profond. Il était bien conçu et bien filmé. Les acteurs choisis prêtaient leur personnalité à l'histoire, si bien qu'avant la fin, le public s'était plutôt attaché à eux. Au cours du film, quinze colombes s'envolèrent derrière le grand écran, en direction de l'endroit où l'éclat du soleil avait percé de son laser les fissures des nuages.

Elle réfléchit à l'importance d'un week-end comme celui qu'elle venait de vivre. La vie, pour elle, se résumait à l'accumulation de moments fantastiques qui compensaient les moments terribles, et cependant inévitables. Pour aimer la vie, il faut profiter au maximum de chaque jour, tout en acceptant certains aspects terre à terre et exaspérants, comme le fait de payer des impôts. Chose regrettable.

Le dimanche prit fin hélas, et elle s'éveilla le lundi avec un sentiment de satisfaction. Après une journée de travail complète au magazine et son service du soir à l'English Institute avec trois heures de cours, elle prit plusieurs verres avec Annika et toute la bande. Cela lui rappela ses années d'étudiante, quand les gens ne savaient parler que des cours, de l'université, de nourriture et de boissons. Elle passa quand même un moment agréable. Le pub, le *Red Lion*, était posé en face de la plage, si bien qu'elle prit plaisir à jeter un regard vers la mer ou à lever les yeux vers le ciel entre les répliques échangées.

Si jamais un jour pouvait déterminer plusieurs facteurs importants dans sa vie, ce fut bien le jour suivant. Rien d'inhabituel ne se produisit tout d'abord ; elle donna la dernière touche aux articles, pour qu'ils soient prêts pour le stade de mise en page, et elle fut invitée à un barbecue par une amie et collègue de travail. Le barbecue aurait lieu chez son amie près de Pointe Rouge, une zone en bord de plage, et l'air nocturne était vraiment agréable.

Elle partit de chez elle et roula jusqu'au feu de signalisation en bas de la rue, en route pour le barbecue, avec le sentiment d'être au sommet du monde. Le feu était au rouge quand elle s'approcha, si bien qu'elle dépassa les voitures et s'arrêta pile devant. Cependant, elle savait qu'il y avait un radar juste après le feu, parce qu'on l'avait récemment repoussé d'un ou deux mètres. Bien qu'elle n'ait jamais compris pourquoi on l'avait fait, elle décida d'avancer un peu jusqu'à un point où elle dépassait à moitié le feu. Quand il passa au vert, elle démarra.

Pin-pon-pin, pin-pon-pin, des sirènes retentirent. Regardant en arrière, elle se rendit compte que c'était pour elle. La panique lui monta dans la gorge et pulsa dans ses mains. Elle se rangea, flippant intérieurement à l'idée que son assurance avait expiré depuis novembre. Qu'allait-il se passer ? Que pouvait-il réellement se passer ? Aux États -Unis, elle aurait une amende à coup sûr, et qui sait quoi d'autre, mais ici ?

– Permis et carte grise, demanda un des officiers de police, avec une gravité inquiétante.

Elle se tenait là, absolument adorable, prête pour une soirée agréable. Elle sortit calmement les papiers demandés et les leur tendit. Après que les officiers de police les eurent regardés pour les jauger, elle ouvrit la bouche.

– Pourquoi m'avez-vous contrainte à me ranger ?

– Vous avez brûlé un feu rouge.

– Quoi ? Elle expliqua alors pourquoi elle s'était arrêtée là où elle l'avait fait, et précisa qu'elle n'avait pas brûlé le feu rouge, mais qu'elle avait attendu qu'il passe au vert avant d'avancer. Ils insistèrent sur le fait qu'elle avait brûlé le feu rouge. Elle était furieuse mais restait calme.

– Où est votre assurance ?

– Elle devrait être là-dedans.

– Elle n'y est pas.

– Bon, donnez-moi une minute pour regarder dans mon sac. Elle commença à farfouiller dans son sac mais sans résultat. Elle eut l'air sous le choc. Elle doit être chez moi. J'habite juste en haut de la rue. Elle avait espéré qu'ils lui demanderaient de courir jusque chez elle et d'envoyer une copie plus tard.

– Cette moto appartient en fait à M. G... Appelez-le et posez-lui la question.

– Je ne peux pas. Il travaille.

– Et bien, vous avez intérêt à le faire, parce que nous devrons la confisquer s'il n'y a pas d'assurance.

– Quoi !? Ils expliquèrent qu'ils les emmèneraient, la moto et elle, au poste de police où ils rédigeraient un rapport et garderaient la moto. Elle craqua et appela..., espérant qu'il ne répondrait pas pour qu'elle puisse essayer de gérer la situation par elle-même.

– Allô ?

– *Aïe*, pensa-t-elle. Salut, j'ai un petit problème. Elle expliqua et ensuite lui demanda ce qu'il savait de l'assurance.

– Autant que je sache, la moto est couverte.

Le policier lui demanda de lui donner le téléphone, souhaitant de toute évidence accélérer le processus. Il se mit à lui dire qu'elle avait conduit de façon dangereuse et fit d'autres remarques du même genre. Elle se tenait là, le regardant avec ses sourcils froncés, en colère contre ses fausses accusations. Comment osait-il parler ainsi de sa conduite ? Ses mots donnaient une idée erronée de son comportement. Rien ne pouvait l'irriter davantage que des mensonges la concernant, mis à part les mensonges en général.

En terminant la conversation, le policier dit qu'il devrait appeler la compagnie d'assurance pour vérifier. Il le fit, naturellement, et, à son grand amusement, découvrit que l'assurance avait été résiliée quelques mois plus tôt. Elle partit donc pour le commissariat à l'arrière de la voiture de police, tandis que l'autre agent conduisait sa moto derrière d'eux.

Juste devant le poste de police, deux jeunes garçons maghrébins sans casque passèrent sur un scooter, criant et faisant des signes de la main aux agents.

– Vous ne devriez pas poursuivre des gars comme ça ? Des pauvres types de ce genre font la loi dans les rues, et ce n'est pas un problème.

– Nous travaillons à deux, et vous pensez que nous devrions vous laisser partir pour leur courir après ?

– Probablement.

Ils entrèrent dans leur bureau où l'agent le plus sympathique lui offrit une cigarette et de l'eau en bouteille. Hésitante, elle accepta de boire. Parce qu'il faisait tellement chaud, elle termina la bouteille en quelques minutes. Ils mirent environ une heure à écrire le rapport, qu'elle signa, après avoir soigneusement lu ce qui était écrit. Ils lui dirent de revenir avec une attestation d'assurance avant qu'ils l'autorisent à récupérer sa moto.

– Nous venons de vous sauver la vie, entendit-elle distinctement un des officiers lui dire.

Elle remarqua plusieurs appels manqués de son petit copain et le rappela. Après un bref récit de toute l'affaire, elle lui dit qu'ils verraient son père le matin suivant. Il vint cette nuit-là pour poursuivre la discussion. Elle laissa un message sur la boîte vocale de son amie, expliquant la situation et lui disant qu'elle ne pourrait pas venir au barbecue. La soirée avec lui calma ses nerfs. Elle se sentait détendue à propos de tout ça et elle en rit.

Le lendemain, ils rencontrèrent le père de son petit copain pour discuter précisément de ce qu'il fallait faire. Son père l'emmena à la compagnie d'assurance, ce qui se révéla être plus compliqué. L'agent d'assurance avait besoin d'appeler son siège et de discuter de cette situation fâcheuse. En attendant que l'agent d'assurance règle le problème, il la déposa chez elle et ensuite se rendit à l'hôpital. Il s'était fait mal au pied en tombant d'une échelle une semaine auparavant.

Comme elle avait du temps à tuer en attendant de savoir ce qui se passait pour son assurance, elle prit sa bicyclette et alla à la Préfecture pour se renseigner concernant son visa. Assise au bureau à l'institut, elle reçut l'appel concernant son assurance. D'un coup de bicyclette, elle alla jusqu'au cabinet d'assurance au coin de la rue et récupéra la carte d'assurance.

À midi et demi, elle eut le temps de se rendre au *Petit Nice* place Jean Jaurès et de déjeuner avec Kelly. Puis, pour parachever sa journée, elle retourna au poste de police pour une dernière visite afin de montrer la preuve qu'elle était bien assurée. Ils lui rendirent tous les papiers pour la moto, y compris une lettre pour la fourrière, stipulant qu'elle avait le droit de la reprendre. Il était alors environ quinze heures, le bon moment pour se rendre à la fourrière. Le processus était long, en trois étapes : le policier, le registre et le gérant du garage. Elle trouva que c'était une perte totale de temps, mais typiquement français.

Ce fut finalement son tour d'entrer dans le garage, de récupérer ses clés auprès du gérant qui lui montra sa moto. Il discutait avec elle en chemin, lui demandant ce qui s'était passé. Quand elle lui donna la version courte de l'histoire, il leva les sourcils.

– Oh, c'était vous ! Il avait de toute évidence tout entendu de l'histoire par l'équipe de nuit.

Comme elle se préparait à partir, il lui lança une ou deux répliques flatteuses, disant combien elle était belle. Légèrement dégoûtée par le fait que les mecs fassent des avances à n'importe quelle nana qui passe, elle émit un gentil au revoir et partit.

Quelle journée ! Elle déchargea sa fatigue émotionnelle une fois de retour chez elle et glissa dans un profond sommeil. Quand elle se réveilla, elle vit un sms de Sandie. C'était un de ces messages sympa adressés aux filles, donc elle savait qui serait là. La thématique serait logiquement *apéro* au port. Il était étrange que cela semble toujours tomber le jeudi soir.

– Bien. Ok, c'est le pub *O'Malleys*, se dit-elle.

Avant de retrouver ses amies, il fallait qu'elle aide à superviser la fête de l'Été Côté Plage à l'institut. Quelque temps auparavant, elle s'était enthousiasmée à cette idée, pensant combien il serait plus excitant de se mêler à ses étudiants adultes que de parler des personnages tordus de Hugo tirés de leur manuel, bien que cette intrigue contienne des moments désopilants. Cependant, son emballement n'était plus le même en raison du changement qui affectait l'atmosphère autrefois légère et amicale de l'institut. Pourtant, elle était heureuse de passer quelques instants en compagnie de certains étudiants qu'elle adorait, Myriam par exemple.

C'était une femme qui, selon son estimation, approchait la quarantaine, avec une silhouette fine, un superbe teint cuivré, une chevelure noire, longue, épaisse et bouclée, et une énergie remarquable. Elle parlait sans détour et se montrait toujours prête à rire. Mais quelque chose en elle voilait ses yeux d'un éclat plus tendre, révélant cette profonde tristesse que la vie finit par instiller en chacun de nous.

Myriam la vit en premier et vint directement la saluer et lui présenter son petit ami. Elle avait beaucoup entendu parler de cet homme et pensait qu'il était gentil. En le rencontrant pour la première fois, elle remarqua la simplicité délicate qui émanait de ce couple, de façon douce et romantique. Myriam semblait fière de présenter son galant et tous les trois causèrent un petit moment. Tous ceux qui travaillaient à l'institut connaissaient et adoraient cet ange aux cheveux bouclés.

Elle quitta la fête estivale et partit en moto pour le pub *O'Malleys*. Cette soirée se révélait être un rassemblement plus important qu'elle n'avait anticipé. Quand elle fit son apparition, Vanessa et Kelly étaient déjà arrivées, et elles étaient à l'intérieur en train de se procurer une bière. Elle les héla par la porte ouverte, mais elles ne pouvaient entendre son appel à cause du bruit. Elles se dirigèrent vers la porte à l'opposé, si bien qu'elle tourna au coin par l'extérieur pour les rencontrer alors qu'elles sortaient. Pourtant, en arrivant à cette porte d'entrée, elle ne les vit plus.

Étrange. Elles m'ignorent et me font le coup de la disparition, plaisanta-t-elle en son for intérieur.

Sans perdre de temps, elle retourna à l'autre entrée et les aperçut. Cependant, elle vit alors tout le groupe. Ils étaient environ huit déjà installés à la table juste à côté de la porte. Elle les avait complètement contournés et ils ne l'avaient pas remarquée. Elle fit la bise à tout le monde, se présentant à ceux qu'elle n'avait pas reconnus.

Se sentant un peu exclue du cercle, elle pensa qu'elle avait de la chance d'avoir quelqu'un à côté qui tentait de converser avec elle. Au début, il se montra intéressant, de sorte qu'ils se lancèrent dans une discussion seul à seul. Puis elle se tourna vers ses amies et se remit un peu au courant des épisodes de leur vie qu'elle avait manqués. Mel offrit une tournée et lui demanda si elle voulait quelque chose. Il se comportait toujours ainsi, comme un gentleman. Elle n'en attendait pas tant, mais elle accepta une petite bière.

Nicholas, le petit ami de Sandie, lui demanda comment avançait son projet, donnant quelques détails qui montraient que cela l'intéressait réellement. Il la questionna à ce propos, souriant gentiment alors qu'il était assis là, à côté de Sandie. Cela la tira de son humeur asociale. À la fin de la nuit passée à échanger avec tout le monde, elle se sentait emplie d'une sincère appréciation de tels moments.

Il y eut un pépin. Mel, pensant qu'il était temps d'aller se coucher, se prépara à partir, et Vanessa, avec une idée derrière la tête, lui demanda si elle pouvait venir sur son bateau jouer de la guitare. Si elle pouvait rester pour la nuit, alors elle ne serait pas obligée de faire tout le chemin pour remonter à Aix. Chacun connaissait l'histoire entre elle et cet ami de Mel, qui passerait aussi la nuit sur le bateau.

Elle voulait empêcher Vanessa d'y aller mais pensa que c'était à elle de décider. Tout ce qu'elle put faire fut d'emmener Vanessa à sa voiture, garée de l'autre côté du port. Elles parlèrent un peu, et Vanessa dit qu'elle se comporterait bien, dans son propre intérêt. Elle quitta Vanessa en lui disant simplement que c'était à elle de décider.

Vendredi arriva enfin, après une semaine mitigée, emplie d'excitation et de contrariétés. Après sa longue journée de travail, au magazine et à l'institut, elle rentra chez elle et prépara un sac pour une nuit à Aix avec Vanessa. Quand elle arriva à l'appartement de Vanessa, elles ouvrirent le vin qu'elle avait apporté. En la voyant vêtue d'une adorable robe rose et noire, Vanessa changea son style « restons décontractée » et mit une tenue plus sexy. Les filles étaient prêtes pour une agréable soirée en ville.

Avant cela, Vanessa lui raconta tout à propos de la nuit sur le bateau, une nuit pour laquelle les amoureux se damneraient, à quelques exceptions près. Environ six amis se trouvaient tout d'abord sur le bateau tandis que Vanessa jouait de la guitare. Tous buvaient, l'écoutaient chanter, et continuaient à parler. Le reste de l'histoire, c'est à elle qu'il reviendrait de la raconter.

Elles finirent la bouteille de rouge et prirent la route pour se rendre à leur bar préféré, le *Quart d'Heure*. Des voix résonnaient en bas de la place tandis qu'elles approchaient. Elles entrèrent et commandèrent un verre, le finirent et en commandèrent un autre. L'emportant dehors pour fumer, elles se tenaient debout, scrutant la foule autour d'elles. Après avoir observé la proportion hommes-femmes, elles se regardèrent.

– Je ne voudrais pas être ces filles ce soir, avec leur petit copain. Elles n'arrêtent pas de nous observer. Nous sommes une menace. Nous sommes si torrides ce soir, dit Vanessa.

Elle déglutit calmement et sentit son front s'échauffer quand elle entendit Vanessa dire ces mots. Elle ne voulait pas être une menace pour qui que ce soit.

Une fois que le bar ferma, elles bougèrent. Le rire qu'avait suscité une soirée fantastique s'arrêta bientôt net, tandis que, d'humeur à danser, elles entraient dans l'un des clubs. Un garçon grand, aux cheveux blond foncé, ne mit pas longtemps à lui faire savoir qu'il s'intéressait à elle. Il était gentil, lui demanda des choses sur elle et lui parla de lui. Il était agent de police, si bien qu'elle mentionna sa très récente expérience au poste de police. Un moment passa comme un éclair durant lequel Vanessa la regarda gravement. L'espace d'une seconde, elle trouva cela gênant.

– Erin ! Elle entendit hurler une voix féminine tout excitée.

C'était Christmas, suivie par quelques amies que Vanessa connaissait plutôt bien. Au loin, il y avait le petit ami de Christmas, dont la présence à l'apéro de la nuit précédente ne pouvait être ignorée. Il essayait de se cacher, sachant ce qu'il avait fait la nuit d'avant, et avec qui. Impossible de s'échapper. Il rassembla le peu de courage dont il disposait et dit bonjour aux deux filles. Ses amis passèrent dans l'autre salle, à l'exception de Charlie, qui parlait à Vanessa. Le petit ami de Christmas restait à son côté, plus loin de Vanessa et de Charlie.

– Qu'est-ce qui t'arrive ? demanda-t-elle en le regardant dans les yeux, cherchant une forme de sincérité. Il commença à lui parler de ce qui s'était passé dans sa vie, comme s'ils ne s'étaient pas vus la veille, jusqu'à ce qu'elle secoue la tête.

– Non. Enfin, qu'est-ce qui t'arrive ? Tu es de nouveau avec Christmas ?

– Ouais, je ne sais pas. Enfin c'est fou. Hier, j'étais avec V...., tu sais, et ce soir je suis avec elle. Il avait ce genre de rictus sur le visage, le rictus d'un enfant qui a fait quelque chose de mal et craint le châtiment, sauf que c'est exactement ce qui l'excite en tout premier lieu.

Vanessa revint vers l'endroit où ils étaient et lui dit que ses amis étaient allés dans la pièce voisine. Elle et

Vanessa commencèrent à parler à l'agent de police et à un ami. Puis les deux filles dirent bonjour à JB et à ses amis. Comme elle essayait de parler à JB, le policier tentait d'attirer son attention. Elle était déchirée entre l'option de laisser JB tout seul parce qu'elle n'était pas intéressée et celle de lui parler simplement pour se débarrasser de cet autre importun.

Dément, pensa-t-elle.

– Dansons juste avec JB et ses amis. Ils sont sexy et je me sentirai mieux.

– Tu es sûre ?

– Ouais ! On y va.

Donc elles allèrent dans la salle attenante pour danser avec les garçons. Le volume sonore de la musique aurait pu briser des tympans, pourtant elles dansaient là, souriant et s'amusant avec ces beaux garçons. Une fille de petite taille entra dans le cercle de manière inopinée, et commença à danser avec l'un des garçons, dans la posture du chien tête en bas. Vanessa partit quelques minutes car elle parlait avec JB.

– Je suis désolé pour l'autre soir, dit-il. Je ne savais pas que tu voyais quelqu'un.

Elle se souvint de la nuit où il avait demandé de venir pour prendre un verre au port, en bas du quartier où elle vivait. Avant la tombée de la nuit, le soleil posait ses rayons sur elle tandis qu'elle était assise au bord de la mer avec son amie Margaux. Le rayonnement picotait ses joues, les réchauffant jusqu'à lui faire ignorer la reprise du mistral. Les deux amies s'émerveillèrent du radieux spectacle.

Tandis que le soleil commençait à disparaître, Margaux partit et elle monta la rue jusqu'à son studio. Elle attendit qu'il lui fasse signe et ensuite commença à se diriger à nouveau vers l'endroit qu'elle venait de quitter. Ensemble, JB et elle burent une bière, assis sur le port, et tentèrent de mener une conversation qui resta maladroite, en dépit de leurs efforts sincères. Peut-être les choses n'avaient-elles paru ainsi qu'à ses yeux.

Il portait un short et un tee-shirt, bien que la soirée nécessitât de toute évidence des couches de vêtements plus épaisses. Comme il frissonnait, elle pensa que c'était le bon moment pour suggérer de rentrer chez soi. Il avait d'autres idées en tête.

– Est-ce qu'on ne peut pas aller quelque part à l'intérieur ?

– Où ? Il n'y a rien d'ouvert ici ce soir, et tout le reste est simplement trop loin.

– Eh bien, chez toi ? Cela prit une minute avant qu'elle réponde avec réticence qu'elle supposait qu'ils pouvaient retourner à son studio. Tout le long du chemin, elle souhaitait qu'il s'en aille. Elle se rendit compte à quel point elle avait été contente qu'il ne veuille pas continuer à sortir avec elle. Une fois chez elle, elle sut ce qu'il allait essayer de faire.

Pour éliminer toute possibilité qu'il suive ce qu'elle supposait être son plan, elle parla de tout et de rien. Elle passait d'un sujet au suivant, lui indiquant des gadgets et de nouveaux tableaux autour de la pièce. Puis elle lui parla d'une récente sortie nocturne à Aix avec Vanessa.

– Nous avons pris le bus jusqu'à Aix, parce qu'il faisait trop froid pour que nous montions en moto. Le projet était de rencontrer quelques amis de Vanessa qui vivent là-bas, et de passer la nuit avec eux. Nous sommes allées directement au *Quart d'Heure*, parce que tout le monde se trouve généralement là-bas. Mais certains de ses amis n'ont pas répondu au téléphone, et les autres ont dit qu'ils étaient déjà rentrés chez eux. Alors nous avons décidé de ne pas nous lamenter et de faire la tournée des bars jusqu'à ce que nous puissions prendre le bus à cinq heures du matin. Après plusieurs verres de vin à un euro, le bar a fermé. Alors, nous sommes allées au bar *Sextius*, où nous avons rencontré ces deux types, des musiciens apparemment. Vanessa n'était pas impressionnée. Alors après quelques verres, nous sommes allées à ce bar « caché » où nous avons commencé à parler à un groupe d'amis. Nous avons encore bu, mais un des types m'agaçait, me prenant la cigarette de la main et tout. Et quand il m'a touché les fesses, j'ai fait volte-face et attrapé sa main, la tordant en arrière. Avant que ça ne chauffe davantage, Vanessa m'a fait sortir et nous nous sommes assises une minute au bord de la fontaine qui se trouvait à proximité. Ces deux types sont venus et nous ont parlé, feignant d'avoir un accent québécois. Puis nous sommes allées dans une discothèque près de l'hôtel de ville. Là, nous sommes tombées sur les mêmes gars que nous avions rencontrés au bar *Sextius*. J'ai commencé à parler au rouquin de Montpellier, essentiellement parce qu'il semblait avoir les pieds sur terre. Vanessa a rencontré un mec riche qui avait, disait-il, acheté plein d'alcool à ses amis pour fêter l'anniversaire de quelqu'un. Elle passa le reste de la soirée à lui parler, et je dansais avec le rouquin. Puis j'ai remarqué qu'il était l'heure du bus. Ravie, je l'ai dit à Vanessa mais elle voulait rester. Je lui ai demandé trois fois pour être sûre, et elle voulait vraiment rester. Alors je me dirigeais vers la sortie quand le rouquin m'a dit qu'il me déposerait à la gare routière. J'ai accepté, me figurant que s'il s'avérait être collant, je pourrais le berner.

Il dit que sa voiture n'était pas trop loin. Nous avons marché et parlé et il a pris mon écharpe pour me taquiner. Après une longue marche, nous n'étions toujours pas arrivés. J'étais sur le point de retourner en arrière, parce que cela commençait à sembler louche. Nous avions marché longtemps, et je reconnaissais l'endroit où nous étions, mais ce n'était pas au coin de la rue comme il l'avait dit. En remontant cette autre rue qui éloigne du centre, il n'y avait pas beaucoup de lampadaires.

Vanessa a appelé et elle a dit que l'autre type l'avait accompagnée à pied jusqu'à la gare routière. Je lui ai dit de m'attendre et que, si je n'arrivais pas d'ici quinze minutes, de supposer qu'un malheur était arrivé. Elle a dit qu'elle n'attendrait pas, mentionnant qu'elle se trouvait dans une nécessité absolue de rentrer. Je l'ai suppliée d'attendre mais elle a dit qu'elle ne pouvait pas. Me retournant, je l'ai entendu dire qu'il avait trouvé sa voiture. Il se tenait à côté d'une voiture blanche. J'ai tourné la tête pour dire une dernière chose à Vanessa et j'ai entendu un bruit bizarre, le bruit de quelqu'un faisant un effort pour sauter au-dessus d'un obstacle. Puis j'ai entendu une réception au sol. Lorsque je me suis retournée, le type avait disparu ! J'ai regardé dans sa voiture, mais il n'était pas à l'intérieur. J'ai juste pris quelques secondes pour regarder autour de moi avant de repartir dans la direction d'où nous étions venus et je me suis mise à courir avec mes bottes à talons, j'ai bougé mes fesses et je ne me serais arrêtée pour rien au monde.

Je suis arrivée au début du cours Mirabeau, et j'ai vu une silhouette s'approcher, si bien que j'ai ralenti pour reprendre un pas tranquille. C'était une fille. Une fille avec des cheveux épais et frisés. Elle est venue vers moi. Lorsqu'elle fut plus proche, je l'ai reconnue.

– Shakira !

– Erin !?

Nous avons un peu ri, parce que nous nous étions retrouvées nez à nez de manière vraiment inopinée. Je lui ai raconté ce qui s'était passé et je lui ai dit de faire attention. Elle habitait à quelques mètres de là, donc elle n'était pas inquiète. Shakira est rentrée chez elle et j'ai continué à descendre le cours Mirabeau. Quand je suis arrivée à la Rotonde, une dame courait vers moi, arrivant de l'autre côté de la rue. Ça m'a fait flipper, parce que cette dame venait de l'endroit vers lequel je me dirigeais. Je l'ai arrêtée.

– Madame ?

– Oui

– Que se passe-t-il ? Pourquoi courez-vous ?

La dame rit, puis sourit.

– Je suis en retard pour mon travail.

Inutile de dire que j'ai pris le bus sans encombre et que je suis rentrée chez moi sans la moindre égratignure. Quand même, toute cette expérience était démente. J'avais l'impression que j'aurais pu être enlevée[5], comme dans le film. Vanessa avait, en fait, été malade.

Elle le regardait en racontant l'histoire et son excitation initiale, causée par ce moment intense, s'atténua. La réalité de ce qu'elle avait traversé avait fait son effet depuis longtemps, ne laissant à présent qu'une sensation trouble à l'idée de l'avoir vécu. Cela lui revenait davantage comme un rêve. Et durant tout ce temps, elle se demandait comment son petit ami réagirait si elle lui racontait la même chose. Mais JB la regardait simplement,

---

[5] *Taken* ou *L'Enlèvement*, titre d'un thriller français réalisé par Pierre Morel sur un scénario de Luc Besson – NdT

sans la moindre remarque intéressante, sans sollicitude, ni scénario contraire.

Ses vaines tentatives avaient presque été couronnées de succès puisqu'il décida qu'il valait mieux partir, sans aucun doute étonné par la quantité de paroles qu'une personne pouvait prononcer en aussi peu de temps. Pourtant, elle savait qu'il existait d'autres gens qui pourraient soutenir encore des heures de conversation de ce genre.

Et dans un tel contexte, il vint près d'elle lui dire au revoir. Comme il s'approchait, elle voulait être sûre qu'il n'aurait pas d'occasion d'espérer. Elle lui fit la *bise*, gardant ses lèvres loin des siennes. Et pourtant, il se présenta avec la ferme intention d'obtenir un baiser immérité et non autorisé. Elle se dégagea.

– Quoi, tu ne veux pas que je t'embrasse ? demanda-t-il sournoisement.

– Non, répondit-elle, consternée par sa présomption.

– Quoi ? Vraiment ?

– Vraiment.

Il marcha jusqu'à la fenêtre, les joues roses de honte. Puis il lui demanda si elle voyait quelqu'un et, bien qu'elle ne sache pas vraiment comment répondre à cette question, elle dit que oui.

Alors qu'il se tenait devant elle dans cette pièce sombre et que la musique tonitruante retentissait, à la grande satisfaction des danseurs, elle se rendit compte que cela n'avait pas vraiment d'importance. De toute façon, si elle était là en train de lui parler, c'était seulement pour apaiser son amie. Il ne lui paraissait pas être du genre à se lier d'amitié avec une femme sans avoir une idée derrière la tête. Elle se souvenait de son histoire cependant, et lui pardonnait un peu. Son ex-petite amie l'avait trompé, une histoire analogue à la sienne. Elle savait qu'il devait se concentrer sur la guérison.

– Pas de problème. Mais enfin, c'est bizarre. Tu as dit que tu voulais juste qu'on soit amis, donc j'ai vraiment pensé qu'on prendrait juste un verre comme des amis.

– Oui. Il rougit. Ils changèrent de sujet et se contentèrent de parler. Puis Vanessa fit à nouveau son apparition, l'air sincèrement sinistre.

– Hum, tu vas bien ?

– Non, j'en ai vraiment terminé avec ça.

– OK, tu veux partir ?

– Oui ! Vanessa se dirigea vers la porte.

Elle dit au revoir à JB et sortit à la suite de Vanessa. Elles ne dirent tout d'abord rien. Elle ne voulait pas aborder le sujet si Vanessa n'était pas d'humeur à en parler, ou si elle avait besoin de temps pour traiter la chose.

– Je l'ai vu danser avec elle, comme s'il s'amusait vraiment à le faire. Quel mensonge que tout cela. Il me dit toujours à quel point il est malheureux avec elle, comme il en a assez de faire de la garde d'enfant, ainsi de suite. Je suis si fatiguée de ce p... de cercle. C'est bancal. Fastidieux.

– Il est égoïste. Il dit ce qu'il est nécessaire de dire pour obtenir ce qu'il veut.

– Allons vite fait à ma voiture. Je veux mettre mes chaussures plates et marcher encore.

Elles parlèrent tout le chemin du retour jusqu'à la voiture de Vanessa. Elle changea ses chaussures et les filles allèrent s'asseoir au bord d'une petite fontaine en bas de la rue. Trente minutes s'écoulèrent tandis qu'elles continuaient la discussion.

Elles retournèrent à son appartement juste au coin de la rue et se versèrent du rhum. La boisson mortelle qu'elles avaient concoctée avec des épices et du jus d'orange les emporta tout droit dans un profond sommeil. Le matin suivant, Vanessa devait se lever de bonne heure pour accueillir des hôtes à son appartement marseillais.

Le proverbe « un malheur n'arrive jamais seul » ne convient pas pour décrire la situation de ces filles. Pour elles, c'était plutôt « un malheur en entraîne tout un cortège ». Vanessa se réveilla avec la gueule de bois, se traîna hors du lit, et s'habilla pour la longue matinée qui l'attendait.

– Toi, continue à dormir. Je dois aller à Marseille mais je vais revenir, chuchota Vanessa tout en s'esquivant par la porte.

Elle avait juste soulevé une paupière pour la voir partir et retourna rapidement à l'endroit d'où elle venait, un lieu calme, sans lumière, empli seulement de douceur. La couverture moelleuse réconfortait sa peau tandis qu'elle se blottissait douillettement contre son oreiller. Puis un bruit de pas qui montait du couloir et un cliquetis de clés à la porte furent suivis par un bruit extrêmement violent d'ouverture et de claquement de porte.

– Que diable ...... commença-t-elle à marmonner en voyant Vanessa.

– *Putain de shit*, elle envoya une bordée de jurons en anglais, espagnol, philippin, et qui sait quelle autre langue encore pendant quelques minutes sans discontinuer.

– Bon sang, qu'est-ce qu'il y a ? Que s'est-il passé ?

Chapitre cinq
Un autre rond-point

– Nom d'un chien, ils ont encore emmené ma voiture en fourrière ! Et la musique des jurons retentissait.

Une autre nuit de fourrière, histoire de se mettre de bonne humeur. Elles n'eurent pas beaucoup de temps pour discuter, parce que Vanessa était obligée de prendre le bus pour Marseille. Avec le temps que cela prenait pour aller à pied jusqu'à la gare routière, elle serait certainement en retard et devrait contacter ses invités. Vanessa partit en toute hâte.

Une fois qu'elle se fut préparée à bouger, elle plia le lit pour le remettre en position canapé, se brossa les dents, rassembla ses affaires, et partit. Elle tira les volets de l'appartement et ferma la porte à clef. Après avoir descendu le couloir jusqu'à la porte d'entrée, elle glissa les clefs dans la boîte aux lettres de Vanessa, comme on lui avait demandé de le faire. Puis elle se retrouva dehors. Et elle repartit pour Marseille.

À la fin de l'après-midi, l'une et l'autre décidèrent de se rendre à la soirée sur la plage. Son amie Elizabeth la contacta pour se joindre à elle, puisqu'elle se trouvait là avec quelques autres. Quand les deux filles arrivèrent, elles se rendirent compte qu'il y avait deux côtés distincts, comme deux fêtes qui divisaient la plage. Equipée chacune d'un DJ et d'une hi-fi très puissante, l'une et l'autre regorgeaient de nombreux fêtards. Laquelle choisir ?

Bien sûr, elles choisirent le côté gratuit : la soirée de plage *Europride*. En tant que capitale européenne 2013,

Marseille avait été choisie pour accueillir la *Gay Pride*. Avec cet événement, ils finançaient une grande fête sur la plage derrière la statue de David. Elizabeth et son groupe étaient de l'autre côté, si bien qu'elles ne se retrouvèrent pas immédiatement. Sur le territoire réservé à l'*Europride*, elles tombèrent sur d'autres amis. Le DJ était dans une bonne passe et chaque fois qu'elles pensaient s'échapper pour aller à l'autre fête, il les ramenait sur son territoire.

Finalement, elles reçurent un appel d'Elisabeth qui les invitait à se retrouver devant l'entrée de l'autre fête. Au moment où elles s'approchèrent, une fille aux cheveux blonds et légèrement frisés bondissait autour de trois ou quatre autres et discutait gaiement. Elle plissa un peu les yeux pour vérifier qu'en effet, c'était son adorable amie.

– Elizabeth, hurla-t-elle.

– Hé ! Vous y êtes parvenues, répondit Elizabeth sur un ton assez dramatique, de toute évidence légèrement ivre et heureuse.

– Vous allez où les filles ? demanda-t-elle après que tout le monde eut été présenté.

– Il y a le *Sport's Beach Bar* en bas de l'avenue. On s'est dit qu'on irait là-bas et qu'on continuerait à danser.

– Super ! J'y suis déjà allée. Ce n'est pas si mal en fait, et on a passé une soirée géniale à danser. Que la fête continue !

– Notre DJ était nul. Elizabeth exprima sa déception. On a payé vingt euros pour le *pass* hebdomadaire, et chaque fois qu'on est venues, le DJ a été épouvantable.

– Oh, vraiment c'est pas cool. On est entrées gratuitement à côté, et le DJ était super top. Du moins ce soir, en tout cas.

Elles firent tout le chemin jusqu'au *Sport's Beach Bar* pour se rendre compte qu'ils mettaient les gens dehors ; ils fermaient. La nuit semblait encore receler des possibilités, en particulier parce que l'air tiède invitait tout le monde à prendre un bain de mer. Après s'être mises d'accord pour finir par un verre au pub du *Red Lion*, elles s'y dirigèrent toutes. Vanessa et elle marchaient en tête, avec l'espoir d'arriver au pub avant qu'il ne ferme également, pour pouvoir utiliser ses toilettes. Cependant, quelques minutes plus tard, elles se rendirent compte que les autres avaient dévié du chemin au niveau de l'*Escale Borély*. Tant pis pour les lâcheuses, toutes deux décidèrent de laisser tomber le pub et de trouver un bon coin sur la plage : un coin pour s'accroupir.

La chose décidée, elles grimpèrent une digue, se précipitèrent du côté du monticule rocheux qui faisait face à la mer, et choisirent leur endroit. Elle finit la première et commença à grimper autour d'elle pour refaire le chemin en sens inverse. Puis elle vit la silhouette de Vanessa et entendit qu'elle bougeait dans la même direction.

– Oh non, ma claque !

– Quoi ?

– J'ai perdu une de mes claques, cria Vanessa qui riait, dans un état désespéré. Je vais devoir me balader avec une seule claque.

Elle se contenta d'éclater de rire, se moquant de son amie, essentiellement parce qu'elle appelait ses claquettes des « claques », mais aussi à l'idée qu'elle se baladerait avec une seule. Elles gloussèrent ensemble et commencèrent leur marche le long de la plage pour retourner à la moto. Le clair de lune scintillait de la mer jusqu'à leurs pieds alors qu'elles marchaient le long du sable.

– Je suis tellement fatiguée, dit Vanessa tandis qu'elles passaient devant l'un des restaurants de plage dont les chaises longues étaient encore sorties.

– Asseyons-nous.

– On peut ?

– Pourquoi pas ? Du moins, juste pour quelques minutes.

Il semblait étrange qu'ils laissent leurs chaises longues dehors à une heure aussi tardive. Il était environ deux heures du matin. Puis un homme noir de grande taille s'avança dans leur direction, venant de l'intérieur du restaurant.

– Oh non.

– Tu crois ?

– Ouais, le voilà qui arrive, dit-elle.

– On doit partir ? demanda Vanessa.

– Non, attendons et voyons ce qui se passe, dit-elle en souriant.

Elles auraient pu jouer aux chaises musicales pour lui en donner pour son argent. Vanessa aurait pu se déplacer vers une chaise longe située complètement à l'autre bout. L'idée aurait été de déménager dès qu'il s'approcherait de trop près. Mais leur cerveau fonctionnait au ralenti et, effectivement, il vint droit sur elles. Il n'y avait plus de temps pour jouer.

La bagarre était inutile : toutes deux se levèrent et partirent. Les quinze minutes de marche jusqu'à la moto leur firent traîner les pieds, l'une portant ses chaussures et l'autre marchant avec une seule claquette. Finalement, elles y arrivèrent.

Après un rafraîchissant trajet en moto pour déposer Vanessa chez elle, elle fila à la maison et se mit sous ses couvertures. Les fenêtres et les volets étaient restés ouverts, comme toujours, si bien que la lumière de la rue éclairait l'intérieur de la pièce, tandis que l'air tiède l'aidait à glisser dans un sommeil profond. Se sentant si détendue grâce à une soirée pleine d'énergie et achevée dans le calme, cela ne lui prit pas longtemps pour se laisser emporter.

Le matin suivant, elle s'éveilla pour une autre belle journée. Ses lentilles mises, ses vêtements enfilés et une tasse de café fraîchement moulu avalée, elle partit chez Vanessa. Elle appela pour dire qu'elle était là, et Vanessa vint la retrouver sur sa moto. Elles montaient à Aix, pour aller à la *fourrière* récupérer la voiture de Vanessa. Même si, dans tous les cas, elle l'aurait emmenée, c'était une journée magnifique pour conduire.

En arrivant au portail d'entrée de la cour de la fourrière, le vigile lui dit qu'elle ne pouvait pas entrer avec la moto. Elle se gara devant le portail sur le chemin de terre, près d'une autre voiture choisie au hasard. Elles attendirent qu'il ouvre le portail sécurisé avant d'entrer.

– Voilà ma voiture ! s'exclama Vanessa, à la fois excitée et déçue.

– Bon, au moins nous savons qu'elle est encore là et qu'ils ne l'ont pas conduite ailleurs. Quand j'ai repris ma moto, il y avait une dame à qui on a dit qu'elle devait aller chercher sa voiture à un autre parc où ils l'avaient garée.

– Je suis ici pour reprendre ma voiture, dit Vanessa à l'homme derrière la vitre lorsqu'elles arrivèrent à lui.

– Permis, carte grise et assurance, s'il vous plaît.

Vanessa tendit les documents demandés au jeune homme qui la regarda marmonner quelque chose, inquiète de n'avoir pas reçu sa carte d'assurance. L'attestation d'assurance montrait qu'elle avait expiré depuis une semaine. Il y avait un petit problème du fait que le dernier propriétaire ne répondait plus à ses appels, alors qu'il fallait encore qu'il lui fasse parvenir par courriel un document spécifique, afin qu'elle puisse changer le titre de propriété.

Par chance, le jeune homme les autorisa à reprendre la voiture. Elles repartirent donc pour l'appartement de Vanessa à Aix, Vanessa dans sa petite Twingo mauve, elle sur sa moto. Bien sûr, elle arriva la première et se rendit compte qu'il était environ trois heures de l'après-midi et qu'elles n'avaient pas mangé. Son estomac grondait juste au moment où Vanessa s'approcha d'elle.

– Déjà une longue journée, dit Vanessa.

– Oui. Hé, allons déjeuner. Je veux dire qu'il se fait tard, mais tu le sais.

Elles se dirigèrent vers la place des Augustins. D'abord, elles décidèrent d'essayer un nouveau fast-food parce que l'endroit avait l'air super. Elles sortirent chacune leur paquet de cigarettes et en allumèrent une, pendant qu'elles attendaient, leur gorge plus sèche que le désert du Sahara. Puis le téléphone de Vanessa sonna. C'était l'amie qu'elle avait rencontrée en Espagne, qui projetait un voyage à Aix avec une autre amie et dormirait chez Vanessa.

– Je reviens tout de suite. Elles ne savent pas comment arriver ici depuis l'arrêt de bus, donc je vais les chercher et les emmener déposer leurs affaires à mon appartement.

– Ok, répondit-elle avec une expression d'agonie, due à la faim et à la soif.

– Tu peux commander et commencer sans moi.

– Non. J'attendrai. À moins que je ne puisse vraiment pas, sourit-elle.

Vingt minutes plus tard, Vanessa revint pour trouver une table toujours vide. Impossible de se faire apporter une carafe d'eau du robinet. Mais elle était assise là, attendant patiemment et fumant encore une autre *Lucky Strike*.

– Ah, te voilà, dit-elle d'une voix surexcitée.

– Désolée de t'avoir fait attendre. Tu aurais pu commander.

– Je l'aurais peut-être fait, mais personne n'est venu pour prendre ma commande, et j'ai pensé que je resterai simplement assise ici jusqu'à ce que tu reviennes.

Elle se leva, entra et trouva une jeune fille qui portait des assiettes garnies à des clients assis à l'intérieur. Une fois qu'elle eut repéré la serveuse, elle lui fit signe. Puisque le restaurant était de toute évidence prêt à accueillir des clients, il n'y avait pas de raison qu'elles ne soient pas servies. Elle demanda gentiment à la fille si elles pouvaient manger dehors. Avec une affirmative et un « j'arrive tout de suite », elle sortit rejoindre Vanessa.

Dix minutes et deux cigarettes plus tard, elles décidèrent de dire salut à cet endroit. L'animation du *Patacrêpe* d'à côté les attira. À peine s'étaient-elles assises qu'on vint. Après avoir commandé instantanément, elles furent servies tout aussi rapidement et finirent leur délicieux repas en moins de quinze minutes. Le téléphone de Vanessa sonna à nouveau.

Sa nouvelle amie et sa compagne de voyage décidèrent de les retrouver au *Patacrêpe* pour un café, avant de s'aventurer dans la ville. Quand elles arrivèrent au restaurant, les quatre filles commencèrent à parler de leur vie, du monde, des activités de loisir proposées dans la région, et bien sûr, de garçons. Puis son téléphone sonna. Vainess accepta de les retrouver pour un verre au *Patacrêpe*.

Vainess arriva parée d'une jupe adorable, d'un joli haut et de chaussures à talons sexy. Cet ensemble n'était absolument pas inhabituel chez elle mais faisait toujours sourire les autres. Il y a quelque chose d'assez attendrissant à voir une amie ou un être aimé bien mis sans raison particulière. Les choses devinrent sérieuses. Elles devaient discuter vêtements et garde-robe pour la sortie de la soirée : la fête de la Bastille, le 14 Juillet.

Le plan était que les trois filles les retrouvent à Marseille Vanessa et elle, d'abord pour prendre un verre, et puis elles iraient toutes ensemble au port regarder les feux d'artifices. Plus tard, tandis qu'elle était dans son appartement à se préparer pour une nuit de distractions, Vainess appela et annula. Elle savait que cela créerait des problèmes pour les deux autres car elles avaient toutes trois prévu de prendre un taxi pour rentrer à Aix, espérant partager les frais. Cependant, les deux Australiennes maintinrent le projet initial, car elles n'auraient cette opportunité qu'une fois dans leur vie.

Vanessa et elle allèrent au port pour lancer les festivités et s'arrêtèrent à un des petits magasins d'alimentation pour acheter quelques bières. Voyant un groupe important assis sous l'ombrière, elles s'assirent à la limite du port près d'autres personnes, en face du nouveau *McDonald's*. Margaux les y retrouva. Elles espéraient que les Australiennes réussiraient à arriver à temps pour le spectacle.

L'éclairage public baissa et la musique se déchaîna triomphalement. Entre la musique sélectionnée, les chorégraphies pyrotechniques et les lumières, l'atmosphère extatique emporta les spectateurs qui passèrent d'un sentiment de fierté, à l'excitation et à l'enchantement ; mais tout cela fut stoppé net pour s'achever en déception. C'était comme une lecture menant à une scène d'amour passionnée qui n'aboutirait jamais. On aurait pu doser la fin un peu mieux pour préparer le public à son arrivée. Cependant, le spectacle était véritablement exceptionnel. Personne ne pouvait dire le contraire. La ville avait réellement dû investir beaucoup d'argent dans sa production.

Tous se regardaient, ils observaient le ciel, les bateaux, attendant ce qui serait vraiment la dernière détonation, se préparant à une explosion ultime. Aucune ne vint. Donc ils commencèrent tous à se disperser. Les filles allèrent boire un verre au pub *O'Malleys*. C'est à ce moment-là que les Australiennes coururent vers elles, euphoriques.

– Oh mon Dieu ! C'était sacrément exceptionnel. Vous avez vu comme c'était incroyable ! L'une et l'autre se relayaient pour en rajouter encore et encore sur le spectacle.

– Vous avez réussi ! dit Vanessa entre deux de leurs commentaires enthousiastes.

– Oui. Eh bien, nous sommes arrivées en retard à la gare et nous nous sommes mises en route pour le port. Puis tout d'un coup, nous avons entendu de la musique et des explosions, puis nous avons commencé à voir de la lumière danser dans le ciel, dit la plus grande blonde.

– Oui... Nous n'avons pas fait tout ce chemin pour tout manquer. Alors on s'est bougées et on a descendu en courant la rue qui mène au port.

– Je ne pensais pas que vous le feriez, parce que Vainess a annulé et que vous deviez partager un taxi pour rentrer. Vous faites quoi maintenant ?

– On a pensé qu'on dormirait sur une plage, ou bien qu'on resterait dehors toute la nuit.

Elles commencèrent toutes à rire ensemble. Margaux leur dit bonne nuit et partit. Elle devait se lever tôt le matin. Les quatre filles commandèrent une bière au comptoir du bar à l'extérieur et prirent une table. Elle mentionna le fait que son ami Maxence s'arrêterait probablement en passant. Vanessa et elle taquinèrent les deux Australiennes, disant que c'était un très beau garçon et racontant quelques anecdotes.

Elle entendit quelqu'un crier son nom, et cela ne ressemblait pas vraiment à la voix de Maxence. Après avoir pris une gorgée et reposé son verre, elle jeta un coup d'œil à sa droite et vit son ami Antho. Cela faisait longtemps qu'elle ne l'avait pas vu. Il lui avait envoyé des sms plusieurs fois, mais elle ne lui avait pas répondu.

– Salut. Comment ça va pour toi ces derniers temps ? C'est vraiment super de se croiser par hasard, dit Antho en la regardant droit dans les yeux.

– Salut. Ça va super bien. Tu sais que j'ai commencé un stage pour un magazine en ligne. Félicitations pour ton admission à l'école d'infirmiers. C'est fantastique !

Ils discutèrent quelques minutes jusqu'à ce qu'il retourne vers ses amis qui étaient assis deux tables plus loin. Les autres filles la regardaient en montrant de l'intérêt, si bien qu'elle leur donna des détails sur son amitié avec Antho. Il avait des yeux marron, un joli teint hâlé, un corps canon, et il mesurait cinq à dix centimètres de plus qu'elle. Il pouvait avoir un assez bon sens de l'humour et il était couvert de tatouages qui représentaient sa personnalité. Il était également assis avec deux autres garçons et une fille.

– Alors pourquoi on ne va pas là-bas avec eux ? demanda une des Australiennes.

– Ok, allons-y. Les quatre se déplacèrent et allèrent rejoindre le groupe d'Antho.

– Salut, dit le garçon plus grand et plus fort. Tu te souviens de moi ?

– Euh, dit-elle en riant. Je suis censée le faire ?

– Nous nous sommes rencontrés à la fête avec Pauline.

– Euh, répondit-elle perplexe. Je n'aurais pas oublié ton visage. Ton nom, oui, mais pas ton visage. Ils continuèrent ainsi pendant quelques minutes jusqu'à ce qu'il lui dise finalement qu'il s'agissait de la fête de la Saint-Sylvestre.

– Eh bien, pas surprenant que je ne me souvienne pas ! Tu es venu avec Pauline et, sans exagérer, vous n'êtes pas restés plus de cinq minutes parce que vous vouliez tous aller danser.

– Oui, fit-il en riant. Mais je me souviens de toi.

– Tu as eu plus de chances de le faire, dit-elle sur un ton de reproche. J'avais déjà pas mal bu quand vous êtes arrivés. J'étais déjà beaucoup plus pompette et ne peux être tenue pour responsable si j'ai oublié.

– Je suis content que vous vous rencontriez à nouveau, tous les deux. Elle peint aussi, déclara Antho.

– Vraiment ? demanda-t-il avec un sourire gentil.

– Eh bien, je ne suis pas une artiste ni rien de ce genre. J'ai commencé en autodidacte, il y a à peu près deux ans.

Elle lui montra quelques-uns de ses tableaux sur des photos qu'elle avait prises avec son téléphone. Il commenta et dit que c'était de cette façon qu'il avait commencé lui aussi, en autodidacte. Puis Antho lui demanda de lui montrer quelques-uns des siens, une requête qu'il ne rejeta pas.

Lui tendant son téléphone, il lui montra une photo d'un tableau représentant un paysage et elle en eut le souffle coupé d'admiration. Son talent méritait qu'on en parle et lui donna vite honte d'avoir été si fière de ses propres modestes réalisations. Après avoir fait défiler plusieurs images, un frisson électrisa son cœur. Elle se retrouva à articuler plus vite tout en souriant.

– Depuis combien de temps est-ce que tu peins ? demanda-t-elle.

– Environ dix ans.

– Oh, ce n'est pas surprenant ! Tu as vraiment travaillé ton talent. Et donc, tu es autodidacte. Tu n'as jamais pris la moindre leçon ?

La conversation abordait différentes formes d'art. Ils parlaient de peinture, de théâtre et d'écriture. Elle mentionna son principal et premier véritable projet d'écriture, qu'elle espérait terminer pour son anniversaire en décembre et il fit allusion à différents projets spécifiques qu'il avait. Au milieu de tout cela, Antho offrait ici et là des commentaires.

– Non, jamais. J'ai récemment terminé les dessins pour une BD sur laquelle j'ai travaillé avec un ami. C'est enfin fini ! Tout ce qu'il reste à faire est de trouver un auteur pour rédiger le texte. Peut-être serais-tu intéressée ?

– Sérieusement ? J'adorerais le faire, mais il faudrait que ce soit une fois que j'aurai terminé mon autre projet. Si vous, vous pouvez attendre, tant mieux. Dans le cas contraire, je comprends. Ce serait génial de voir. Tu sais que ce serait en anglais, pas vrai ?

– Oui, c'est probablement mieux.

– Vous auriez un plus large public avant toute traduction, en tout cas.

Puis elle revint à la réalité lorsqu'elle remarqua que ses trois amies parlaient juste entre elles au lieu de vraiment se mêler aux autres. Donc elle les entraîna dans la conversation jusqu'à ce que finalement Maxence fasse son apparition, venant de nulle part, appuyé sur une béquille.

– Maxence ! lui cria-t-elle. Il s'avança et fit la *bise* à tout le monde.

– Que t'est-il arrivé ? demanda-t-elle.

– Oh, tu sais. C'est vraiment stupide et embarrassant. Tout ça à cause de l'ongle de mon orteil. Je l'ai coupé trop court, je suppose, et il s'est incarné. Mais tout s'est aggravé avec l'infection.

– Bon sang ! C'est terrible. Tu es coincé sur ta béquille. Ce n'est pas trop fatiguant de te balader comme ça ? Cela ne durera pas trop longtemps de toute façon.

Une autre tournée de bières était en cours. À la table des neuf, on continuait à converser. Après quelque temps, Antho et ses amis partirent parce qu'ils devaient se lever tôt. Ils étaient déjà restés au-delà de l'heure prévue et pensaient qu'il était préférable d'aller se coucher. Quelques heures seulement à fermer les yeux valent mieux qu'aucune.

Les Australiennes restèrent, ainsi que Maxence, Vanessa et elle. La nuit touchait à sa fin. Ils avaient tenté *Trolleybus*, qui était fermé, et le *Shamrock* où ils prirent rapidement un dernier verre. Elle demanda à Maxence si les Australiennes pouvaient rester avec lui, puisque de toute façon ils iraient tous en randonnée le jour suivant. Il accepta et tous partirent dans des directions distinctes, excepté les Australiennes, qui allèrent avec Maxence.

Elle se leva vers huit heures et était au bureau à neuf, écoutant la radio tout en conduisant, comme elle le faisait habituellement. Son lundi ordinaire l'envoya enseigner à l'institut, après sa journée au magazine. Si bien qu'elle finit sa journée à l'heure habituelle de dix-neuf heures trente. Elle dînait chez Vanessa lorsqu'elle reçut un appel de lui.

Cela faisait des jours et des jours qu'elle n'avait pas eu de ses nouvelles. Quand elle l'avait appelé la nuit précédente, il n'avait pas répondu. Son appel de ce soir pouvait être sa manière de prendre du temps pour la rappeler. De toute évidence, cela ne le gênait pas de prendre son temps.

– Je pense que nous devrions parler, dit-elle après quelques minutes de papotage au téléphone.

– D'accord.

Elle termina la soirée avec Vanessa et une autre bouteille de rouge. Elles parlèrent de leurs projets à venir et de leurs idées pour de futurs voyages ; ceux-ci avaient changé à l'occasion. Tandis qu'elles parlaient, ils savaient que rien n'était sûr. Jusqu'à ce qu'un billet soit acheté, ou qu'un projet professionnel devienne contractuel, rien n'est sûr. Et elle mentionna la conversation qu'elle souhaitait avoir avec lui, mercredi.

Après le travail le jour suivant, elle se relaxait à la maison avant de se préparer pour la fête prévue pour l'anniversaire de Kelly. Elles avaient décidé d'aller à la fête de plage de l'*Europride*. Vanessa vint pour dîner avant qu'elles partent pour la plage ensemble. Il l'appela pour venir dîner lui aussi. Et bien qu'elle souhaitât décliner, elle pensa que ce serait le bon moment pour le tester en présence de son amie.

Les filles avaient déjà acheté de quoi cuisiner, mais il arriva les mains pleines. Ils attaquèrent la première bouteille de vin et écoutèrent de la musique tandis qu'ils préparaient le repas. Vanessa était assise près du rebord de la fenêtre et ils étaient assis près d'elle, formant un triangle. Débordant d'une énergie que lui communiquait soit le vin, soit la musique, Vanessa mit ses lunettes de soleil et chanta en même temps qu'une chanson diffusée à la radio.

– Tu vis sur ton bateau, pas vrai ? C'est tellement cool, dit Vanessa. Les deux parlèrent de sa situation professionnelle et du bateau. Pourquoi ne faisons-nous pas l'*apéro* sur le bateau ? Oh, allez, faisons l'*apéro* sur le bateau demain !

Le lendemain étant mercredi, elle grinça des dents à l'idée de ne pas passer du temps seule avec lui, comme elle l'avait projeté et espéré. Cependant, elle ne dit rien. Elle supposait que ce qui devait se passer se passerait.
– Ouais, je vais voir ce que fait JR demain.

Voilà. Ce qui était censé être une conversation plus sérieuse avec lui inclurait son amie et le sien. Elle ne pouvait pas vraiment en vouloir à son amie. Il oubliera probablement de toute façon, pensa-t-elle.

Il partit et elles se préparèrent pour la soirée. Les deux bouteilles de vin étaient alors vides. Après avoir enfilé leurs sandales, elles prirent leur sac et s'en allèrent. Tout le monde semblait arriver à la plage en même temps. Lorsqu'elles retrouvèrent Kelly et Kevin, près de la statue de David, ils donnaient l'impression de s'être disputés.

Kelly était fabuleuse, dans une belle robe d'été et des talons hauts, mais elle se battait un peu avec les chaussures. Soit elles lui faisaient mal aux pieds, soit elle avait déjà pris un verre de trop. Si c'était la seconde hypothèse, on ne s'en rendait pas compte. Mais de toute évidence, elle avait consommé assez d'alcool pour se maintenir en altitude. Elle s'élançait dans tous les sens dans l'enceinte de la fête pour trouver d'autres amis. Tous suivaient juste derrière elle.

Elle offrit d'abord une bière à Vanessa et à Kelly, bien qu'aucune d'entre elles n'ait vraiment besoin de boire quoi que ce soit. Puis tous chauffèrent la piste de danse. Initialement, la foule fit régner une atmosphère positive. Puis la nuit se déchaîna, tandis que la *Gay Pride* se transformait en spectacle porno live. Elle fut abasourdie et aussi dégoûtée par ce qu'elle vit sur le podium, une scène qu'il est préférable de ne pas décrire.

Tandis qu'elle regardait Kelly, Vanessa et quelques autres amies qui, dansant sur le podium, semblaient s'amuser formidablement, elle se sentit distante et partit flâner vers un bar plus proche de la mer. Elle s'assit là, à regarder la lune dans toute sa splendeur. Comme elle était assise, occupée par ses souvenirs et ses pensées, un agent de sécurité s'approcha pour lui dire qu'elle ne pouvait rester là puisqu'elle n'avait rien consommé au bar. Elle quitta la zone réservée à la fête et grimpa la côte sur la droite. Les étoiles semblaient être en sa faveur. Il y avait une chaise longue au sommet de la côte.

Elle s'y installa et soupira. Un autre coup d'œil vers la lune et cinq minutes de détente lui permirent d'en venir à la conclusion qu'elle devrait rentrer chez elle et aller se coucher. De toute façon, il lui faudrait se rendre au travail le lendemain. Il était aussi deux heures du matin et trop difficile d'établir la relation avec les autres. Puis deux autres agents de sécurité vinrent vers elle.

– Comment trouvez-vous notre chaise longue ?

– Fantastique, répondit-elle.

– Pourtant, vous savez que vous ne pouvez rester là ?

– Est-ce que je ne peux pas rester un petit moment ? J'ai simplement marché jusqu'ici et elle était là. Il n'y a pas d'indication de ne pas s'asseoir à cet endroit.

– Eh bien, non, en fait, vous ne pouvez pas rester. Si nous vous laissons le faire, alors d'autres vont commencer à venir.

– Oh, je ne le pense pas. Ils sont tous ivres et euphoriques.

– Eh bien, de toute façon, vous allez devoir partir à présent.

– Oh, d'accord, sourit-elle. Pas de problème. Bonne nuit. Elle reprit le chemin qui descendait la côte et décida de retourner à l'intérieur de la zone et de retrouver tout le monde.

– Où croyez-vous aller ? demanda l'agent de sécurité à l'entrée, une femme à l'apparence masculine.

– Hum, je veux retourner à l'intérieur retrouver mes amis.

– Il faudra que vous finissiez votre verre avant.

– Quoi, c'est ridicule. Je l'ai acheté à l'intérieur au bar, juste là-bas.

– Beurk, s'exclama l'agent de sécurité, inspirant une bouffée de son breuvage. *Pastis en plus*. C'est horrible. Vous devrez le finir dehors.

C'est ainsi qu'elle se dirigea vers une grande poubelle qui se trouvait à un mètre de là. Comme elle s'en approchait, elle resta là, pensant combien toute cette situation était insensée. Elle fit durer presque cinq minutes les quelques dernières gorgées de sa boisson, parce qu'elle n'était pas d'humeur à la boire trop vite. Puis un vieil homme marcha jusqu'à elle.

– Salut ! Comment est la fête ?

– Hum, pas aussi bien que la dernière fois.

Elle poursuivit en lui expliquant à quoi ressemblait la scène, se montrant très explicite pour qu'il visualise et n'ait pas envie de la suivre à l'intérieur. Tout d'abord, elle fut effrayée par son désir de discuter, puis elle se sentit honteuse de sa réaction initiale et pensa qu'il se pouvait qu'il se soit simplement senti seul. Elle continua donc à lui parler pendant cinq à dix minutes, jeta son verre et retourna à l'intérieur.

Tous les amis de Kelly étaient prêts à rentrer chez eux, mais pas Kelly. Ils réussirent à convaincre Kelly que tout le monde, y compris elle-même, devait travailler le lendemain et qu'il ne serait pas très malin de rester dehors. Il fut question d'aller boire un verre chez ce type qui avait une piscine.

– Je dois y aller, dit-elle à Vanessa. Tu fais ce que tu veux, mais prends ta décision tout de suite, parce que je m'en vais. Je peux t'emmener chez toi ou tu peux rester et finalement prendre un bus le matin, ou que sais-je encore.

– Non, je vais partir. Je suis prête à aller au lit.

Elles souhaitèrent à nouveau un bon anniversaire à Kelly et partirent. Elle avait beaucoup bu mais se sentait sûre d'elle. Il n'était pas nécessaire de faire une pause momentanée avant d'enfourcher la moto. Elles suivirent la *corniche* vers le domicile de Vanessa, où elle la déposa, et ensuite elle rentra chez elle. Enfin, elle se pelotonna sous ses couvertures, en espérant qu'elle n'avait pas gâché la fête pour son amie en demeurant distante.

Lorsqu'elle s'éveilla, la seule pensée qui lui vint à l'esprit fut que c'était mercredi, le jour où elle passerait une soirée seule avec lui pour parler d'eux. Durant sa journée de travail, elle envisagea sérieusement de ne pas du tout lui envoyer de sms. Mais elle imagina lui envoyer un gentil message pour voir où cela mènerait.

– Bébé, *j'aimerais passer du temps avec toi ce soir...*

– Moi aussi.

Grâce à ce petit message, elle avait espéré qu'il comprendrait qu'elle voulait passer la soirée seulement en sa compagnie. Sa réponse lui fit croire qu'il comprenait et qu'ils passeraient un bon moment tous les deux. Plus tard cependant, quand elle eut fini le travail et retrouvé Vanessa à *Pain & Compagnie*, il appela pour demander ce qu'il en était de l'*apéro* sur le bateau.

Par malheur, l'instinct naturel qui pousse la femme à la colère fondit sur sa proie, qui ne se doutait de rien. Il était impossible qu'il comprenne pourquoi elle était irritée. Ils se mirent d'accord pour que les garçons fournissent l'alcool, alors que les filles apporteraient la nourriture : thon, riz, haricots verts et maïs pour faire une grande salade.

Les filles allèrent au casino d'Endoume, en haut de la rue depuis son appartement. Après, elles se détendirent chez elle et elle se prépara. Les deux filles portaient un maillot de bain sous une tenue sans artifice, au cas où se présenterait une occasion de sauter dans la mer. Elle enfila une robe blanche à manches courtes qui lui arrivait à mi-cuisse.

La clé de la réussite pour toute sortie avec lui était de ne s'attendre à rien, si bien que le résultat final serait inévitablement positif. Elle n'arrivait pas toujours avec la clé en main. Cette nuit pourtant, la clé était dorée et se trouvait bien en sécurité dans son sac vert. Quand elles arrivèrent au bateau, elles grimpèrent à bord sans hésiter.
– Salut les gars ! s'exclama-t-elle. Il s'approcha, jeta ses bras autour d'elle dans une ferme étreinte et l'embrassa avec fougue. Puis elle fit la *bise* à JR.
– JR, voici Vanessa. Vanessa, JR.

Une fois terminé le rituel échange de *bises* à l'entour, chacun alla à l'avant du bateau avec sa bière. Le ciel estival à vingt heures laissait un bleu pâle se fondre dans un bleu légèrement plus profond, avec le soleil encore brillant au loin. Quinze minutes de conversation flottèrent dans l'air avec insouciance.
– On y va ? demanda-t-il à JR.
– D'accord, on le fait. Et ils commencèrent à préparer le bateau pour une sortie. Les filles se regardèrent avec surprise.
– On le sort du port ? lui demanda-t-elle.

– Oui, qu'est-ce que tu pensais ? Que nous allions juste nous tourner les pouces ici ?

– Ouais, en quelque sorte. Nous pensions que c'était juste un *apéro* sur le bateau.

– Je vous ai bien dit qu'on le sortirait du port.

– Je ne me souviens pas que tu l'aies dit, et Vanessa non plus.

– Eh bien, vous voulez juste rester ici ?

– Non, non. Nous sommes seulement surprises, mais c'est une bonne surprise. Et elle sourit.

– Hé, viens ici, lui dit-il. Elle laissa donc JR et Vanessa faire connaissance et s'aventura vers lui.

– Donc lorsque je commence à avancer, il faudra que tu donnes une poussée sur ce bateau et que tu fasses attention à ce qu'il ne touche pas les autres bateaux.

– Pourquoi ne demandes-tu pas à JR d'aider cette fois ? demanda-t-elle avec douceur. Chaque fois qu'ils sortaient le bateau, il la mettait systématiquement au travail. En général, cela ne lui faisait rien, et elle trouvait cela excitant, mais par la suite il lui faisait des reproches pour les ratés. Ce soir, elle voulait maintenir des ondes positives. Il s'égosilla pour appeler JR dont les réactions lentes dans l'exécution la poussèrent à donner un coup de main de toute façon. Vanessa resta sur le pont avant, à capturer son image sur son téléphone, avec la mer en toile de fond.

Tous trois, ils manœuvrèrent le bateau pour le faire sortir de son emplacement et l'insérer dans le flux maritime. Elle abandonna les garçons pour continuer l'aventure et retourna à l'avant. En voyant Vanessa prendre une photo, elle se pencha pour voir l'image.

– Hé, c'est une belle photo !

– Ouais. Tu penses que je devrais l'envoyer à Guigui ? demanda Vanessa.

– Pour quelle raison ? demanda-t-elle, connaissant déjà la réponse à sa question.

Vanessa souhaitait bien sûr montrer qu'elle passait du bon temps sur le bateau d'un copain et espérait que son ami transmettrait l'information à un autre garçon.

– Pour lui dire combien c'est cool d'être en mer comme ça, mais en effet, cela ne sert à rien. Elle décida de ne pas le faire et toutes deux prirent une photo ensemble.

Ils passèrent devant le musée des Civilisations de l'Europe et de la Méditerranée (MuCEM), qui était éclairé de lumière bleue pour la nuit et où s'entassaient ceux qui attendaient le début du concert de jazz. Kelly et quelques autres devaient y être ce soir-là. Avant de connaître le calendrier de leur *apéro* bateau, Vanessa avait caressé l'idée de se joindre à eux. La musique commença et résonna jusqu'à eux tandis qu'ils glissaient doucement hors de portée. De loin, la vue d'une telle scène semblait gagner en intensité. C'était magnifique.

Comme ils atteignaient la pleine mer après avoir complètement quitté le port, les étoiles devinrent de plus en plus lumineuses, alors que le soleil s'affaiblissait au loin. Des nuances de bleu plus sombre annonçaient l'approche de la nuit, mais ils avaient la certitude de jouir encore d'une heure de relative luminosité. Lorsqu'ils arrivèrent aux îles Frioul, ils jetèrent l'ancre. L'air demeurait suffisamment tiède pour maintenir l'humeur estivale.

– On saute ! dit-elle, se tournant vers Vanessa et les deux garçons.

– J'y vais maintenant. Allez JR, dit-il en se tournant vers son ami.

– Non, j'ai froid.

Elle courut vers le pont arrière, retira lentement sa robe et la jeta à terre. Puis elle regarda en arrière pour voir son regard sur elle et elle sauta abruptement dans l'eau depuis le côté du bateau. Quelques secondes après que sa tête fut sortie au-dessus de l'eau, elle le vit faire la même chose. Puis avec précaution, mais cependant avec espièglerie, Vanessa sauta dans l'eau. Seul JR resta sur le bateau, méditant vraisemblablement sa prochaine initiative solitaire.

Il se peut qu'il ait froid, pensa-t-elle, mais peut-être se sent-il simplement peu sûr de lui parce qu'il a pris du poids.

Ils étaient tous toujours tellement soucieux de leur ligne, sans réellement adapter leurs habitudes alimentaires, ni faire d'exercice physique. Cela l'agaçait toujours de voir à quel point ils étaient constamment sur le dos les uns des autres à propos d'une éventuelle prise de poids, ce qui était le plus sûr moyen d'assurer l'insécurité de l'autre. Ces railleries créaient un environnement dangereux où tous ceux qui étaient concernés finissaient par manquer totalement d'assurance, à part bien sûr, celui qui se sentait momentanément en meilleure forme.

Il est intéressant de noter que c'était assurément la raison pour laquelle tous les garçons dans leur groupe, et dans les groupes similaires, se retrouvaient systématiquement dans les bars, à boire pour oublier leur insécurité, jusqu'à ce qu'ils trouvent une fille qui succombe à leurs charmes alcoolisés. Bien que ce soit rassurant sur le moment, ce ne serait jamais suffisant pour surmonter complètement leur manque de confiance. Ce que les filles cherchaient et trouvaient au hasard finirait par un fiasco, certainement pour la même raison. Elle était stupéfaite qu'ils n'aient jamais compris cela. Mais peut-être qu'ils l'avaient compris, et que cela leur était égal.

Lui tout du moins a un bateau, pensa-t-elle. C'est pour lui un sérieux avantage qu'il utilise sans aucun doute pour conquérir les demoiselles avant ses amis. Les filles peuvent à coup sûr facilement s'enflammer.

Puis elle se demanda où il était parti à la nage, et instantanément elle regarda au-dessous d'elle, comme son instinct l'invitait à le faire. L'eau n'était pas aussi claire qu'à l'habitude, probablement à cause du reflet sombre du ciel. Juste au moment où elle pensait qu'il n'avait pas réagi à sa manière habituelle, elle sentit une main saisir son pied sous l'eau.

– Oh ! laissa-t-elle échapper en riant.

– Ah, je t'ai eue, dit-il en souriant.

– Je te cherchais, certaine que tu ferais ça.

Puis il s'éloigna et elle continua à nager avec Vanessa, qui lui dit ensuite que la nature avait ses exigences. Elle ferait mieux de ne pas s'approcher trop près. Les deux commencèrent à rire tandis que Vanessa flottait sur le dos dans une tentative de répondre à l'appel de la nature.

– Il faut que je le fasse comme ça, ou je ne peux pas. Toutes deux rirent à nouveau.

– C'est hilarant. C'est comme le terrier de mon amie qui faisait l'arbre droit chaque fois qu'il urinait.

Elle en avait fini avec l'envie de nager, si bien qu'elle barbota jusqu'à l'arrière du bateau d'où ils avaient sauté dans l'eau. La marche se trouvait à un bras de distance au-dessus de l'eau, ce qui la rendait difficile à atteindre. Cependant, elle avait toujours eu une force convenable dans le haut du corps et parvint, par un balancement, à se propulser sur la marche en bois. La serviette avait été placée sur le bord. Elle s'en saisit donc et commença à se sécher. Elle se tourna pour voir Vanessa qui tentait de sortir de l'eau.

– Hé, comment tu as fait ça ?

Elle sourit et expliqua exactement ce qu'il fallait faire pour réussir. Ce serait plus gratifiant de le faire par soi-même, si bien qu'elle ne lui prêta pas main forte, se contentant d'expliquer. Vanessa ne faisait que s'affaler tandis qu'elle essayait d'écouter les instructions qu'elle lui prodiguait. Puis, elle tenta sa propre méthode. Ses bras tremblaient de faiblesse. Rien de ce qu'elle faisait ne marchait et elle finit par renoncer. Avant que Vanessa ne ressente de la frustration, elle lui prêta main forte et l'aida à monter. Derrière elle, elle entendait JR parler à son ami de Vanessa, qu'il trouvait sexy de manière légèrement vulgaire, comme elle l'avait entendu plus tôt dans la soirée.

– Chut, l'entendit-elle dire à JR lorsqu'elle se retourna pour leur faire face. Elle leva les yeux au ciel et tendit la serviette à Vanessa, qui était à présent à bord. Bien que Vanessa se soit séchée, elle resta en maillot de bain alors qu'elle lui parlait du bateau ou de musique. Ce n'était pas vraiment très clair pour elle. Elle essayait de calmer le sentiment de menace qui rapidement monta en elle, en raison des commentaires de JR et du fait que Vanessa se trouvait à trente centimètres de lui en maillot, les seins presque complètement visibles.

Jamais elle ne serait en état d'endiguer de telles émotions car ses sentiments pour lui étaient profondément ancrés en elle. Ou bien était-ce la conséquence directe d'événements passés dont il était responsable ? Elle se demanda s'il ne serait pas mieux de rester célibataire et de préserver une vie sans amour ; cela ne signifiait pas aucune forme d'amour. Elle continuerait d'aimer sa famille et ses amis sans aimer un homme unique dans l'espoir de recevoir en retour son amour sincère et entier. C'était une pensée qu'elle avait eue assez souvent.

– Est-ce que vous avez faim ? leur demanda-t-il.

– Oh, alors on va commencer à cuisiner maintenant. Les filles étaient responsables du dîner. Toutes deux firent chauffer de l'eau pour préparer le riz et mélangèrent les autres ingrédients dans un grand bol. Les garçons regardaient le processus d'ouverture des boîtes de thon, haricots verts et maïs. Il était impossible de ne pas détecter visuellement leur mécontentement, à l'exception de Vanessa. Ils auraient certainement préféré des hamburgers et des frites.

– Tu as tout ce qu'il te faut ? lui demanda-t-il.

– Oui, je veux dire tout ce que je t'ai dit au téléphone.

– Et l'huile d'olive et le vinaigre balsamique ? demanda JR.

– Que veux-tu dire ? Vous n'en avez pas ici ? demanda-t-elle en retour. Parce qu'il vivait là sur le bateau depuis les six derniers mois, elle n'avait pas pensé à lui demander. Les garçons éclatèrent de rire.

– Super ! Une salade sans sauce.

Leur attitude insultante l'agaçait ; elle lui avait dit au téléphone avant d'arriver exactement ce qu'elle avait l'intention de préparer. Il aurait pu mentionner ce qu'il n'avait pas. Au lieu de cela, elle se retrouvait avec deux garçons immatures qui raillaient et se moquaient d'elle. JR s'éloigna et revint alors qu'elle était en train d'ouvrir des fruits secs.

– Euh, qu'est-ce que tu fais avec ça ? Tu les mets dans la salade ?

– Oui, sourit-elle. Une fois de plus, il éclata de rire comme si quelque chose était incroyablement drôle.

– Oh, non, je t'en prie ! dit JR.

– Je peux les mettre sur le côté. Ce n'est pas un problème.

Au lieu d'accepter cette solution et de passer à autre chose, il continuait à dire combien il était ridicule de manger des fruits en salade, combien c'était inacceptable. Il n'arrêtait pas de sourire de cette façon railleuse, et elle sentit son visage rougir de colère.

– J'ai mangé cette salade une fois chez une famille française avec des canneberges séchées et elle avait un goût super. Je n'y avais jamais pensé auparavant, mais c'était vraiment bon, répliqua-t-elle. JR s'en fichait pas mal : il n'écoutait pas. Puisqu'il était cuisinier, sans autre éducation apparente, il partait de l'hypothèse qu'il savait tout et faisait pour le mieux. Elle les mit dehors pour que Vanessa puisse finir de cuisiner sans être ennuyée. Quand il revint une autre fois, elle le regarda à peine puis lui demanda de sortir.

– Que se passe-t-il ? lui demanda Vanessa.

– Rien, prononça-t-elle. Elle changea de sujet et parla d'autres choses, tentant désespérément d'ajuster son comportement.

Le dîner fantastique, dont les garçons mouraient d'envie, était prêt. Elle les appela à l'intérieur pour manger. Il ne restait que deux bières qu'ils durent donc partager. Les filles, qui étaient de toute évidence plus aptes à bien se comporter en société, ne se plaignirent pas du manque de boissons propres à étancher la soif. Il n'y avait que peu de communication entre eux et leurs remarques « aimables » sur le bon goût de la salade lui paraissaient n'être que des gifles qu'elle recevait en plein visage.

Elle se servit des fruits secs et ne se donna pas la peine de reprendre de la salade. Vanessa fut la seule autre personne à tenter les fruits secs mais elle semblait seulement le faire pour apaiser son amie. Vanessa et les garçons se resservirent de salade, ce qui mit de l'huile sur le feu, à son grand agacement.

– Eh bien, après toutes ces doléances, au moins vous n'aurez pas faim, dit-elle en souriant, bien qu'intérieurement elle les regardât de travers. Vanessa termina le saladier.

– J'adore le riz, dit Vanessa.

Ils laissèrent tout et retournèrent sur le pont arrière. Vanessa écouta de la musique sur son téléphone tandis qu'elle était étendue sur le dos, regardant le ciel. Les trois autres étaient assis à côté et discutaient.

À ce stade, elle s'était calmée, mais n'était encore pas dans le bon état d'esprit.

Comme dans *Orgueil et Préjugés*, elle pensait que Vanessa s'exposait de cette manière pour attirer les regards sur elle. Les femmes savent comment les hommes fonctionnent et ce qu'ils trouvent sexy. La scène où Elizabeth était obligée de marcher à travers la pièce avec la sœur de M. Bingley, pendant que M. Darcy écrivait une lettre, surgit dans son esprit.

– *Ne vous joindrez-vous pas à nous, M. Darcy ?*

– *Vous avez choisi ce passe-temps soit parce que vous avez des confidences à échanger, soit pour nous faire admirer l'élégance de votre démarche.* [6]

----

[6] Traduction d'Eloïse Perks (*Orgueil et Préjugés / Pride and Prejudice* – Édition bilingue : français - anglais, 21 juin 2014) – NdT

Cela lui permit de passer à une autre idée : que cela n'avait pas d'importance. Elle ne pouvait s'inquiéter du comportement de quiconque, à part du sien. Que Vanessa espère qu'on la trouve sexy ou non ne changeait rien, et elle se sentait probablement encore très déprimée à cause de l'autre nuit à Aix. Qu'il en soit ainsi. Puis elle culpabilisa de juger les motivations de son amie, qu'elle ait raison ou non. Cela ne semblait pas juste, étant donné ce que tous avaient souffert.

L'air frais forcit et devint frisquet lors du retour vers le port. Malgré tout, elle était assise sur le pont avec Vanessa, côte à côte. Son amie, qui n'avait jamais froid, mit un bras autour d'elle pour lui tenir chaud. Plus tard, ils entrèrent dans le port et réussirent à rentrer le bateau en marche arrière, précisément dans son espace réservé. Les garçons remirent les choses en place et les filles commencèrent à faire la vaisselle.

Il avait dit qu'il n'y avait pas d'eau à l'évier, si bien qu'elles utilisèrent le tuyau pour laver la vaisselle sur le pont arrière. Cela fit encore rire les garçons, qui leur dirent qu'elles auraient pu le faire dans l'évier. Elles restèrent là où elles se trouvaient, puisqu'elles avaient déjà commencé. Tandis qu'elles terminaient, Vanessa perdit l'équilibre et l'argenterie qu'elle tenait à la main tomba à la mer. Elle se contorsionna et s'étira sur le côté pour saisir ce qu'elle pouvait : une fourchette. Tout le monde rit.
– Oh non. Il devint sérieux. Dites-moi que la fourchette du service militaire de mon père n'était pas dans le tas. Il courut vers l'intérieur et cria qu'il y en avait une dans le tas. Quand il ressortit, il regarda la fourchette que Vanessa tenait et soupira. Oh mon dieu, quelle chance. Puis il rit. C'est elle!

L'agitation s'apaisa et tout fut remis à sa place. JR et Vanessa descendirent du bateau et discutèrent près des motos. Elle était avec lui, à l'intérieur de la cabine. Il la tenait dans ses bras et il l'embrassait avec frénésie ; il glissa ses mains contre ses jambes et sous sa robe.

– Est-ce qu'elle passe la nuit chez toi ?

– Oui.

– Non. Reviens ici.

– JR ne dort pas chez toi ?

– Si tu ne reviens pas, il le fera.

– Eh bien, elle passe la nuit chez moi. Je pourrais revenir mais je travaille demain. Il est tard.

– Oui, c'est vrai. D'accord. Il continua à l'embrasser et puis ils descendirent du bateau pour dire au revoir. Ils rejoignirent les deux autres près des motos. Elle dit au revoir à JR et, à nouveau, elle l'embrassa, lui, intensément tandis que Vanessa disait au revoir à JR. Puis elles sautèrent sur sa moto et filèrent. De retour à son appartement, elles se préparèrent pour aller au lit.

– Tu aurais pu rester avec lui si tu avais voulu.

– Oh, je sais ma belle. Mais ne t'en fais pas. Je travaille demain de toute façon.

Le jour suivant, il l'appela dans l'après-midi pour voir si elle voulait sortir dîner. Toute la journée, pendant qu'elle travaillait, elle pensa à lui. Son excitation à la perspective de la soirée se maintint pendant la durée de son service à l'institut. Elle rentra chez elle et se changea, désireuse de se montrer séduisante. Son téléphone sonna.

– Salut !

– Je suis là.

Elle prit une veste légère, ferma sa maison, et bondit dehors. Cela ne lui prit pas longtemps de gravir les escaliers et de le repérer, sa moto garée sur la gauche. La voiture aurait été un changement agréable, mais c'était plus compliqué en ville. Lorsqu'elle le vit, elle sentit l'angoisse se nouer et l'embrassa. Elle prit rapidement note de son manque d'enthousiasme mais décida de l'ignorer.

– Que dirais-tu d'*Al Dente* ?

– Parfait.

Cela ne prit que dix minutes pour s'y rendre. Le restaurant italien était situé sur une des rues bordant la préfecture. Ils descendirent de la moto et entrèrent dans le restaurant en maintenant une distance aussi bien physiquement que verbalement, un silence qui lui répugnait.

– Une table pour deux, dit-il au serveur quand ils entrèrent. Ils étaient assis au fond du patio intérieur qui se trouvait à l'avant du restaurant.

Il avait l'air lugubre et lui parlait à peine, sans compter qu'il ne la regardait pas. La pensée de ses extrêmes sautes d'humeur d'un jour sur l'autre ramena à son esprit la douleur passée. Le jour précédent, il lui avait prodigué les fleurs de ses douces caresses et de ses tendres baisers, et maintenant il était assis en face d'elle et donnait l'impression qu'il préfèrerait être n'importe où plutôt qu'en sa présence.

– Sais-tu ce que tu veux ? demanda-t-il.

– Oui.

Il fit venir le serveur pour passer leur commande et poursuivit une conversation anodine. Après quelques minutes, chacun sortit une cigarette, l'alluma et resta assis à fumer en silence. Lorsqu'elle tentait de papoter, il souriait d'un air suffisant. Une fois que le dîner fut servi, elle ressentit l'envie irrépressible de crier et de s'enfuir. Comment pouvait-il être aux petits soins avec elle un soir, juste pour la repousser complètement le lendemain ?

– Qu'est-ce qui t'arrive ? Tout ce que je dis t'agace. Tu es maussade pour une raison ou une autre mais je ne t'ai pas demandé de faire quoi que ce soit ce soir. C'est toi qui as proposé !

Pendant le reste du dîner, ils parlèrent essentiellement du ridicule qu'il y avait à manger au restaurant avec quelqu'un qui est d'une telle humeur. Le service épouvantable, très français, n'arrangea pas la situation. Ils finirent par renoncer à demander un autre pichet d'eau, payèrent et partirent.

– Et maintenant alors ?

– Tu ferais aussi bien de me ramener chez moi, dit-elle, extrêmement agacée et fatiguée de devoir l'amadouer pour faire la moindre chose. Des années passées à composer avec un comportement aussi irritant lui avaient appris à simplement laisser tomber, à ne plus se servir de son énergie pour quelqu'un qui pouvait la consommer comme un Américain pompe l'essence. Devait-elle utiliser toute son énergie pour quelqu'un qui était là épisodiquement, quand cela lui convenait ? Il ne resterait rien pour elle.

Elle se tint à peine à lui durant le court trajet de retour chez elle. L'air nocturne était doux sur sa peau, pourtant ses joues étaient empourprées. Arrivant en haut des escaliers sur Endoume, elle descendit de la moto. Elle enleva son casque et se tenait là à le regarder, les sourcils froncés.

– Voilà, merci pour le dîner.

– Pas de problème.

– Bonne nuit. Et il était parti. Elle était furieuse.

Pendant quinze minutes, elle resta assise sur son lit à écumer de rage. Ils auraient pu être ensemble, à jouir de la compagnie de l'autre. Au lieu de cela, il avait gâché toute la soirée. S'il avait simplement dit qu'il était trop fatigué pour sortir, ils auraient pu se voir le jour suivant.

Elle l'appela. Déterminée à redresser la situation. Dès qu'il répondit, elle expliqua tout ce qu'elle avait en tête après cette soirée et ajouta qu'elle préfèrerait ne pas le voir du tout s'il avait l'intention d'être de si mauvaise humeur. Il avait le droit d'être fatigué et d'avoir besoin de solitude, avait-elle dit, mais il n'avait certainement pas le droit de la traiter comme il l'avait fait. La conversation se termina. Vers minuit, elle reçut un sms.

– Gros bisous, *popsy top's & crocs :/*

Elle déchiffra cela comme un « je suis désolé » supplémentaire qui s'ajoutait à ce qu'il avait déjà dit lorsqu'ils avaient parlé au téléphone. Bien qu'elle restât irritée, son petit message pour faire amende honorable signifiait qu'au moins il se sentait sincèrement mal.

– *xoxo* répondit-elle pour exprimer son affection.

Le jour suivant, elle ne reçut ni message ni appel téléphonique de sa part. Un collègue de travail l'invita à prendre un verre pour parler du problème professionnel qu'elle avait soulevé plus tôt. Elle termina à dix-neuf heures trente environ et se dirigea vers le restaurant, bar, boutique et salon de coiffure *Oogie* sur le cours Julien, où son collègue attendait. Elle fut surprise de voir qu'Elizabeth était là aussi, mais pensa que c'était tout à fait naturel, puisqu'elle travaillait aussi avec eux à l'*English Institute.*

– Salut, dit-elle. Le serveur passait, elle commanda donc une bière. Est-ce que quelqu'un d'autre vient ?

– Luigina nous retrouvera elle aussi dans un petit moment, dit Elizabeth, et puis elles commencèrent à discuter du problème au travail.

Tout le monde fut d'accord pour dire que le nouveau directeur n'avait clairement aucune des qualités nécessaires pour l'encadrement et qu'il avait mis l'ambiance à mal. Elles échangèrent des histoires concernant son manque de professionnalisme, tout comme les défauts de son caractère, sur lesquels on aurait pu fermer les yeux s'il avait eu de bonnes compétences managériales. Cependant, ses deux collègues conclurent que le grand patron se moquait pas mal des problèmes qu'ils pouvaient avoir dans leurs rapports avec leur directeur, d'autant qu'il l'avait embauché et devrait dépenser beaucoup d'argent dans le cas où il s'en séparerait – une chose, bien sûr, qu'il n'imaginerait jamais faire.

Leur collègue américain de grande taille et aux cheveux bruns fit mention du fait qu'il ne participerait à aucune tentative visant à détrôner le directeur en raison de son besoin d'avoir un emploi. Puisqu'il avait trois filles, il comptait vraiment sur les heures qu'il donnait à l'institut. Elle le réprimanda gentiment sur son choix discutable.

– C'est juste que je ne suis pas d'accord avec la dernière phrase de la lettre, dit-il.

– D'accord. Eh bien, je peux la changer. C'est pour cela que je voulais d'abord parler à tout le monde avant d'agir.

– Salut, salut. Luigina était arrivée. Je meurs de faim.

– Allons au bar à tapas juste au coin, vous êtes d'accord ? demanda Elizabeth.

Les tapas semblaient être une excellente idée pour tout le monde, si bien qu'ils flânèrent dans les rues de La Plaine. Elles étaient toutes couvertes d'un motif ou d'un autre, parfois totalement fantaisiste ou bien curieusement sage. Des enfants couraient dans tous les sens sans surveillance, ce qui la surprenait toujours. Cela ramena un bref *flash-back* de son rendez-vous en décembre. Elle sourit.

À l'intérieur du bar à tapas, celui où elle était allée avec son ami Antho, ils étaient assis à une table au coin, avec une fenêtre qui donnait sur le patio intérieur, un style assez répandu pour un bar ou restaurant de ville. Elle était assise près de la fenêtre, le grand Américain était assis à sa droite, et les deux autres filles en face d'eux. La musique était forte mais ils faisaient tous de leur mieux pour descendre leurs mojitos sur fond de conversation stupide.

Un collègue masculin, puis un autre, vinrent rejoindre le grand Américain, jusqu'à ce qu'il y ait trois hommes de plus à la table. Il présenta ses amis, ils burent encore et elle se trouva étrangement mal à l'aise sans autre raison que son indifférence à l'idée d'être de sortie. Comme tout le monde parlait d'aller dans la zone du port, elle rumina le projet de simplement rentrer chez elle, mais comme le port était à mi-chemin de son domicile, elle décida de traîner encore un peu. De toute façon, il ne l'avait toujours pas appelée.

– D'accord, allons-y, dit-elle.

– Tu vas y aller alors ? demanda le grand Américain, qui lui avait préalablement chuchoté : j'espérais que ce serait juste nous deux, mais...

Elle ne prenait pas au sérieux son badinage, parce qu'elle savait qu'il avait une petite amie régulière. Bien qu'elle n'ait jamais trouvé le moindre intérêt à un flirt futile, cela semblait inoffensif. Et elle n'était vraiment pas prête à se précipiter chez elle pour se retrouver seule.

– Oui, je ferais aussi bien de prendre un dernier verre avec tout le monde avant de rentrer à la maison. C'est sur le chemin.

Ils payèrent et partirent dans des directions opposées ; deux chauffeurs désignés prirent leur voiture et elle partit en solo à la recherche de sa moto. Aucun d'entre eux ne mit longtemps pour se retrouver au *Pointu*, au coin du cours d'Estienne d'Orves. Un autre ami du grand Américain vint rejoindre leur table, tout comme deux ou trois autres filles de l'institut. Un DJ jouait une musique correcte en extérieur et, puisqu'elle se trouvait du côté masculin de la table, elle parla à plusieurs des gars. Elle ne s'était pas vêtue de façon particulièrement séduisante ce jour-là et elle n'avait pas l'intention d'en mettre plein la vue à âme qui vive. Les autres filles faisaient visiblement preuve de plus d'entrain qu'elle cette nuit-là, et elle avait juste plaisir à leur parler. Le grand Américain n'arrêtait pas de la regarder et se mêlait à la conversation quand il pouvait. Où qu'elle aille, il finissait par la suivre. À l'intérieur, elle faisait la queue pour aller aux toilettes.

– Tu veux prendre un verre pendant que tu attends ? demanda-t-il en montrant du doigt son ami qui se trouvait au bar. Elle vit trois verres à shooter.

– Bien sûr, dit-elle, ravie d'être avec tout le monde.

Comme ils sortaient du bar pour rejoindre les autres, elle vit un ami. Son sourire à lui seul aurait trahi son identité, mais sa casquette de baseball, sa peau basanée et sa personnalité énergique convergeaient pour désigner une seule personne : Greggy. Il passait une fois par semaine depuis environ trois ou quatre mois pour des leçons d'anglais et il venait d'aller à New York pour la première fois. C'était son rêve.

– Tu es de retour ! s'écria-t-elle. Ils s'étreignirent, tout à la merveilleuse surprise de s'être croisés par hasard. Après l'avoir un peu écouté parler de son expérience, elle le présenta au grand Américain, qui n'aurait pas manifesté plus d'intérêt si elle lui avait donné un livre sur la couture. Le grand Américain rejoignit leurs autres amis et elle continua à bavarder avec Greggy, qui la présenta ensuite à son ami chinois et à un autre. Elle courut danser avec eux avant de se précipiter à nouveau vers son groupe d'amis initial. Le grand Américain la prit en aparté pour lui parler de la première fois qu'ils s'étaient rencontrés et fit allusion à son attirance pour elle. Elle était certaine que c'était une de ces plaisanteries à ne pas prendre trop au sérieux et plus tard elle crut encore que c'était le cas. Mais pourtant, il ne voulait pas se calmer.

– Qu'est-ce que vous faites par là-bas ? demanda Elizabeth.

– Je lui disais seulement à quel point elle avait été méchante avec moi le premier jour, quand je l'ai rencontrée. Je suis entré dans la classe où elle préparait des cours et j'ai seulement dit qu'elle me fasse savoir si elle avait besoin d'aide. Elle m'a jeté ce regard comme pour me dire « ne me parle pas, ma main sur ta figure ».

Elizabeth rit.

– Eh bien, j'ai dit que c'était vrai. À quoi d'autre t'attendais-tu ? Je travaillais. Je déteste être interrompue. J'ai pensé que j'étais plutôt gentille, vu les circonstances.

Les filles commençaient à vaciller l'une après l'autre, mais elle ne pouvait se résoudre à rentrer chez elle. Elle serait seule là-bas, et elle n'était pas prête pour cela. Il n'avait toujours pas pris la peine d'appeler. Elle était fatiguée d'avoir l'impression de n'avoir pas vraiment de petit ami. Malheureusement, son taux d'alcool la poussa à continuer la nuit avec les garçons au *Trolleybus*. Quelques fois, elle pensa repartir sur la pointe des pieds vers sa moto, mais chaque fois le grand Américain se retournait.

Dans tous les cas, elle en profita au maximum, parlant à ses amis à quelques occasions. Ils étaient très gentils et semblaient assez posés. Bien sûr, elle savait que les mecs seraient toujours des mecs, si bien qu'elle se faisait un devoir de ne montrer d'intérêt marqué pour aucun d'entre eux. Elle avait toujours trouvé démoralisant de faire marcher quelqu'un. Ils commandèrent encore des boissons et commencèrent à plaisanter. Puis le grand Américain l'entraîna pour aller danser. Cela faisait longtemps qu'elle n'avait pas dansé avec un type qui savait bouger et il ne se débrouillait pas si mal.

Ses amis vinrent et tous commencèrent à danser. Elle était ivre, mais ce fut une émeute. Elle rit et dansa avec eux, et finalement le grand Américain se dirigea à nouveau vers le bar. Les trois qui restaient continuèrent à danser.

– Il appelle pour que tu le rejoignes.

– Hein ? Enfin, il peut sûrement commander un verre sans que j'y sois, non ? Il ne se calmait pas pourtant, si bien qu'elle alla voir de quoi il avait besoin.

– Je ne veux rien d'autre, dit-elle.

– Tous mes amis sont tombés amoureux de toi, dit-il. Et moi aussi.

– N'importe quoi. Tu es ivre. Elle pensa combien cette déclaration était ridicule, compte tenu de sa tenue vestimentaire. Quelle remarque, pensa-t-elle, comme c'est idiot.

– Embrasse-moi, dit-il en souriant.

– Vraiment ? Ses sourcils pointés vers le haut avec incrédulité, non pas incrédulité à l'idée qu'il puisse avoir envie de le faire, mais incrédulité à l'idée qu'il puisse penser que juste comme ça, elle accepterait.

– Juste un baiser. La musique semblait si forte, trop forte. Elle se demanda comment elle pouvait distinguer ce qu'il disait. Tout d'un coup, plus personne n'eut l'air d'être là.

Chapitre six
Le cercle brisé

Le soleil se leva le lendemain à sa façon coutumière, chauffant son pied gauche qui s'échappait des couvertures. Elle commença à se tortiller dans tous les sens, caressant les draps avec ses bras aussi bien qu'avec ses jambes, inspirant à pleins poumons le bonheur de disposer du lit pour elle seule, comme d'habitude. La nuit avait été plutôt interactive et elle s'éveilla fièrement dans la solitude de son studio.

Elle avait comme l'impression d'avoir eu quelqu'un chez elle ou simplement d'avoir été constamment entourée lorsqu'il l'appela en fin de matinée ; elle se montra moins communicative. Il mentionna le fait que personne ne lui proposait jamais de faire quoi que ce soit, ce qu'elle interpréta comme une remarque la visant directement. Même si elle avait pu proposer quelque chose, elle ne désirait pas que sa proposition puisse être l'objet de ses moqueries, ce qui était généralement sa réaction.

Curieusement, il dénigrait ses amis et leur manque d'enthousiasme, et cependant méprisait toute suggestion qu'ils pouvaient faire. Elle savait tout cela d'expérience. Juste après avoir raccroché, elle lui envoya un sms.

Bébé, je viens juste de rentrer. J'ai été entourée de gens pendant plus d'une semaine et je n'ai pas eu une minute à moi, si bien que je profite d'être seule à la maison sans rien à faire. Alors, ne sois pas vexé ou ne le prends pas pour toi si je ne propose rien, parce que depuis près d'une semaine je ne fais que ce que tout le monde veut que je fasse. Gros bisous. Je t'appellerai ce soir.

Au lieu de la laisser à sa solitude, il appela. Elle savait que c'était sa manière de montrer qu'il se souciait d'elle et ne voulait pas la laisser seule, ce qu'elle souhaitait pourtant. Malgré tout, il proposa d'aller aux Goudes et de simplement s'étendre au soleil. Elle imaginait que ce serait mieux que de rester à l'intérieur.

Ils remarquèrent que l'eau avait l'air plutôt dégoûtante et ils se moquèrent du couple qui faisait de la plongée avec tuba juste à l'endroit où flottait la plus grande partie des immondices. Il l'obligea, comme toujours, à sauter avec lui. Il plongea au-dessus des immondices pour atteindre une eau non souillée, tandis qu'elle sautait lamentablement et tombait en plein milieu des détritus. Elle s'éloigna rapidement pour aller à sa rencontre, et ils sortirent de l'eau tout aussi vite.

Le jour suivant, ils firent une ballade jusqu'à Méjean. Là, ils allèrent à leur endroit habituel vers dix-sept heures, sauf que quelque chose avait changé. Un des résidents du quartier avait installé une clôture en métal. La clôture bloquait tout accès vers la mer en contrebas par son grand panneau annonçant « défense d'entrer ».

Il y avait un petit espace entre la clôture et l'un des murs en ciment, mais il fallait gravir une petite côte étroite qui longeait la clôture, marcher sur trois mètres pour en atteindre l'extrémité et, en fait, utiliser à la fois la clôture et le mur pour grimper et sauter par-dessus.

Alors que cela aurait constitué un défi pour monsieur tout-le-monde, ils entrèrent facilement. Elle était un peu à cran pourtant, en raison de la difficulté qu'il y avait à mener à bien toute activité qu'il désirait accomplir.

Pourquoi ne pouvait-il faire les choses normalement de temps en temps ? Eh bien, parce que cela serait ennuyeux, bien sûr.

Ils marchaient le long du sentier déjà tracé par des années de passage, lorsqu'ils entendirent un bruit venu de la maison qui se trouvait à proximité. Un homme en surpoids et tenue estivale marchait sur la terrasse de la maison. Il brailla quelque chose qu'elle ne put distinguer. Ils se regardèrent jusqu'à ce qu'il se répète.

– Comment êtes-vous arrivés ici ? Je sais que vous avez vu le panneau, répéta le gros homme avec colère.

– Nous avons pris le sentier depuis la mer.

– Racontez ça à d'autres. Je ne suis pas un imbécile. L'homme lâcha ensuite des insultes et des menaces.

Elle se sentit réellement menacée, bien qu'il ait expliqué que l'homme en surpoids n'était pas le propriétaire de la maison. Quand ils finirent par atteindre la mer, elle se sentait encore tremblante. Il sauta dans l'eau et elle fuma une cigarette tout en observant. Il s'aventura vraiment loin, jusqu'au point où elle ne pouvait plus le repérer, ce qui ne fit qu'accroître sa peur. Si quelque chose arrivait, elle devrait trouver un moyen de le sauver et ce n'était pas le moment de plaisanter !

– Tu ne viens pas dans l'eau ? demanda-t-il lorsqu'il fut de retour, surgissant de la mer.

– Non, elle n'est pas engageante, répondit-elle en baissant les yeux pour regarder quelques crabes morts sur le rocher où elle se trouvait. On ne trouvait jamais que de petits crabes dans ce coin-là.

Après plusieurs heures passées simplement à boire, fumer et parler, une fois que les autres improbables amateurs de plage furent rentrés, ils gravirent à nouveau la côte. Il était temps à présent de déterminer comment ils s'échapperaient du pétrin dans lequel ils s'étaient fourrés. Comment sortiraient-ils sans que cet homme les voie ? Elle était si fatiguée par l'éprouvante marche jusqu'en haut de la côte, qui était pour l'essentiel une pente à quatre-vingt degrés, que la pensée de ne pas rentrer chez elle en vie la faisait paniquer, alors qu'ils s'accroupissaient derrière les buissons, avançant lentement, un buisson après l'autre.

Ils entendirent encore un rire qui venait de la maison. Puis quelqu'un démarra le moteur d'une voiture et le couple, qui rendait visite à l'homme en surpoids et à sa femme, s'en alla. La maison était presque entièrement vitrée. De larges baies occupaient tout le côté. Ils pouvaient voir à l'intérieur à chaque fois qu'ils levaient la tête plus haut que le buisson derrière lequel ils étaient assis, ce qui veut dire qu'ils pouvaient facilement être détectés.

– Qu'allons-nous faire ? Rester assis ici toute la nuit ? demanda-t-elle.

– Eh bien, voyons si nous pouvons descendre par un autre chemin. Regarde, là-bas, il y a un mur. De l'autre côté, il y a peut-être une sortie.

– OK, très bien. Allons-y.

Une fois qu'ils eurent descendu une autre partie du monticule, après s'être presque fait repérer tandis que l'homme marchait devant la maison du même côté qu'ils descendaient, ils atteignirent le mur et s'avancèrent tout le long vers la route principale. Mais aucune sortie par une porte ou un portail ne leur apparut et il fut impossible d'escalader le mur. Ils firent tout le chemin jusqu'à l'autre bout de celui-ci, qu'il était possible de franchir en sautant par-dessus.

– J'y vais et je fais un repérage. Toi, tu restes ici, lui dit-il.

Il se releva, franchit le mur et courut en silence vers l'extrémité, près de la route principale. Une fois de plus, aucun signe d'une sortie quelle qu'elle soit, c'est ce qu'il revint lui dire. Il essaya ensuite un autre côté, mais c'était aussi une voie sans issue.

– Eh bien, il est clair que nous devrons partir par là où nous sommes entrés. On s'en moque ! S'ils disent quelque chose, tu n'auras qu'à parler anglais.

– Bon sang, faut-il que ce soit une réponse à tout ? Je me contenterai probablement de pleurer toutes les larmes de mon corps. Je suis si fatiguée ! Et affamée.

– Eh bien, tout ce qui peut marcher ! Allons-y.

D'un buisson à un autre, ils se faufilèrent tout le long du chemin pour retourner au début de la piste, à une proximité dangereuse de la maison. Cette fois, ils réussirent à approcher plus près de la clôture. Pourtant, la dernière portion demanderait beaucoup de courage : celle-ci était complètement à découvert. Ils traversèrent en courant sans être vus. Ils se trouvèrent alors au bord de la clôture, là où l'espace la séparait du mur de ciment qui se lézardait légèrement à cause des assauts de la brise.

Il escalada et passa par-dessus, faisant un bruit qui l'effraya, mais il ne se retourna pas pour l'aider. Elle tenta de se faufiler dans l'interstice, ce qui ne marcha pas et au lieu de cela, elle dut grimper comme il l'avait fait, tout en portant un sac de provisions et son sac à main. Après s'être démenée pour se hisser et franchir la clôture, dans une manœuvre qu'on ne pourrait qualifier d'aisée, elle se débrouilla pour descendre jusqu'à la moto, transpirante et le cœur battant à toute allure.

Il sourit.

– Fichons vite le camp d'ici, dit-elle. Elle savait qu'elle en rirait plus tard mais sur le moment, ce n'était pas si drôle.

Rien de tel qu'un épisode en direct de *Tigre accroupi, dragon caché* dans la vraie vie pour se réveiller.

Elle avait été invitée à une visite privée du FRAC, le Fonds régional d'art contemporain Provence-Alpes-Côte d'Azur, conçu par l'architecte japonais Kengo Kuma. Le mardi, elle se réveilla et se prépara. C'était sa première visite en tant que journaliste et elle se sentait importante. Le FRAC n'était pas un musée. C'était davantage un foyer d'accueil pour l'art, les expositions et la création artistique.

On lui fit visiter chaque niveau et on lui en expliqua la fonction. Ce qu'elle jugea exceptionnel furent les quartiers de résidence des artistes. Le bâtiment avait été dessiné avec des appartements réservés pour les artistes, écrivains et philosophes invités. Les artistes travailleraient avec des écoles de la région pour impliquer des enfants dans un projet artistique. Elle pensa qu'il était fantastique de faire intervenir les enfants et de mettre à profit leur imagination.

Bien que ce ne soit pas un musée, il y avait une exposition artistique éphémère d'une durée de trois mois. Après qu'elle eut regardé l'exposition, elle fut emmenée au niveau inférieur. Il se trouvait sous le niveau de la mer. C'était là qu'ils gardaient leur collection d'art, composée de productions de membres du FRAC.

Le lendemain, elle reçut un message d'Orange info. Elle avait souscrit à ce service des années auparavant pour recevoir des informations, car cela ne coûtait qu'un euro supplémentaire par mois.

« Pollution détectée près des plages de l'Estaque. »

Elle lui envoya l'information dans un sms et lui rappela qu'ils avaient vu beaucoup de crabes morts, ce qui devait être lié.

Comme nous avons nagé dans ce coin, il me pousse un troisième bras ! ;) *Gros bisoux bougui bonne journée !* répondit-il.

Elle rit.

Une autre nuit de cette semaine-là, il lui demanda ce qu'elle avait prévu ce week-end, ajoutant qu'il pouvait décommander ses amis pour l'emmener à nouveau au lac. Ils décidèrent d'y faire un nouveau plongeon.

Le fait qu'il soit prêt à décommander ses amis lui donnait un sentiment d'importance. Si cela avait été une fête quelconque, elle aurait continué à éprouver cette impression. Mais elle découvrit plus tard qu'il avait décommandé son ami Nico. Il était censé aider Nico à déménager ses affaires dans son nouvel appartement. Il ne prit pas la peine d'appeler Nico pour lui dire qu'il ne venait plus. Il ne se présenta pas. Elle finit, de son côté, par abandonner son amie qui fêtait son anniversaire ce weekend-là.

Vendredi matin, elle fit le trajet jusqu'au MuCEM pour retrouver Lucy et Geoff. Lucy avait programmé un entretien avec Rudi Ricciotti qui avait eu l'amabilité d'accepter. Sa réputation le précédait. Elle ne fut pas du tout surprise de voir cet architecte vêtu tout de blanc, avec une fine chemise transparente. Tandis que Lucy fixait le microphone qu'elle fit remonter sous sa chemise, il la regardait avec intensité. La fixité de son regard portait sur les nerfs, mais elle s'abstint de montrer le moindre trouble émotionnel.

Riciotti était davantage intéressé par l'observation de son public, la petite foule qui s'était amassée. Lucy posa plusieurs questions, avant d'en arriver à celle qui mit en rogne Ricciotti. Et il partit. Il cracha un grand nombre de mots indésirables et insulta le cerveau même qui avait osé concevoir une telle question – celui d'un lecteur du magazine en ligne, pas celui de Lucy.

L'entretien se termina et Ricciotti ne garda pas pour lui sa déception. Pourquoi Lucy ne l'avait-elle pas interrogé sur le livre qu'il avait écrit et récemment publié ? Il dit à Lucy qu'elle aurait dû le faire. Puis il tourna les talons pour rejoindre quelques amis, sans seulement prendre congé. Il ne manqua pas en revanche de se retourner pour dire à Lucy de lui envoyer une copie de la vidéo avant de la mettre en ligne.

Lucy, Geoff et elle allèrent en ville et déjeunèrent ensemble dans un restaurant pittoresque près du Vieux Port. Lucy répéta à quel point l'entretien avait déçu ses attentes. Ils discutèrent de la personnalité de Ricciotti et de la conception du MuCEM.

Après le déjeuner, ils marchèrent jusqu'à l'ombrière où ils sélectionnèrent parmi la foule des gens à interviewer. C'était son idée de faire le *micro-trottoir* et elle fut heureuse que Lucy ait accepté. Tous les trois choisirent des individus particuliers, mais Lucy lui demanda de les aborder pour leur proposer de se laisser filmer.

Le premier choix était une dame avec des cheveux roux très épais qui se dressaient comme des flèches autour de son visage. Son style évoquait une artiste des années quatre-vingts. Elle traversait la voie d'un pas vif, en regardant autour d'elle. Son attitude et sa tenue vestimentaire ne cadraient pas avec le look marseillais typique.

Elle se précipita vers l'artiste rousse et lui demanda si elle avait un moment pour exprimer ses pensées à propos de la nouvelle ombrière. Ce serait filmé, bien sûr. L'artiste accepta. Action. Elle ne perdit pas de

temps pour répondre à la question « Que pensez-vous de...
? » Quel choix phénoménal, cette artiste !

Plus tard, ils questionnèrent quelques autres personnes ; un homme d'affaire, toute une famille avec des enfants, un jeune couple et un pêcheur. La sortie les amusa tous trois et lui ouvrit les yeux sur les nombreuses opportunités qui étaient à sa portée. Le stage s'avérait être une expérience plus importante qu'elle ne se l'était imaginé.

Le week-end arriva et ils partirent pour le lac. Bien que périlleuse au début, avec une bouteille de bière cassée à la descente, leur première journée au bord de la rivière fut ce qu'elle était toujours : exaltante et rafraîchissante en même temps, un moyen de les unir à nouveau qui réussissait à chaque fois. Un autre pépin au milieu d'un tel triomphe fut la perte du frisbee jaune *M&M*. Elle se produisit à cause d'elle qui l'avait lancé, pas à cause de lui. Bien qu'elle ait encore nagé à sa recherche, il fut résolument déclaré perdu pour toujours.

Cependant, le retour à la voiture avait causé une fatigue si intense qu'ils finirent par laisser un de leurs sacs ; celui, naturellement, qui contenait sa coûteuse lampe torche et la bouteille de vin qu'ils avaient achetée auparavant au magasin.

Ils ne se rendirent pas compte de cet oubli jusqu'à ce qu'ils retournent au camping et descendent aux douches. Devant le petit bâtiment où deux chaises blanches attendaient des corps lourds de sommeil, la même vue grandiose restait prête à absorber la lumière du clair de lune. Il quitta la voiture immédiatement, après lui avoir dit de prendre le vin. En dépit de ses recherches, elle ne l'aurait jamais retrouvé car il avait été laissé au bord de la route.

Il cria et traita toute la situation comme le résultat direct de sa négligence. En fait, cependant, le sac était celui qu'il avait porté et posé lui-même près de la voiture. Ils allèrent vers la tente en colère l'un contre l'autre. Elle s'éveilla encore fâchée et il le perçut.

Après avoir dit avec irritation qu'ils feraient certainement mieux de retourner à Marseille, une solution qu'elle trouvait parfaitement absurde, elle lui dit d'aller juste se doucher ou quelque chose de ce genre, et qu'elle allait prendre la voiture et chercher le petit déjeuner.

Rageusement, elle monta dans la voiture et conduisit jusqu'au village, contente d'être simplement hors de son voisinage. Elle avait besoin de temps pour évacuer la pression. Le magasin avait beaucoup de choix et elle prit également des choses pour plus tard. Puis elle tenta de retourner là où ils étaient allés le jour précédent, mais dans son irritation ne put déterminer quelle route y conduisait, celle de droite ou celle de gauche. Son véhicule fit demi-tour plusieurs fois sur l'un et l'autre des chemins avant qu'elle ne cessât de crier dans la voiture, des larmes de frustration inondant ses joues.

– C'est ridicule ! Ce n'est pas ma faute. Il va devoir grandir et accepter. Grand Dieu !

Elle revint avec le petit déjeuner et il avait déjà tout démonté. Puisqu'ils devaient normalement rentrer ce soir-là, cela ne la contraria pas. Avec un sourire, elle lança vers lui quelques denrées achetées pour le petit déjeuner.

– Quand tu me parles comme si c'était de ma faute quand quelque chose ne va pas, ça m'emmerde vraiment. Je veux dire que nous sommes ici ensemble, donc si quelque chose va de travers, c'est de notre faute à tous les deux.

– Je sais. Je savais que tu étais furieuse, même ce matin. J'étais juste énervé d'avoir perdu la lampe.

– Ouais, ce n'est pas un problème d'être énervé mais surveille ta façon de parler !

Cet après-midi-là, ils voulaient se rendre au lac sans aller à leur endroit habituel. Sur le chemin qui les menait de l'autre côté du lac, une voiture transportant des jeunes punks s'arrêta dans un crissement de pneus avant de traverser la route, ce qui aurait pu conduire à une dangereuse collision par le côté. Puis ils klaxonnèrent et lui firent un geste à propos de ses cheveux longs. Plaisantant, comme beaucoup le faisaient, sur sa ressemblance avec Brice de Nice. Il secoua la tête devant leur stupidité.

Malheureusement, toutes les autres sections du lac sont surpeuplées durant la haute saison et ils se retrouvèrent en bas d'une route complètement encombrée de voitures. Sur le bord, il y avait des familles empoisonnantes, avec des enfants qui braillaient, assises à côté d'autres familles avec leurs enfants qui braillaient aussi. Et puis, de façon épisodique, il y avait un groupe bruyant de gars avec leur bedaine de buveurs de bière et leur pack de vingt-quatre bières flottant à côté des enfants qui braillaient. Ils marchèrent aussi loin que possible, hors de portée de cette démence, et se débrouillèrent pour trouver un endroit retiré.

Une fois qu'ils eurent consommé assez de vin et de bière, la seule chose qu'ils aient apportée, et une fois calmée la faim d'un après-midi privé de déjeuner, ils se hâtèrent de rebrousser chemin vers sa Twingo, souhaitant pour la première fois être de retour en ville. Au moment de partir, il arrêta brusquement la voiture, qui dérapa dans un nuage de poussière projeté par les roues arrière.

– C'est la voiture de ces imbéciles de petits malins ! Je devrais leur crever les pneus pour s'être montrés si bêtes. Ça leur donnerait une leçon.

– Tu pourrais le faire, mais pourquoi se donner cette peine ? Ne perdons pas notre temps.

– Ils ont de la chance aujourd'hui. Ça me prendrait deux secondes de le faire. Ils le méritent.

– En effet.

– Tant pis. Ils ont de la chance aujourd'hui. Et ils prirent la route.

Plus tard dans la semaine, il y eut une rencontre des professeurs, tenue en-dehors du bureau pour discuter de nouvelles actions. Plusieurs de ses collègues la retrouvèrent dans le secteur du port pour un dîner agréable, au cours duquel ils rabâchèrent des problèmes spécifiques. Il semblait qu'ils se servaient de ce moment plus pour créer des liens que pour trouver une solution. Alors elle l'appela pour qu'il vienne les rejoindre. C'était la première fois qu'elle le mettait en contact avec des amis de son travail et elle était curieuse de voir comment il se comporterait.

Ils avaient tous pris plusieurs verres chez *O'Malleys*, puis au *Pointu*, mais ils se rendirent ensuite au cours Julien, à la recherche d'un bar karaoké. Le seul bar karaoké ayant fermé, ils se contentèrent d'un bar choisi au hasard près d'*Oogie,* où ils prirent quelques verres supplémentaires. Tous les autres partirent, si bien qu'eux deux enfourchèrent sa moto à lui pour retourner au port, afin d'y retrouver JR et sa copine.

Tous les quatre étaient également imbibés et ne firent que blablater au sujet de différents projets de vacances. Elle sentait que JR commençait à être agacé par l'attitude « moi je » de son copain, racontant à la petite amie de JR que ce dernier ne voulait jamais rien faire ou projeter. Puis la petite amie de JR demanda si JR était avec lui à la pêche l'avant-dernier dimanche. JR enfonça davantage la tête en arrière, hors de sa vue, et d'un mouvement de haut en bas, lui fit signe de confirmer.

– Ouais.

Flagrant délit de mensonge.

Cependant, elle avait été témoin de toute la scène, et cela l'agaçait. Voilà qu'ils recommencent. Quand cela s'arrêtera-t-il ? Ils mentent toujours à la petite amie de l'autre, toujours leur code de l'amitié. Cela ne s'arrêterait jamais. Qu'est-ce qu'elle croyait ? Avait-elle honnêtement pensé que cela était possible ? Ils quittèrent JR et sa copine.

Ils passèrent ensemble cette nuit-là et la suivante, s'accrochant peut-être au dernier brin d'espoir qui existait pour eux. Elle lui dit qu'elle avait vu et qu'elle savait qu'il avait menti et qu'elle ne pouvait les supporter, tous autant qu'ils étaient. Pourquoi trouvaient-ils si nécessaire d'agir de cette façon ?

Elle n'eut plus de nouvelles de lui ce samedi-là. Non seulement elle refusa de perdre du temps assise à attendre son appel qui ne viendrait pas mais elle refusa aussi de l'appeler. De toute évidence, lui et ses amis faisaient ce qu'ils voulaient, avec qui ils voulaient, sans prendre en considération qui que ce soit, à part eux-mêmes, et plus tard, bien sûr, ils mentiraient de toute façon à ce propos.

De telles pensées lui tournaient dans le cerveau, lorsqu'elle reçut un sms de son ami Warren, qui lui demandait de venir boire un verre à côté du Panier. Cela faisait longtemps qu'elle ne l'avait pas vu et donc elle s'y rendit, d'autant qu'elle avait toujours aimé ce quartier. Il était avec un ami et son chien. Plus tard, une fille qu'il connaissait les rejoignit.

Puis son ami Lionel lui envoya un sms pour qu'ils se retrouvent pour boire un verre et elle suggéra le Vallon des Auffes. Tous trois quittèrent le Panier à la tombée de la nuit et se mirent en route pour le port du Vallon des Auffes. Elle s'arrêta d'abord pour prendre du vin, de l'eau et un décapsuleur. Lionel et ses trois amis suédois attendaient près de la pizzeria. Warren et ses deux amis les rencontrèrent au port.

Tous se précipitèrent vers le côté piscine du port en bavardant, puis les trois Suédois se déshabillèrent entièrement et se jetèrent à l'eau. Les filles se tenaient là, bouche bée, en partie incrédules, mais en même temps pas du tout choquées. Puis l'autre fille suivit le mouvement. Elle demeura sur le bord, parlant aux garçons qui restaient.

Les garçons se séchèrent et se mirent à boire avec les autres.

– Hé, tu n'es pas allée dans l'eau ! dit Warren.

– Toi non plus, répondit-elle.

– Allons-y !

Elle n'avait aucun désir d'enlever ses vêtements devant autant de mecs. Warren et elle marchèrent le long de la digue jusqu'à ce qu'ils soient plus loin. L'air était presque chaud et elle imaginait que la mer était tiède. Elle enleva tout, sauf sa culotte, et sauta. L'imitant, il se jeta dans l'eau. Il nagea vers elle et mit ses mains sur ses hanches pour la tourner vers lui. La lune était haute mais l'éclairage tamisé là où ils nageaient. Elle le regarda dans les yeux, puis le repoussa doucement.

– Je vois quelqu'un, dit-elle.

– Et alors ? Moi aussi.

Irritée en son for intérieur, elle le regarda fixement, d'un air ébahi. Pourquoi un mec ne pouvait-il sortir avec quelqu'un et avoir des intentions honnêtes ?

– Eh bien, ce mec me plaît vraiment. Elle ne mentionna pas l'identité du mec.

Warren et elle sortirent de l'eau, suivirent à nouveau la digue et s'assirent sur le rocher, là où ils avaient laissé leurs vêtements. Le vent doux aida à sécher leur corps mouillé tandis qu'ils parlaient. Elle pensa au mec qu'elle voyait, comme elle l'avait dit. Elle n'avait pas la moindre idée de ce qu'il faisait, où il le faisait, ni avec qui. Elle pensa à Warren, à la fille qu'il voyait, et au fait qu'il était là avec elle à présent. Rien ne semblait jamais aller tout à fait comme il faut. Comme cela devrait être.

Warren lui demanda pourquoi ils n'avaient jamais tenté de faire en sorte que ça colle entre eux deux, et il commenta en disant qu'ils devraient peut-être essayer.

– Si nous n'avons jamais essayé avant, pourquoi cela vaudrait-il la peine d'essayer maintenant ?

– Eh bien alors, un dernier baiser ?

D'autres amis attendaient qu'elle les rejoigne à *O'Malleys* pour boire un verre. Lionel et le Suédois se précipitèrent vers un bar caché sur le cours Julien et ensuite elle retourna chez elle pour finir le vin avec Warren et l'autre fille, avant d'aller au Vieux Port. Sandie et Mel avaient la réputation de se coucher tôt. Mais en arrivant, elle réussit à les convaincre de s'attarder pour un tout dernier verre.

Un autre ami, un Américain qui était là avec sa petite amie, voulait vraiment rester. Tout excité, il reprit la conversation avec elle une fois qu'il eut payé une tournée à tout le monde. Elle était ravie qu'au moins une personne veuille parler. Elle avait espéré qu'ils se montreraient plus enthousiastes qu'elle soit là, en dépit de son retard. Mais ces deux ne sont pas du genre à être surexcités, si bien qu'elle n'y vit rien de personnel.

La dernière pensée qu'elle eut à l'esprit fut l'écran vide de son téléphone, indiquant qu'il n'avait pas appelé, ni laissé de message pour elle. La journée suivante s'écoula, pas d'appel. Elle craqua et l'appela. Sa logique était qu'il avait passé tant de temps avec elle, l'avait à nouveau invité au lac, si bien qu'elle pouvait au moins appeler. Peut-être attendait-il qu'elle fasse un effort ?

Pas de réponse. Pas de rappel.

Elle sélectionna ce dimanche-là comme la journée idéale pour hiberner et prendre son dernier comprimé à fort dosage pour les petites misères. Sur l'ordonnance, elle lut qu'après avoir pris ce comprimé, on devrait rester chez soi et s'abstenir de conduire ; les effets secondaires pouvaient être de sérieux vertiges, des vomissements, des hallucinations et davantage encore. Elle l'avala et s'étendit à nouveau sur son lit. Ses paupières s'abaissèrent lourdement et elle tomba dans un profond sommeil.

Bientôt, elle se vit étendue sur ce qui semblait être son lit, celui-là même où elle était allongée. Elle essaya de mouvoir son corps mais rien ne bougeait. Ses bras et jambes restèrent figés et une sensation d'engourdissement se répandit dans tout son corps. Elle essaya de crier, mais aucun son ne sortit.

Finalement, d'une manière ou d'une autre, elle parvint à se secouer pour sortir de ce cauchemar duquel elle se sentait prisonnière. Il lui avait donné une telle sensation de réalité, comme si le réel et son monde onirique – un monde onirique qu'elle n'avait pas choisi – s'étaient inversés. Elle s'éveilla en sueur et complètement flippée.

Très vite, elle sauta du lit, mit ses vêtements et ses chaussures et répondit au message que Kelly lui avait laissé plus tôt cet après-midi-là pour lui proposer de se rendre à Carry-le-Rouet. Kelly était allée à la plage en voiture avec Vanessa et lui avait dit de les rejoindre. Puisqu'il n'avait pas encore pris la peine de la contacter et qu'une ballade à la petite plage avec ses deux meilleures amies serait agréable, elle partit sur sa Yamaha.

Les filles s'étaient déjà affalées sous le soleil près de la mer. Elle leur raconta toute l'épreuve qu'elle venait de traverser dans son lit. Cette horrible expérience laissait encore courir des frissons sur ses bras. Elle tremblait malgré la chaleur du soleil de la fin de l'après-midi.

Elle se souvint d'une autre fois où elle avait fait un autre rêve tout aussi effrayant et assez réaliste. Elle était dans une pièce avec sa grand-mère, la mère de son père. Sa grand-mère paraissait tellement contrariée et seule. Elle l'appela plusieurs fois sans que sa grand-mère réponde. Lorsqu'elle alla vers elle, elle mit ses bras autour d'elle.
– Mamie, tout va bien se passer. Est-ce que tout va bien ? lui demanda-t-elle alors que leurs joues se touchaient. Puis, comme elle levait la tête pour regarder sa grand-mère dans les yeux, celle-ci se transforma en une très vieille dame décrépite à l'esprit malfaisant, dont les mains commençaient à s'enfoncer dans son dos. Elle sentit les ongles de la dame s'enfoncer dans sa peau et presque la couper. Elle essaya de s'éloigner, mais l'étreinte de la dame l'en empêchait. Tandis qu'elle sentait l'air chaud qui accompagnait la voix stridente de l'esprit malfaisant, elle cria. Quand elle s'éveilla, elle avait des larmes aux yeux et sentait toujours l'étreinte de la vieille dame qui avait été sa grand-mère.

Puis elle leur parla du médicament qu'elle avait pris plus tôt ce matin-là et de ses éventuels effets secondaires. Elle dit à ses amies de s'inquiéter si jamais elle ne répondait pas à leurs appels ou à leurs messages, parce qu'elle n'était pas sûre de la durée pendant laquelle elle pourrait en être affectée. Elle les taquinait en partie. Seulement en partie.

Les filles l'écoutèrent et essayèrent de la consoler, lui disant que tout allait bien, que ce n'était qu'un mauvais rêve. Mais elle seule savait combien son cœur avait sérieusement souffert. Elle était loin de se douter qu'il souffrirait une fois de plus.

Les quelques heures suivantes seraient emplies des très appréciées mélodies de Vanessa, qui avait apporté sa guitare. Tous les autres visiteurs de la plage avaient autant de plaisir à l'écouter que ses deux amies. Elle jouait et chantait et tout le monde s'émerveillait de la douceur de sa voix. Puis les trois amies s'éloignèrent pour prendre du rosé et des pizzas dans un petit restaurant pittoresque au bout du chemin, qui dominait la mer.

L'obscurité tomba, et il fut temps de rentrer chez soi. La journée de travail s'annonçait, une autre semaine de labeur éprouvante pour certains, une autre semaine à jouer avec les mots pour d'autres. Sur sa moto, elle suivait derrière la Twingo mauve de Vanessa, où elle pouvait voir ses deux amies en train de bavarder. Vanessa faisait des embardées d'un côté de sa voie à l'autre ; sa voiture était si petite qu'elle ne pouvait la garder bien au milieu tout le long. Malgré tout, elle se tracassait un peu pour elles. En même temps, elles étaient inquiètes qu'elle soit sur une moto dans l'obscurité. Pas d'incident, pas d'imprudence, chacune des filles rentra chez elle saine et sauve.

Ce lundi cinq août, elle était assise à son bureau, en train de taper différents textes, lorsqu'elle reçut un sms de lui qui s'excusait de ne pas avoir pris son appel le jour précédent. C'était tout. Aucune raison ou explication n'accompagnait les excuses.

– Tu travailles, demanda-t-il ?

– Oui.

– Et toi ? Elle pensa qu'elle se montrerait polie en demandant.

– Je finis de manger, puis je recommencerai à travailler sur le bateau. Tu finis à 20 h ?

– Oui.

– HA.

– ? ? renvoya-t-elle.

– ! ! fut sa réponse, suivie par un smiley.

– Quand tu m'appelles et que je ne réponds pas, ça t'énerve. Tu le sais. Tu me l'as déjà dit plusieurs fois, même récemment. Si je te rappelle une heure plus tard, tu es encore agacé. Il est incroyable que tu ne voies pas que c'est la même chose pour moi. Au lieu de comprendre que je me sens contrariée ou agacée, tu me traites comme une emmerdeuse, comme la petite copine de tes amis. Je suis très différente de ces filles et je mérite du respect. Selon toi, j'essaie de te contrôler, mais ce n'est pas ça. C'est qu'en fait tu ne vois que ton côté des choses. Il est fatigant de devoir t'en parler tout le temps. Je suis épuisée...

Elle ne se souvenait pas de sa réaction. Au cours des quelques jours suivants, ils s'étaient envoyé un ou deux messages gentils. Ils passèrent une de ces nuits ensemble. Elle s'imaginait qu'il avait été d'accord avec elle et s'était excusé, mais elle ne se souvenait pas réellement.

Avant de quitter le bureau, elle vit des prospectus sur le comptoir de la cuisine. Elle en ramassa un pour le regarder rapidement. C'était pour un ostéopathe et le prospectus comportait une image du corps humain avec seulement les muscles et les os. Son dos l'avait fait souffrir, et en réalité elle ne savait pas exactement pourquoi mais elle pensait qu'un bon massage pourrait l'aider. Elle mit le prospectus dans son sac.

On ne sait jamais, pensa-t-elle.

Jeudi s'annonça dans une belle lumière, mais son humeur était sombre. Elle passa l'intégralité de son temps à rechercher des critères pour l'édition suivante et à préparer le prochain magazine. L'excitation de travailler sur deux magazines avec des contenus différents la maintenait sur une courbe ascendante. Certains amis, à présent collègues de travail, lui rappelèrent l'*apéro* organisé ce soir-là.

Deux semaines auparavant, elle avait malicieusement insisté pour que cette réunion ait lieu parce qu'Ali partait pour les États-Unis peu de temps après. Tandis qu'elle finissait ses heures de travail de la journée, elle se rendit compte qu'elle ne souhaitait plus participer à des festivités quelles qu'elles soient. Ce n'était pas le résultat de colère ou de rancœur envers l'un ou l'autre des participants, mais un cas banal d'épuisement, ou une légère et insondable tristesse.

Les minutes s'étirèrent jusqu'à ce qu'elle scrute son téléphone cellulaire pour voir s'afficher seize heures sur son écran. Aucune excitation n'éclata en elle, aucune lueur ne put se lire dans son regard. Elle se leva simplement de son bureau, rassembla ses affaires et prit la porte précipitamment. En rien de temps elle arriva à l'institut, prête pour les trois heures qui l'attendaient.

En dépit de sa fatigue, ces trois heures ne s'étirèrent pas en longueur. Le temps s'arrêta momentanément avant de filer à toute allure, jusqu'au point où elle se retrouva assise sur son canapé, souhaitant sombrer dans un profond sommeil. Elle s'autorisa tout de même un rapide dîner, des raviolis en boîte, puis elle se doucha pour se réveiller. Après avoir échappé à une douloureuse réticence qui la poussait à annuler auprès de ses amis, elle s'habilla pour la chaude soirée et se dirigea au-dehors.

En traversant le Vieux Port, elle repéra sa moto. Elle continua à avancer jusqu'à rouler parallèlement à lui ; aucun sentiment de scepticisme ou de manque de confiance n'entra en elle. Il lui sourit tout en ayant l'air un peu surpris tandis qu'ils s'arrêtaient au feu rouge.

– Tu agis bizarrement, lui dit-il.

– Hein ?

– Tu n'es même pas près de moi.

– Eh bien, nous conduisons et je suis prudente, répondit-elle tandis qu'elle manœuvrait pour se rapprocher. Elle se trouva alors suffisamment proche de lui pour qu'il puisse la toucher, si bien qu'il effleura ses lèvres avec les siennes.

– Où vas-tu ? demanda-t-il.

– Je te l'ai dit. Je vais à l'*apéro* de mon amie. Il a lieu chez un copain qui habite juste là-bas. Et toi ?

– Je vais chercher JR, puis on va prendre un verre. Peut-être qu'on se retrouvera plus tard.

– Oui, essayons ! Il avait semblé manifester de l'intérêt à l'idée que leurs chemins se croisent plus tard, ce qui amena un sourire sur son visage. Puis ils partirent dans des directions opposées.

Elle se tenait devant la grande porte de l'immeuble d'habitation adjacent à la boutique *Häagen-Dazs,* où elle travaillait jadis. Elle scruta trois fois tous les noms de l'interphone et en sélectionna finalement un qui lui semblait familier. On la laissa instantanément entrer.

La soirée prenait une tournure plutôt décontractée, avec quelques personnes qu'elle connaissait et quelques-unes qu'elle ne connaissait pas. Elle n'aurait pu espérer une meilleure issue puisque tout ce qu'elle souhaitait était de se détendre. Diverses conversations circulaient parmi les dix convives. Bien que de nombreuses bouteilles d'alcool fussent fièrement exhibées sur le plateau de table, la plupart restaient intactes. Ali semblait ravie.

Elle avait posé une bouteille de rouge avec les autres et alla chercher une bière fraîche dans le réfrigérateur ; elle n'était restée assise que cinq minutes sans qu'on lui offrît à boire mais elle décida de prendre les choses en main personnellement. Au bout de trois heures, elle avait pris deux bières et deux petits verres de vodka sucrée au caramel. Une mixture digne de sa période de dilettante. Un peu avant minuit, quand elle partit en même temps que tous les invités, elle l'appela.

– Salut. Qu'est-ce que tu fais ? demanda-t-il.

– Salut. Je suis en train de quitter l'*apéro* de mon amie. Où es-tu ?

– Quoi ?

– Je pars de chez mon copain parce que l'*apéro* est fini. Où es-tu ?

– Pourquoi ?

– Euh, parce que quand nous nous sommes croisés par hasard, il a été question de nous retrouver plus tard. Donc je cherchais juste où tu étais, mais si tu ne veux pas me voir, c'est bon. Je rentrerai chez moi.

– Non, viens. Je suis au *Bar de la Marine* avec JR et Stéphanie.

– Qui ? Qui est Stéphanie ? Elle commença vite à comprendre son comportement bizarre et se demanda si elle devrait vraiment y aller.

– Mon amie dont je t'ai parlé.

– Bon, ok. J'arrive tout de suite. Elle pensa qu'elle pourrait tout aussi bien s'arrêter au passage.

Le bar était exactement de l'autre côté du port et sa moto lui permit de s'y rendre en seulement quelques minutes. Tandis qu'elle marchait vers leur table, la vue de cette fille blonde, mince et mal habillée, dont le joli visage lançait des regards furtifs dans sa direction, lui sembla étrange. Il n'avait réellement mentionné qu'une amie dont le physique répondait à la description suivante : grosse, laide, vulgaire. De toute évidence, cela ne cadrait pas avec la fille assise à table en face de lui et elle n'était pas non plus la petite amie de JR.

Cette Stéphanie s'en tirait bien cependant, partageant son attention entre les deux garçons, et lui parlant également, échangeant des petits riens de leurs vies. Stéphanie travaillait à l'hôpital de la Timone comme une sorte de psychologue, annonçant les mauvaises nouvelles aux familles dont les patients n'avaient pas survécu. Plus de trente ans et elle pensait encore possible de faire une bonne prise dans un des plus beaux bars de Marseille, avec une odeur d'égout absolument fabuleuse juste sur le pas de porte.

Stéphanie se précipita à l'intérieur pour aller aux toilettes ; deux minutes plus tard, il fit la même chose. JR était assis à se tourner les pouces, l'air extrêmement mal à l'aise et perdu dans son monde de pensées. Ses yeux évoquaient une personne absorbée dans une profonde réflexion alors qu'elle le regardait en silence, trouvant étrange qu'aucun de ses amis à lui ne puisse avoir une véritable conversation avec elle. Pendant tout ce temps, elle se demandait ce que fabriquaient les deux autres – ils se pelotaient probablement en haut pendant qu'elle était assise là, ignorante.

Puis, elle se rappela que leur relation n'était pas bien définie et qu'il avait probablement parlé d'elle à cette fille comme de son « ex-petite amie ». Aurait-elle pu espérer qu'il en soit autrement de sa part ? N'était-ce pas de toute façon ce qu'elle avait supposé, si bien qu'elle-même avait traité en conséquence les situations analogues ? Pouvait-elle, avait-elle alors le moindre droit de s'autoriser à être jalouse ? Théoriquement, elle pensait que non. Sur un plan émotionnel, elle ne pouvait s'en empêcher.

Plus tard, Stéphanie insista pour qu'ils restent tous danser. Du moins, elle tenta de les convaincre de rester. Il déclara qu'il ne voulait pas, qu'il ne dansait pas, pourtant il la regarda avec cet air qui disait : « Bon, si tu veux rester, je resterai ». Elle supposa donc qu'il voulait vraiment rester et pensa qu'il serait intéressant de voir comment la suite de la nuit pourrait se dérouler.

Ils allèrent tous à l'intérieur, prirent un petit verre d'un alcool sucré et commencèrent à danser jusqu'au bout de la nuit. Il dansait avec elle de façon enthousiaste, dépensant sans compter ses petits gestes puérils. Il n'avait jamais vraiment su danser et cela n'avait jamais eu d'importance pour elle. Stéphanie et JR discutaient plus qu'ils ne dansaient, semblant s'ennuyer à son avis. Le barman leur offrit une autre tournée de petits verres d'alcool. Elle conclut que la blonde avait dû être plutôt déçue de le voir danser si allègrement avec elle, et elle pensa avec tristesse à Vanessa. Les deux retournèrent à l'extérieur pour fumer et il continua à danser avec elle. Ils prirent un autre petit verre juste pour le plaisir.

Les deux autres revinrent et tournèrent avec eux sur la petite piste de danse jusqu'à ce que finalement Stéphanie se rue à l'étage pour aller aux toilettes. Tandis que Stéphanie montait les escaliers, elle se tourna et regarda en arrière vers lui ; elle croisa son regard et le retint. Tous deux se regardèrent les yeux dans les yeux.

Cela la démoralisa. En alerte, elle se sentit nauséeuse. Elle se rendit compte alors que c'était exactement ce qu'elle attendait.

Stéphanie disparut à l'étage et il tourna à nouveau son regard vers elle. Quand il comprit qu'elle avait été témoin du coup d'œil échangé avec la blonde, il la regarda de travers et la traita comme si elle était folle de suggérer une chose pareille. Cependant, l'expérience des relations humaines qu'elle avait eue jusqu'à ce moment-là de sa vie lui avait appris comment analyser précisément ce qu'elle venait de voir.

Malgré tout, elle resta calme. Quand Stéphanie redescendit, elle parla à un gars pris au hasard qui lui faisait des avances et ensuite alla droit vers lui. Elle voyait que tous les deux échangeaient des sourires et des gloussements. Elle pensa à nouveau à Vanessa et commença à sentir la colère et la tristesse monter en elle. Puis Stéphanie s'avança vers elle.

– Est-ce que tu veux continuer à danser ? Nous pouvons aller au *Trolleybus* ?

Elle devait supposer qu'ils avaient parlé de ça et qu'il avait accepté en raison de l'empressement qu'elle mettait à le suivre. Peut-être que ce qu'elle avait vu ne suffisait pas, pensait-elle. S'il voulait vraiment y aller, alors pourquoi pas ? Et dans tous les cas, cela aiderait sans aucun doute à débarrasser leur corps de l'alcool.

– Bien sûr ! s'exclama-t-elle avec un peu trop d'enthousiasme – peut-être que le dernier petit verre lui avait donné un second souffle.

Stéphanie courut à nouveau vers lui, qui secouait la tête pour montrer sa désapprobation. Donc, sa supposition était fausse. Visiblement, il ne semblait pas intéressé par l'idée de faire traîner encore la nuit. Cependant, elle continuait à penser que son comportement envers cette fille était au-delà d'une simple amitié.

Ils se dirigèrent tous vers la sortie du bar où ils s'étaient trouvés, JR et Stéphanie marchant en tête. Soudain, elle sentit une vague de fatigue la submerger et elle commença à réfléchir à l'énergie dont elle aurait besoin pour la longue journée de travail qui l'attendrait au réveil. Ce serait une de ces journées de neuf heures du matin à huit heures du soir. Elle pensa à s'éloigner pour aller vers sa moto.

– Je pense que je vais rentrer chez moi, en fait.

– Quoi ? Mais tu leur as dit que tu irais danser, répondit-il en riant.

– Oui mais bon, je ne peux pas. Je suis tellement fatiguée et demain est une si longue journée. Je préfèrerais rentrer chez moi.

– Ok, bon. On partira ensemble. Allons juste le leur dire.

– Ok, mais ce qu'il y a, c'est que je veux vraiment rentrer chez moi, je ne souhaite pas me rendre sur le bateau. Je veux aller chez moi, dit-elle en le regardant.

– Très bien, répliqua-t-il avec colère et il s'éloigna, d'un pas plus rapide, vers ses amis.

– Tu peux venir avec moi, essaya-t-elle de dire dans son dos. C'est juste que je ne veux pas aller sur le bateau.

– Non, c'est très bien, poursuivit-il sur un ton hautain.

Arrivant auprès des deux autres, elle leur expliqua qu'elle allait partir. Tout d'abord, Stéphanie la taquina, en disant qu'elle aussi devait travailler mais qu'elle allait quand même rester pour danser. Cela l'irrita légèrement, mais elle savait que c'était de cette façon que la plupart des gens tentaient de convaincre les autres de faire comme eux.

– Eh bien, je dois travailler de neuf heures à vingt heures, si bien que je préfèrerais avoir au moins un peu d'énergie.

– Oh, c'est une longue journée. Ils commencèrent à se dire au revoir.

– Est-ce que tu viens avec moi ou est-ce que tu restes ? lui demanda-t-elle. Fais vraiment ce que tu as envie de faire.

– Je reste.

Elle dit un ultime au revoir à tous et se sépara d'eux pour revenir vers sa moto. Celle-ci lançait un superbe scintillement gris dans la lumière de l'éclairage urbain, et tandis qu'elle se préparait à partir, elle s'appuya à peine un instant sur son flanc. Une pensée fugitive la traversa, lui déconseillant de prendre la route. Elle pensa que peut-être elle devrait attendre un peu avant de partir.

– Oh, qu'importe ? Je m'en fiche, murmura-t-elle.

Elle pensa qu'elle avait entendu quelqu'un crier son nom mais elle n'en fit aucun cas. Elle mit son casque, monta sur sa moto et se mit à rouler. Même si on avait l'impression qu'elle partait comme une tornade, elle conduisait en respectant la limite de vitesse autorisée en centre-ville. Tout résidait dans l'attitude plus que dans la vitesse, comme dans la plupart des cas. Descendant la Corniche, elle prit une rue à gauche et s'engagea dans la portion qu'elle avait l'habitude de suivre pour monter la rue Charras. Faisant attention aux carrefours – elle avait la priorité mais beaucoup de voitures ne s'arrêtaient pas – elle approcha le premier feu de signalisation en descendant cette rue.

Après le premier feu, la rue s'inclinait avant d'arriver au prochain feu où elle s'arrêta dans un crissement de pneus en se rendant compte qu'il était rouge. Elle leva la visière de son casque. Elle se repassa en mémoire le détail des événements de la nuit et se sentit en colère. Puis elle se souvint avoir reçu un sms de son ami Antho plus tôt dans la soirée. Elle n'avait pas répondu à ce moment-là. Le feu encore au rouge, elle étira son pied droit qu'elle enleva de la pédale pour le poser sur le trottoir. Sous sa sandale légère, elle sentait distinctement le ciment. Elle ouvrit la fermeture Éclair de son sac, mis la main dedans et saisit son téléphone dans la petite poche intérieure. Elle relut son message. Il avait souhaité savoir si elle sortirait et elle envisagea alors de lui envoyer une réponse.

– Oui, je suis sortie. Où es-tu ?

Mais après réflexion, elle se rendit compte que l'appeler ou lui envoyer un sms ne donnerait rien de bon. Elle rangea son portable dans son sac à main et boucla la fermeture Éclair.

Elle leva les yeux pour Le regarder. Vide, sombre, l'enveloppe terrestre qui s'ouvre sur un espace énigmatique, si vaste, si mystérieux, échappait à la connaissance. Sa présence invisible avait davantage de réalité que la réalité physique qui se trouvait devant elle. Qu'elle parle fort ou non avait à peine une importance ; elle savait qu'Il entendait de toute façon les mots formés par ses lèvres : aide-moi à rester calme, à me souvenir de ce qui devrait vraiment compter dans ma vie.

Je peux seulement me préoccuper de mener à bien mes projets, pensa-t-elle : le roman, le stage, le concours en anglais pour les étudiants issus de familles défavorisées, la peinture et toute autre chose qui pourrait se présenter. Je ne peux, pensa-t-elle, contrôler les actions de quiconque à part les miennes. La vie est le don le plus incroyable et j'ai trop d'objectifs pour gaspiller mon temps à m'occuper de lui. S'il Te plaît, continua-t-elle, aide-moi à rester calme. L'importance de ces projets que j'ai entrepris d'accomplir doit être évidente, pensa-t-elle. À ce moment-là, le feu passa au vert et elle démarra.

Chapitre sept
Le 9 août 2013

Le feu passa au vert et elle démarra dans ce qui deviendrait une image floue, puis l'obscurité, comme une scène qui disparaît en fondu dans la suivante. Ses yeux s'ouvrirent sur quelque chose d'étrange et de blanc qui dépassait de sa bouche. Rien d'autre n'était visible et même cela était flou.

Est-ce un os ? pensa-t-elle. Pourquoi avait-elle pensé cela, elle ne le comprendrait jamais.

– Ne touchez pas à ça, entendit-elle dire au loin : une voix de femme. Ne bougez pas. Ne touchez rien.

Ce n'était pas son habitude d'écouter quelqu'un qu'elle ne connaissait pas et ne pouvait pas voir, pourtant elle avait l'impression qu'il était très important qu'elle le fasse cette fois, qu'elle soit ou non en train de rêver.

Plus tard, un temps incalculable s'était écoulé sur sa montre qu'elle ne pouvait percevoir, des visions confuses allaient et venaient. En ouvrant les yeux à un autre moment, elle fut certaine qu'elle voyait ses parents. Elle eut l'impression qu'elle secouait la tête sans que sa tête ne bouge réellement.

Maman, papa ? pensa-t-elle.

– Salut ma puce, entendit-elle. C'était la voix de sa mère.

Qu'est-ce que c'est que ça ? demanda-t-elle silencieusement. Je ne suis pas encore aux États-Unis, c'est dans une semaine. Et elle décrocha. D'autres rêves étranges, supposa-t-elle.

Puis une autre idée fulgurante lui vint. C'était lui. Son cœur s'emplit de calme et de paix tandis qu'elle le regardait dans les yeux. Il lui dit des choses qui l'aideraient à saisir la réalité.

– Ne t'en fais pas. Je suis là. Je serai toujours là. Je ne vais nulle part. Ne t'inquiète pas. Ça n'était pas de ta faute.

Ce n'était pas de ma faute, pensa-t-elle. Oh ! Elle comprit, bien qu'elle n'ait en aucun cas pu prendre la véritable mesure de la situation.

Un bourdonnement régulier se faisait entendre, venant de la sonnette de la porte d'entrée. On était le 9 août et il était quatre heures du matin. Henri, le père de son petit ami, ne pouvait ignorer la nécessité de sortir du lit et de voir ce qui pouvait bien se passer. Quand il arriva à la porte d'entrée et l'ouvrit, deux agents de police se tenaient devant lui. Il se frotta les yeux, se sentit soudain complètement réveillé et fut frappé d'une sensation de panique. Il courut au bateau le chercher et tous deux filèrent à toutes jambes à l'hôpital, des larmes coulant de leurs lourdes paupières.

Anne, l'amie d'Henri, se précipita au consulat américain et attendit que ses portes ouvrent pour parler au consul. La fille américaine avait eu un accident et elle avait besoin de contacter les parents de la fille. Quel était le nom de famille de la fille ? ... De quel endroit des États-Unis vient-elle ? Merde. Anna ne le savait pas. Elle l'appela et il ne pouvait s'en souvenir. Quel était le numéro de ses parents aux États-Unis ? Il ne l'avait pas. Il n'avait pas le numéro de téléphone d'un seul membre de sa famille.

Ils se tenaient dans la salle d'attente, dans un désespoir total. Survivrait-elle ? Les médecins avaient dit que ce serait un miracle qu'elle survive. Les pronostics n'étaient pas bons, leur avaient dit les médecins. Presque chaque os de son visage avait été brisé et celui-ci continuait à enfler au point qu'on fut dans l'obligation de pratiquer une trachéotomie avant toute autre chose. Serait-elle défigurée ? Lentement, comme lorsqu'on entend les secondes égrenées par le tic-tac d'une horloge, sept heures de chirurgie s'écoulèrent. Elle avait survécu. Mais dans quel état ?

Avant que sa famille n'ait eu le temps d'arriver, Alexia, une de ses anciennes étudiantes de 2010 avec qui elle était restée proche, prit sa voiture et se rendit immédiatement à l'hôpital. En arrivant, Alexia vit Victoria et sa mère dans la salle d'attente. Elles lui parlèrent de la situation et ensuite elle entra dans la pièce.

Vanessa lui avait envoyé un message cette nuit-là, le 9 août.

– Hé, ma grande ! Je suis de retour sur Mars ☺. Tu fais quoi ?

Une heure plus tard.

– Erin, ma grande. Tu es occupée ?

Le lendemain.

– Erin, qu'est-ce que tu fabriques ?

Le jour suivant, Vanessa appela et laissa un message puis lui envoya un sms disant qu'elle était inquiète. Elle se souvenait des commentaires de son amie à la plage.

Elle ouvrit à nouveau les yeux à la vue de ses parents. Ils se tenaient près de son lit, quel que soit l'endroit où celui-ci se trouvait, abaissant leur regard vers elle. L'excitation de les voir là était mêlée de confusion, et elle les observait avec des yeux emplis de perplexité.

– Salut ma puce, dit sa mère.

– Que s'est-il passé ? leur demanda-t-elle, et même si ses lèvres bougeaient, aucun son ne s'en échappait.

– Eh bien, tu as eu un accident.

– Pourquoi ? articula-t-elle silencieusement. Je me suis arrêtée au feu. Les souvenirs commencèrent à affluer de nouveau en elle. Elle se voyait au feu, sentait son pied sur le trottoir, se souvenait du contact de son téléphone et ne parvenait pas à savoir comment tout cela était arrivé.

Elle ne se souvenait pas de la réponse de sa mère mais elle regardait ses parents qui se tenaient là à son chevet et dit simplement : « Je suis désolée. »

– Oh, ma puce, tu n'as pas à être désolée.

Mais elle pensa que peut-être elle devait l'être. Elle voyait le feu, pouvait sentir sa présence. Et s'il manquait quelque chose à son souvenir ? Comment cela était-il possible ? Cela n'avait aucun sens pour elle.

Pendant ce temps, Vanessa et Kelly commencèrent à appeler les hôpitaux pour la localiser. Vanessa avait un mauvais pressentiment depuis qu'elle n'avait pas reçu de réponse à ses messages. Les jours s'étaient écoulés à partir de ce moment-là. Pour finir, elles l'avaient localisée à l'unité de soins intensifs de la Timone.

Avant de partir pour son voyage de retour chez elle à Los Angeles, Kelly fit ce qu'elle pouvait pour se rendre utile. Elle était allée au poste de police pour servir de traductrice à la famille de son amie afin qu'ils récupèrent ses affaires. Vanessa, dont l'année difficile se poursuivrait par la perte d'une amie très chère, les aida plus tard à organiser les choses au domicile de son amie.

Ce vendredi 9 août, elle ne s'était pas présentée pour ses cours du soir. Certains collègues et amis commencèrent à dire combien cela lui ressemblait peu. Après plusieurs tentatives avortées pour la contacter, des murmures inquiets s'insinuèrent dans leurs conversations cette nuit-là.

Lundi matin arriva. Son collègue Gareth entra dans l'institut pour déposer les résultats du TOEIC (*Test of English for International Communication*) du vendredi précédent. Son esprit était occupé par le vol qu'il devait prendre plus tard ce jour-là, et rien n'aurait pu annoncer l'événement à venir.

Faisant coulisser les portes de l'institut, il entra et laissa échapper le « bonjour » maussade qui lui était coutumier. Les quelques pas suivants le rapprochèrent d'un petit groupe de gens qui se serraient les uns contre les autres. Puis il vit Luiggina en larmes. Régis se tenait calmement sur la droite, Viviane était devant. Scandaleusement inconscient du poids de ses paroles à venir, il plaisanta à propos des pleurs. Son indélicatesse fut sévèrement réprimandée par une explication.

– C'est terrible, dit Viviane.

– Qu'est-ce que c'est ? osa-t-il demander.

Alors Luiggina révéla la nouvelle. Leur amie avait été admise à l'unité de soins intensifs une semaine auparavant et avait été sérieusement blessée. Elle était à ce moment-là inconsciente à l'hôpital local de la Timone.

Les fantômes de ce dernier vendredi étaient réels, pensa Gareth. L'accident avait été grave et la chirurgie avait déjà eu lieu.

– Nous l'attendions ce vendredi soir au bar. Nous plaisantions et riions, et tout ce temps-là elle était blessée à l'hôpital ! gémit doucement Luiggina.

Bien qu'il se maudît à cause de son esprit pratique en de tels instants, elle trouverait plus tard ses messages plutôt bienveillants et pleins de bonté. Il commença à se poser des questions : est-ce que quelqu'un était avec elle maintenant ? Est-ce que sa famille savait ? Qu'en était-il du consulat américain local ? Serait-elle en mesure de payer un traitement ? Puis, il lui envoya un sms. C'était censé être un message de soutien, offrant une aide utile tout en mentionnant la nécessité d'être forte. Il se terminait par le mot « courage ».

Plus tard, alors qu'elle était étendue sur son lit d'hôpital, elle vit sa sœur. Sa sœur ? Que faisait-elle là ? À présent, elle percevait quelque chose d'étrange. Ce fut un éclair fugitif, mais la vue de sa sœur calma son esprit. Quelque chose de vraiment effroyable s'était produit et elle avait besoin de rester calme, de rester tranquille. Quelque temps après, combien de temps avait passé, elle ne le saurait jamais, son père revint dans la pièce avec Henry. Henry l'approcha tout d'abord et plaça sa main à son chevet. Des larmes se formaient sous ses paupières et elle s'inquiétait terriblement pour lui. Elle toucha doucement sa main avec la sienne et lui donna une petite tape.

– Tout va bien, articula-t-elle silencieusement. Elle pensa vraiment qu'elle parlait mais aucun son ne sortit jamais.

Les lèvres d'Henry frémirent et il lui demanda ce dont elle se souvenait. Elle essaya d'expliquer, se servant de papier et d'un stylo. Elle écrivit qu'elle était arrivée à un feu rouge ; il était passé au vert, et elle avait avancé. Que pouvait-elle dire de plus ? Au moment-même où elle expliquait cela, elle se demanda si elle avait réellement brûlé ce feu rouge. Si cela avait été le cas, elle n'aurait jamais eu la mémoire physique d'être arrivée au deuxième feu. Tout commença à sembler plus déroutant.

Un bref moment de solitude éveillée, elle vit deux personnes passer l'embrasure de la porte. C'étaient Ali et Geoffrey. Ils étaient superbes, présentaient bien tous les deux, mais Geoffrey avait un drôle d'air. Elle ne pouvait réellement décrire son expression, mais elle sentait qu'il ne reviendrait pas la voir. Pourtant, leur visite ranima vraiment son courage.

La salle d'attente accueillait beaucoup d'autres gens qui venaient lui rendre visite, dont certains n'arriveraient jamais à son chevet mais devaient rester là pour laisser libre cours à leur chagrin. Apte à recevoir toute manifestation de ce genre, la salle d'attente avait auparavant abrité beaucoup de larmes et accepterait naturellement les leurs.

Elle vit ses parents une autre fois après cela et commença à prendre conscience des choses. Les infirmières expliquèrent qu'elle serait envoyée à l'hôpital de la Conception pour subir une opération au bras. Son humérus gauche avait été brisé en deux endroits distincts. Elle n'opposa aucune résistance.

On fit rouler son lit jusqu'à l'ambulance, qui la conduisit en bas de la rue. Après avoir été réceptionnée par plusieurs personnes vêtues de bleu, elle commença à se sentir légèrement mal à l'aise. Ces gens savaient-ils qui elle était, où elle devait aller, ou ce dont elle avait besoin ? Elle ne les avait jamais vus auparavant, à sa connaissance.
– Ne vous inquiétez pas, nous allons vous faire dormir à présent. Bonne nuit. Et elle glissa dans le néant comme dans une mare.

L'écran noir et vide disparut encore une fois et elle s'éveilla pour voir les mêmes anesthésistes qu'auparavant se pencher au-dessus d'elle. Ils rappelèrent l'ambulance et l'envoyèrent vers le lit qui l'attendait à l'unité de soins intensifs de l'Hôpital de la Timone.

La nuit de son retour, elle devint intensément consciente de certaines sensations : on avait peut-être diminué la quantité de médicaments qu'on lui avait donnés depuis l'accident. Sa vessie semblait curieusement hypertrophiée, ce qui déclenchait dans son cerveau la perception du besoin de se rendre aux toilettes. Elle fit signe à l'infirmière de garde cette nuit-là.

– Je dois aller aux toilettes. Ses lèvres bougèrent. En voyant les sourcils de l'infirmière se froncer, elle comprit qu'elle n'avait pas la moindre idée de ce qu'elle disait. Elle se frotta donc l'estomac.

– Vous avez faim ? demanda l'infirmière. Elle secoua la tête comme pour dire non.

– Votre estomac vous fait mal ?

Eh bien, pas vraiment, pensa-t-elle. Mais cela pourrait être interprété par certains comme une douleur. Si bien qu'elle se servit de sa main pour indiquer 50/50, la déplaçant de l'horizontale à la verticale. Puis elle montra à nouveau son ventre du doigt.

– Vous avez besoin de déféquer ?

Non, elle fit signe avec sa tête et sa main, levant deux doigts. Puis elle pointa son index vers le haut.

– Vous avez besoin d'uriner ?

Ah ! Elle fit signe de la tête que oui.

L'infirmière sourit et entreprit de lui expliquer quelque chose qui était à peine intelligible pour elle. Quelque chose à propos d'un tube auquel elle serait rattachée et dans lequel elle urinerait automatiquement. Elle avait la tête qui tournait, perplexe. Elle leva la main pour exprimer son incompréhension. L'infirmière passa de l'autre côté du lit et leva le tube pour lui montrer comment il était relié et où il allait. La vue de ces objets inconnus la sidéra et ne calma pas complètement son inquiétude.

Un peu plus tard la même nuit, les choses se modifièrent. Son haleine d'air chaud et humide s'était épaissie, éveillant sa crainte que sa gorge ne gonfle au point d'être complètement obstruée. L'air semblait passer avec plus de difficulté, prouvant le bien-fondé de son angoisse. Elle paniqua. Que devait-elle faire ? Elle fit signe à la même infirmière qui passait par là et vint immédiatement. Comme elle s'approchait de son chevet, elle leva le bras et toucha sa gorge. Des larmes perlaient au coin de ses yeux, à peine visibles. D'une façon ou d'une autre, elle parvint à se faire comprendre de l'infirmière par une approximative langue des signes.

– Vous pensez que votre gorge enfle et donc vous avez peur de ne pas pouvoir respirer ? Elle secoua la tête de manière affirmative. Je vois. Ne vous en inquiétez pas. Vous respirez à travers ceci, et elle indiqua un petit objet ressemblant à un tube qui sortait de sa gorge. Elle baissa les yeux pour regarder tandis que l'infirmière indiquait l'objet.

P..., c'est quoi ! ? pensa-t-elle ?

– Même si cela continue à enfler, vous pourrez respirer. Comme l'infirmière continuait à expliquer la situation, elle secoua lentement la tête de gauche à droite pour signifier son refus. Comment pouvait-elle accepter une telle explication ? Si vous avez mal, appuyez sur le bouton. C'est de la morphine.

Et de toute façon, qui est cette fille ? Je ne la connais pas. Quoi ? Elle pourrait me dire tout ce qu'elle veut.

Ainsi allaient ses pensées, tandis que l'infirmière pressait le bouton pour elle et s'éloignait. Elle était étendue là, à regarder la femme du coin de l'œil, jusqu'à ce qu'elle sombre dans le sommeil. Juste avant de s'endormir, elle commença à se sentir mieux.

Hum, peut-être avait-elle raison.

Ce devait être le matin, puisque l'infirmier de jour était là. Elle le voyait lui parler. Depuis la distance qui les séparait, elle pouvait dire que c'était un jeune gars aux cheveux bruns. Il vint vers elle et elle vit dans son expression une étrange douleur ou une forme d'embarras qu'elle ne put préciser. Il se présenta à elle avec des yeux gentils mais inquiets, et elle se demanda si peut-être il ne souhaitait pas s'occuper d'elle.

– La nuit dernière a été difficile, dit l'infirmière de nuit à celui-ci. Comme elle expliquait tout ce qui s'était passé à l'infirmier de jour, Erin se tenait là sans bouger – elle ne pouvait bouger.

– Oh, je suis désolée, voulait-elle dire à l'infirmière de nuit. J'ai juste flippé un peu. Je vais bien à présent. Puis elle pensa : elle va lui faire peur alors qu'il se peut qu'il n'ait déjà pas envie de s'occuper de moi. Elle avait envie de pleurer mais les larmes ne venaient pas.

Ce jour-là ou le suivant, on la débrancha du dispositif respiratoire, mais la trachéotomie fut laissée en place pour les interventions à venir et on la déplaça dans une pièce différente où elle changerait fréquemment de voisin de chambrée. Apparemment, l'un était prêt à retourner dans sa famille, bourré de morphine. À chaque fois que quelqu'un venait rendre visite à Erin, il les accueillait en criant avec enthousiasme.

Elle n'avait jamais senti son corps aussi lourd, bien qu'elle ait perdu du poids. L'emprisonnement de son bras dans une écharpe après l'opération rendait malaisée sa toilette quotidienne. Un matin, une infirmière de garde réussit, avec l'assistance de l'aide-soignante, à la tourner à gauche puis à droite pour essuyer son corps nu avec un linge légèrement humide et tiède. Elles durent enlever l'écharpe pour réaliser un nettoyage complet du corps, changer les draps tandis qu'elle restait sur le lit, lui remettre l'écharpe et ensuite l'allonger à nouveau pour qu'elle reprenne sa position. Elle était toujours soit à plat sur le dos, soit sur son flanc.

Le jour suivant, alors qu'elle était allongée là sans penser à rien en particulier, elle entendit sonner le téléphone de l'unité de soins intensifs. Beaucoup de gens étaient déjà venus lui rendre visite. Toutes les infirmières s'habituaient aux visiteurs et s'étaient mises à vraiment l'apprécier pour son esprit positif et parce qu'elle se laissait soigner facilement. Elle cherchait des façons plus simples de se tenir, de les aider durant la toilette en ne se montrant pas pénible et en disant toujours « s'il vous plaît » et « merci » lorsqu'elle demandait quelque chose. Le téléphone sonna. Elle entendit l'infirmier, chargé de former l'infirmier du nom de Gwen qui s'occupait d'elle, répondre au téléphone.

– Erin ? En fait, elle est réveillée en ce moment, dit-il en la regardant par la baie vitrée, et elle sourit. Je peux mettre le téléphone à son oreille mais elle ne peut rien dire. Cette gentille preuve de considération n'était pas la procédure habituelle. Normalement, les infirmiers ne prenaient pas le temps de tenir le téléphone à l'oreille d'un patient.

L'infirmier vint vers elle et appuya le téléphone contre son oreille. Elle pensa qu'il était vraiment troublant de recevoir un appel de cette manière. L'ensemble de la scène lui donnait réellement l'impression d'être spéciale. Elle n'avait pas la moindre idée de l'identité de la personne qui pouvait l'appeler ici. Comme c'était étrange !

– Erin ! Elle entendit Kelly et Vanessa prononcer son nom.

– Nous savons que tu ne peux rien dire, continua Kelly, mais nous voulons que tu saches que nous pensons à toi. Nous allons venir te rendre visite ! Tout ce qu'elle put faire fut de sourire. L'émotion monta en elle, mais elle la refoula.

Comme elles sont gentilles de m'appeler ici, pensa-t-elle. Elles doivent savoir que je meurs d'ennui d'être simplement allongée là. Je n'ai pas le droit de me lever ou de me déplacer. Il n'y a absolument rien à faire.

C'était à nouveau l'heure de la toilette. D'une manière ou d'une autre, il semblait toujours que ce soit l'heure de la toilette. Elle ne savait pas combien de fois par jour cela se produisait, mais il semblait que ce soit au moins trois fois ; elle était sûre pourtant qu'ils ne l'avaient réellement fait qu'une fois par jour.

L'*aide-soignante*, une dame petite et potelée, commença à remuer des objets avec brusquerie. Elle n'était pas très délicate.

Puis Gwen arriva.

Oh non, pensa-t-elle. Je suis complètement nue en ce moment précis. Il est impossible que cela soit légal. Elle gloussa intérieurement, sachant qu'aucune âme qui vive ne pouvait l'entendre rire ou piger ce qu'elle avait dans l'esprit.

Effectivement, Gwen se mit à aider l'aide-soignante à la laver. Il tenait cette douce serviette dans ses mains et il l'essuyait ; ses membres maigres et blancs ne pouvaient la porter nulle part. Il fallait s'occuper de chaque recoin de son corps, aucun endroit ne fut oublié. Tandis qu'il se tenait au bout de son lit, elle perçut un soupçon de maladresse de sa part, comme s'il n'était pas sûr de devoir le faire. Elle se contenta de le regarder. Que pouvait-elle faire d'autre ? Il se peut que ce soit son regard sur lui qui l'ait fait se sentir mal à l'aise, mais cela lui était égal. Il donnait presque l'impression qu'il pourrait rougir et elle gloussa à nouveau intérieurement.

Durant la totalité de son expérience à l'unité de soins intensifs, elle sentirait que son espace personnel était complètement violé et elle progresserait chaque jour dans sa capacité à supporter cette humiliation. Elle savait qu'il n'y avait rien qu'elle puisse faire pour l'éviter, donc elle observait.

Et elle observait vraiment. Les cheveux châtain foncé de l'infirmier avaient sur l'avant un mouvement qui fouettait vers le haut. Ses yeux devaient être marron, mais avec un œil encore fermé par le gonflement, comment pouvait-elle en être certaine ? Il parlait d'une voix douce et calme, toujours rassurante et par moments absolument enthousiaste.

Un matin de bonne heure, pendant la toilette, elle entendit l'infirmière annoncer à *l'aide-soignante* le début de ses règles. Cela paraissait être exact à quelque chose près, puisqu'on devait être environ le quinze du mois à ce moment-là. Au lieu de mettre une couche au-dessous, elles ajoutèrent simplement un drap supplémentaire. Par chance pour tout le monde, y compris elle-même, ses règles n'avaient jamais été des rivières, plutôt de légères aspersions par une chaude journée estivale.

Gwen arriva pour prendre la relève auprès d'elle, suivi par son ombre, l'autre infirmier. Ils marchèrent jusqu'à elle, se firent la *bise* et se mirent au travail. L'infirmière de nuit communiqua toutes les informations dont ils auraient besoin pour leur tour de garde auprès de la patiente ce jour-là.

– Oh, et ses règles ont commencé. En disant cela, les garçons se tournèrent pour la regarder, comme si c'était nécessaire et elle leur fit un charmant sourire en levant les pouces. Ils se mirent à rire.

Plus tard Kelly, Vanessa, et Vainess entrèrent et s'avancèrent jusqu'à son chevet. Les voir toutes les trois ensemble lui remonta le moral. L'idée qu'elles prennent le temps de venir la voir ensemble lui donnait l'impression d'être importante à leurs yeux. Cette scène régla les soucis qu'avaient pu causer par le passé l'une ou l'autre de ses amitiés.

La première chose qu'elles firent fut de bavarder, en gardant des intonations de voix positives. Puis Vanessa fit remarquer qu'il n'était pas si mal d'être ici, avec tous ces beaux infirmiers. Elle sourit et secoua la tête pour montrer sa totale approbation. Puis elle écrivit sur un morceau de papier :

– Alors ? Ne sont-ils pas superbes ? Et elle sourit.

– Nous aimerions prier avec toi, si tu veux bien, dit Vainess après qu'elles eurent fini de bavarder. Elle fit oui de la tête. Puis les trois filles se serrèrent les unes contre les autres autour d'elle, le mieux qu'elles purent, et Vainess se mit à dire une prière. C'était la plus belle prière qu'elle eût jamais entendue, et entendre sa chère amie parler d'elle si gentiment lui amena les larmes aux yeux. Pour la première fois, elle ressentit une émotion profonde et sincère concernant l'ensemble de la situation qu'elle subissait.

Tout au long de la journée, elle solliciterait l'attention de Gwen. Elle avait trop chaud, beaucoup trop chaud, brûlante comme une journée dans le désert. Elle lui faisait signe qu'elle avait chaud et il descendait un peu les couvertures de sa poitrine et il les remontait un peu de ses pieds. Puis elle fut capable de descendre les couvertures plus bas toute seule. Il fallait qu'elle le fasse. Quand il revenait, il essayait de remonter un peu ses couvertures. Elle ne pouvait absolument pas accepter cela. Elle brûlait.

– Vous avez vraiment chaud, hein ? demanda-t-il et elle secoua la tête. Voyons si je peux vous trouver un ventilateur.

– Oh, c'est une super idée, pensa-t-elle. Il est parfait !

Et il revint vraiment avec un ventilateur. Une fois qu'il l'eut branché, il le dirigea droit vers elle. Mais ensuite, elle avait soif. Bon, elle n'avait pas le droit de boire. Cela ne paraissait pas juste ! Il expliqua pourquoi et lui dit qu'il pouvait se servir d'un vaporisateur pour pulvériser de l'eau sur sa bouche. Elle acquiesça en secouant la tête. Régulièrement, il entrait et venait asperger de l'eau sur ses lèvres. Rien ne lui avait fait plus de bien. Ce soulagement instantané la débarrassait de toute gêne.

Il déplaça la table qui se trouvait contre le mur et la mit au bout du lit. C'est là qu'il s'asseyait pour consigner ses remarques du jour. Elle se demandait sur quels aspects de son comportement quotidien et de ses progrès il prenait des notes. Tandis qu'il écrivait, elle observait et pensait à quel point il était beau ainsi concentré sur son travail. Bon, il était beau. On ne pouvait lui faire reproche de le penser et, bien sûr, il n'y avait rien d'autre à faire. Mais il y avait quelque chose dans la douceur de son tempérament qui lui plaisait davantage que son joli visage – elle se demanda si elle pourrait le dessiner.

Une nuit, les douleurs dans son dos, causées par l'immobilité dans une même position jour après jour, l'empêchaient de dormir. Il passait et donc elle lui fit signe. Il vint à son côté et lui demanda ce qu'il pouvait faire pour l'aider. Après l'habituel rituel des signes, elle parvint à lui faire comprendre que son dos lui faisait mal. Peut-être pourrait-il lui faire un massage ? Et il le fit. Bien qu'elle le lui ait vraiment demandé parce qu'elle souffrait, elle n'aurait demandé à aucun autre infirmier. La sensation de ses mains sur elle était agréable.

Un jour, il avait conversé avec l'infirmier chargé de le former, un autre beau garçon. Ils devaient parler de filles, et d'une fille en particulier. Elle aurait vraiment voulu savoir laquelle. Elle était certaine, cependant, que cette fille travaillait ici avec eux comme infirmière.

– Je veux vraiment lui demander de prendre un verre avec moi un de ces jours mais je suis trop timide, dit Gwen.

Tandis que l'autre garçon lui parlait, elle pensa à tout ce qu'elle lui dirait si elle pouvait exprimer son avis. Elle lui dirait de ne pas avoir peur, que cette fille aurait une chance incroyable qu'une personne aussi exceptionnelle lui propose de sortir avec elle. Elle lui dirait combien la fille serait ravie, et qu'elle ne rejetterait sa proposition que pour deux raisons : une, si elle voyait déjà quelqu'un ; deux, si elle en était déjà venue à la conclusion que leurs personnalités ou leurs tempéraments ne s'accordaient pas. D'une façon ou d'une autre, qu'elle accepte ou qu'elle décline, elle devrait être flattée. Et, pourvu que la fille soit flattée, qu'est-ce qui importe ? Une fille n'est généralement flattée que si le garçon est beau ou très gentil.

Les garçons partirent et la pièce retomba dans le silence. Elle savait qu'elle avait vu sa famille chaque jour. Cependant, elle avait complètement perdu ses repères temporels. À chaque fois que les infirmières passaient, elle leur demandait l'heure. Puis vint le jour, cela pouvait être le troisième ou le quatrième jour de son séjour, où ses parents entrèrent, suivis de sa sœur, et au loin se trouvait un garçon. Il ne portait pas d'uniforme et de toute évidence il ne travaillait pas là. Elle était sûre qu'il était entré avec sa famille, pourtant il restait à l'écart, se maintenant à bonne distance du lit. Ses parents et sa sœur vinrent à son chevet. Elle les regarda et commença à pointer dans la direction du garçon.

– Oui ? interrogea sa mère. Qu'est-ce que c'est ? Elle continua à indiquer cette direction.

– L'infirmier ? Elle fit non de la tête.

Ils posèrent plusieurs autres questions sans saisir, jusqu'à ce que sa mère finisse par demander :

– Tu sais qui je suis, pas vrai ?

Incrédule, elle secoua la tête et leva la main comme pour dire « tu es sérieuse ? ». Puis sa sœur comprit qui elle indiquait, ce garçon au loin. Qui était ce type ? Pourquoi se tenait-il tout là-bas ?

– Oh ! s'exclama sa sœur. Bien. C'est Jared. Il est ici aussi. Il est venu avec moi. Elle l'appela pour qu'il vienne au chevet du lit.

Elle fit savoir par des signes qu'elle avait besoin d'écrire, sa mère sortit donc le papier et le stylo. Elle écrivit un petit message au copain de sa sœur qui la rencontrait pour la première fois.

– Enfin, nous nous rencontrons. Comment ça va ? Il rit. Cependant les hôpitaux et tout ce qu'on trouve en ces lieux peuvent indisposer un homme jusqu'à la nausée. Il ressortit donc rapidement dans le couloir pour les attendre.

Après cela, pourtant, il fut en mesure de supporter la scène. Elle se souvenait que lors d'une visite, sa sœur et Jared lui avaient dit qu'ils avaient trouvé le *Starbucks* sur la rue de la République. Ils en étaient ravis et elle se contenta de secouer la tête pour exprimer une désapprobation taquine.

À nouveau, tout fut calme tandis qu'elle avait l'esprit vide. Elle regardait le plafond et les murs, observait les infirmières qui allaient et venaient. Puis un garçon franchit l'embrasure de sa porte, qui semblait plutôt éloignée. Alors qu'il s'approchait plus près, elle l'entendit dire son nom, sur un ton interrogatif.

– Arnaud ? demanda-t-elle en le voyant. Bien sûr, il ne pouvait pas l'entendre. C'était un des étudiants qui étaient allés aux États-Unis avec elle pendant l'été 2010. Elle fit comprendre qu'elle voulait du papier et un crayon, et se mit à gribouiller avec excitation. Elle ne l'avait pas vu depuis si longtemps. Comment savait-il où la trouver ?

Gwen entra tandis qu'elle communiquait, par l'écriture, avec Arnaud. Elle était curieuse de savoir ce que Gwen pensait d'elle, qui recevait toutes ces visites. Arnaud lui demandait si elle avait besoin de quoi que ce soit, ce qu'il pourrait faire et Gwen suggéra un flacon pulvérisateur de Vittel. Entre les manipulations pour allumer et éteindre le ventilateur à son intention, comme elle brûlait et ensuite gelait, les massages de son épaule gauche, et l'aide apportée à ses amis et sa famille pour leur servir de guide vers l'entrée ou la sortie, elle pensa qu'il était non seulement un excellent infirmier, mais aussi une personne sincèrement attentionnée.

Tandis qu'Arnaud courait chercher une bouteille de Vittel, elle les aperçut, *lui* et sa longue chevelure châtain clair. Il entra avec Fanny, la femme de son ami, qu'elle avait rencontrée des années auparavant et qu'elle appréciait réellement. Elle n'avait pas vu Fanny depuis très longtemps. Ils lui parlèrent et elle leur écrit. Quand Arnaud revint et entra d'un pas nonchalant, Gwen manipulait des objets en arrière-plan. Elle ne savait pas ce qu'il fabriquait en fait, quelque chose relatif à son travail de toute évidence, mais quoi ?

Depuis son chevet, sa longue chevelure fouetta l'air quand il se retourna pour regarder Arnaud d'un air narquois, si bien qu'elle griffonna qui était qui en guise de présentation. Après avoir posé la Vittel, Arnaud dit qu'il devait partir mais qu'il reviendrait bientôt lui rendre visite.

Elle fut touchée par sa venue qui ne relevait pas d'une obligation, mais du souci qu'il avait d'elle. Fanny lui montra une photo de son bébé ; ils parlèrent un peu, et ensuite ils partirent. Elle fut à nouveau seule.

Un autre jour, en-dehors des heures de visite, elle vit Gwen et l'autre infirmier aider un autre patient de l'autre côté du couloir. Ces deux-là semblaient s'entendre plutôt bien. Elle les observa dans cette pièce de l'autre côté du couloir, allant et venant, apportant ceci ou cela ; il semblait toujours y avoir quelque chose à faire. Puis Gwen leva les yeux et la vit, il sourit. Pendant une seconde, elle fut inquiète, comme si elle avait été attrapée en train de faire quelque chose qu'elle n'aurait pas dû faire, mais il lui fit ensuite un signe de la main. Elle sourit donc et agita la main à son tour. Cela remplit sa journée de bonheur. Elle pensa à nouveau qu'il devrait demander à cette fille de sortir avec lui. Elle aurait tant de chance.

Durant les heures de visite, elle voyait toujours sa famille, toujours. Il y avait deux créneaux possibles, le matin et le soir. Ils étaient là aux deux moments. Elle n'était jamais fatiguée de leurs visites – en fait, sur un plan physique, si, elle se fatiguait terriblement. Sa sœur lui parlait du café *Starbucks*, et elle et Jared lui racontaient leurs difficultés du jour. Plus tard, elle ne se souvenait pas de beaucoup de choses, mais elle se rappelait qu'elle avait ri. Ils étaient drôles ensemble ces deux-là. Ses parents s'accrochaient à elle et participaient à la conversation, parlant de l'hôtel et d'autres événements quotidiens. Sa mère avait piqué des fruits au buffet du petit déjeuner à l'hôtel et les avait fourrés dans son sac à main qui pesait douze kilos, sans compter les oranges.

Il était revenu, seul. Comme il était assis à la regarder, elle voulut lui parler. Elle fit signe qu'elle désirait écrire et prit un morceau de papier et un crayon. La première chose qu'elle écrivit, c'était qu'elle était contente de le voir. Puis elle écrivit afin d'expliquer ses sentiments la nuit où elle l'avait laissé avec ses amis, pour rentrer chez elle.

– J'étais contrariée, écrivit-elle.

– Chut, ne pense pas à ça, répondit-il.

– C'est important, griffonna-t-elle. Cette nuit-là, j'étais contrariée. Je t'ai vu avec Stéphanie, la façon dont tu l'as regardée et dont elle t'a regardé.

– Il est inutile d'en parler maintenant. Ça va bien se passer.

Sa tentative ratée de la calmer en parlant d'autres choses eut pour résultat de faire bouillir son sang. Elle secoua la tête et leva la main pour dire « Arrête ! » C'était important pour elle de lui dire, écrivit-elle à nouveau. Mais elle était fatiguée. Avec cette courte discussion qui avait soulagé sa souffrance, il semblait qu'il avait compris.

– Entends-tu cette musique ? lui écrivit-elle. C'était une musique si douce et apaisante, sans paroles.

Ses sourcils se froncèrent et bien qu'elle eût compris sa réponse à ce simple signe, il secoua la tête latéralement.

– Tu n'entends pas cette musique ? écrivit-elle à nouveau, puis elle indiqua son oreille droite.

Il secoua encore la tête. Puis il lui dit qu'il devrait partir quelques jours, mais qu'il reviendrait. Il mentionna le fait qu'il monterait dans les Alpes rendre visite à un ami qu'il avait rencontré en Nouvelle-Calédonie. Son absence de cinq jours suscita une émotion négative parmi beaucoup d'autres et la laissa avec l'impression qu'elle avait mal compris ce qu'il avait dit.

Peut-être avait-il réellement dit qu'il partait et qu'on ne se reverrait jamais. Ce devait être cela. En fait, il ne reviendra jamais. Peut-être est-ce ce qu'il a dit.

Une fois qu'il fut parti, Gwen et son acolyte entrèrent dans sa chambre. Ils marchèrent vers elle, occupés à faire quelque chose et demandèrent si c'était son petit copain. En réalité, elle était dans une complète incertitude quant à la correction du terme pour définir ce qu'il était. Mais elle fit oui de la tête. Cela semblait plus facile.

Le personnel infirmier à l'unité de soins intensifs, et plus tard au quatrième étage, commença à l'appeler « le surfeur australien ». Cela la fit vraiment s'esclaffer. Sa longue chevelure châtain clair, sa barbe, sa tenue vestimentaire évoquaient le continent chaud dont l'éloignement était signe de danger. Cela ne semblait pas péjoratif, mais correspondait simplement à la description de son apparence.

Ses journées devinrent plus amusantes lorsqu'elle commença à écrire aux infirmiers en se servant d'un tableau effaçable à sec que Gwen avait trouvé pour elle. Le tableau se fatigua rapidement de son marqueur ; elle l'utilisait sans arrêt jusqu'à ce que son bras n'en puisse plus d'être tenu en l'air. C'était par moment difficile d'écrire puisqu'elle pouvait seulement voir d'un œil. Elle n'avait pas pu voir de son œil droit à cause du gonflement. Lorsqu'il se réduisit, elle voyait double. Elle le dit aux infirmiers, qui le dirent ensuite aux médecins.

Les médecins venaient et ils lui parlaient et ensuite ils essayaient de traduire pour sa famille. Les médecins se débrouillaient bien pour communiquer l'essentiel. Quant aux infirmiers, ils essayaient vraiment de communiquer avec eux tous. Elle y pensa plus tard, quand on lui eut rendu pleinement compte de la situation.

– Comment ont-ils su que j'allais bien mentalement ? avait-elle demandé plus tard, en parlant de son arrivée initiale à l'hôpital.

– Eh bien, parce qu'ils t'ont posé des questions et que tu répondais d'un signe de tête.

Heureusement que je parle français, pensa-t-elle.

Elle commença à écrire aux infirmiers quand elle avait besoin de quoi que ce soit et elle s'assurait de toujours écrire *merci* par la suite. Le médecin passa et lui dit qu'elle serait bientôt prête à être transférée au quatrième étage afin qu'ils puissent opérer son visage. Il avait expliqué en détail tout ce qui devait être fait. Bien qu'elle comprît parfaitement tout ce qu'on lui disait, elle ne saisit pas la gravité de son état.

Un après-midi, la kinésithérapeute lui fit une petite visite pour la voir et la faire lever pour la première fois. Son visage s'éclaira à la pensée qu'elle allait enfin sortir de ce lit. À la vue de son excitation, la kinésithérapeute lui dit très vite qu'elle ne marcherait pas, qu'elle devrait y aller doucement. Comme la femme l'aidait à s'asseoir, elle se rendit compte qu'en effet, il valait probablement mieux y aller doucement. Sa tête tournait un peu mais ensuite cela passa. La kiné l'aida à se tortiller pour arriver au bord du lit, tout en s'appuyant légèrement sur son bras à tout hasard. Tandis que ses jambes pendaient au bord du lit, elle soupira de soulagement. Quelques minutes plus tard, elle repartit en arrière et s'allongea à nouveau. En se séparant d'elle, la kiné sourit et lui dit qu'elle la reverrait le lendemain.

À peine était-elle partie que Gwen courut vers elle en souriant. Son excitation extrême la choqua, ou bien était-ce qu'elle ne savait plus comment composer avec une telle énergie, mais ce serait un moment qu'elle n'oublierait jamais. Comment pouvait-il être aussi heureux qu'elle à propos de quelque chose d'apparemment si insignifiant ? Elle s'était juste assise au bord du lit.

– Je vous ai vue, s'exclama-t-il. Je suis si fier de vous. Je vous ai vue assise au bord du lit ! C'est super.

Sa bonté, ses mots gentils, l'emplissaient d'un amour inexplicable, un amour pour tous ceux qui pouvaient s'occuper de quelqu'un qu'ils connaissaient à peine. Elle tomba amoureuse de toute leur tendresse et de leurs doux visages. Certains visages resteraient visibles dans son esprit bien après son départ, mais d'autres seraient malheureusement perdus. Après tout, elle avait été sous l'effet de fortes doses de calmants.

Après son exploit sur le lit, les membres de sa famille lui dirent que Gwen s'était rué dans la salle d'attente où ils étaient assis. En fait, il bondissait tout autour d'eux, incapable de contrôler son émotion. Dans un mauvais anglais, il leur dit qu'il avait une surprise pour eux. Il poursuivit en essayant de leur expliquer exactement ce qu'elle avait accompli.

Assis sur le bord d'une chaise, il parla et utilisa des signes pour leur faire deviner. Les signes non verbaux sont des moyens de communication formidables lorsqu'on est confronté à des barrières linguistiques. Entre l'expérience de sa sœur comme infirmière et ses efforts admirables à lui, il réussit à la faire deviner.

Le septième ou le huitième jour de son séjour, elle mentionna le comprimé qu'elle avait pris le weekend avant son accident. Elle l'avait presque complètement oublié. Est-ce que cela avait eu un effet quelconque ? Bon, dans tous les cas, elle imaginait que c'était trop tard. Pourtant, il semblait important de le mentionner. Elle précisa aussi qu'elle n'était pas allée à la selle pendant tout ce temps-là.

Était-ce normal ? Son ventre avait commencé à être assez douloureux.

Les infirmières lui donnèrent quelque chose pour remettre en route son transit. Elles pensaient que ses maux de ventre étaient probablement causés par la morphine et, puisqu'elle suivait un régime liquide, il n'était pas trop surprenant que son système n'ait pas produit de déchets. En même temps, elles savaient qu'elle n'avait pas trop souvent pressé le bouton de morphine, et elles la harcelaient souvent à ce propos. Le jour avant son départ de l'unité de soins intensifs, les infirmières lui demandèrent si les médicaments avaient fait leur effet.

Non. Ils n'avaient pas fait effet. Il fallait faire quelque chose.

Ce qui allait se passer alors fut de loin la chose la plus embarrassante de toutes. À ce moment-là, elle regretta vraiment de n'être pas restée silencieuse, hermétiquement close. C'est analogue, quoique très différent, de l'opération qui consiste à ôter le bouchon d'une bouteille de vin ; similaire dans la mesure où c'est une opération manuelle, différent dans la mesure où le tire-bouchon est remplacé par un joli tube. Les hôpitaux adorent les tubes. S'ils peuvent en utiliser un, ils ne s'en privent pas ! Les étapes étaient analogues à celles d'une coloscopie, sauf qu'ils injectaient une sorte de lavement liquide, qui finissait par trouver sa voie de sortie naturelle. Et qui du personnel infirmier se trouvait de garde pour exercer cet art délicat ? Gwen et son compère. Pas d'erreur !

Rien de tel qu'un petit excrément dans un bassin pour créer l'ambiance. Avec quelle délicatesse Gwen tenait sa fesse alors qu'il glissait le tube pour le mettre en place, tandis que l'autre se tenait devant elle, maintenant son flanc. Si cela lui sembla terrible, le pire était encore à venir. Elle fit savoir à son équipe infirmière préférée qu'elle avait besoin du bassin. Cette fois, Gwen se tenait devant elle et l'autre infirmier glissa le bassin sous elle, et ils attendirent qu'elle appelle. Toute cette torture pour rien, car la seule chose qui ressortit, ce fut le lavement lui-même.

Le jour suivant, une autre infirmière qu'elle appréciait beaucoup s'occupa d'elle. Comme elle procédait à son observation quotidienne, elle entendit l'infirmière parler très sévèrement à son compagnon de chambre. La pièce était divisée par un meuble, si bien qu'ils ne pouvaient pas se voir. Il fallait qu'il respire par lui-même mais il refusait de coopérer.

– Vous ne sortirez jamais d'ici, si vous ne le faites pas, dit très sérieusement l'infirmière.

Plus tard, elle apprendrait que cet homme d'une soixantaine d'années était le voisin de Cathy, la mère de son surfeur australien, qu'elle considérait également comme la sienne. Son refus de coopérer avait pour objectif, à strictement parler, d'accélérer sa mort ; il ne souhaitait pas être un fardeau pour sa femme, et s'il restait en vie, il craignait qu'elle passe tout son temps à s'occuper de lui. De manière rétrospective, il s'interdisait en réalité une guérison complète. Sa décision finale de se battre pour guérir vint trop tard et il finit dans une résidence pour personnes âgées à seulement soixante ans.

Avant que sa garde fût terminée, l'infirmière lui dit un « au revoir » attentionné. Elle partait en vacances et ne voulait pas la retrouver à l'unité de soins intensifs lorsqu'elle rentrerait. Elles échangèrent un sourire, l'infirmière dit adieu à la famille de la jeune fille et elle partit.

Le chirurgien vint faire sa tournée pour une ultime visite afin de lui faire savoir que son temps à l'unité de soins intensifs touchait à sa fin. Quelqu'un viendrait la chercher cet après-midi pour l'emmener au quatrième étage. Elle sentit une bouffée de joie et de tristesse mêlées. Elle était contente de progresser, de s'améliorer, mais désolée de laisser derrière elle ses nouveaux amis à qui elle s'était attachée.

– Toutes les craintes qui pesaient sur votre vie sont levées. Tout ce que vous devrez gérer à présent est réparable. Le chirurgien la regarda dans les yeux tandis qu'il parlait.

Annonçant toutes les épreuves qui se trouvaient devant elle, les mots du chirurgien lui reviendraient un jour comme un signe d'espoir. Il fallait encore qu'elle voie son visage, qu'elle demande à voir son visage, et pourtant on lui avait demandé si elle voulait le voir. En vérité, la pensée ne lui avait pas traversé l'esprit jusque-là.

Une infirmière entra pour la préparer au transfert. Elle écrivit un message sur le tableau effaçable à sec pour tous ceux de l'unité de soins intensifs qui lui manqueraient, pour leur dire combien les soins prodigués avaient compté pour elle. Tout le monde avait dû être prévenu qu'elle partirait bientôt. Gwen se précipita dans sa chambre et se tint à son chevet. Il lui dit qu'il voulait lui dire au revoir et lui souhaiter bonne chance. Il lui dit aussi de revenir les voir quand elle pourrait à nouveau marcher. Il remarqua le tableau, lut le message et lui demanda de ne pas dire de bêtises, que c'était tout naturel qu'ils se soient tous aussi bien occupés d'elle. C'était leur boulot. Elle secoua la tête pour signifier son désaccord et lui pressa la main, soit mentalement, soit physiquement.

Une fois que tout fut réglé, un homme et une femme à l'air plutôt lugubre firent rouler un lit vide dans sa chambre. En voyant la curiosité de la patiente, l'infirmier expliqua que ces deux brancardiers la transporteraient en haut. Ils la soulevèrent et la transférèrent sur le lit vide, rassemblèrent les nombreux tuyaux et fils auxquels elle était reliée et firent rouler son brancard hors de la pièce. Tandis que ces personnes chargées du transfert poussaient son lit dans le couloir de l'unité de soins intensifs, toutes les infirmières sortaient pour lui faire un signe. Au revoir, Erin Lynne. Elles continuaient à lui faire signe jusqu'à son départ, l'enveloppant de douceur.

Chapitre huit
Aucune échappatoire

Quand ils entrèrent dans un grand ascenseur, son esprit s'affola et son cœur fut oppressé par la peur. Elle commença à se demander si sa famille savait où elle serait. Elle ne souhaitait plus aller au quatrième étage. Elle voulait retourner à l'unité de soins intensifs. Ils l'emmenèrent dans la chambre qui lui avait été attribuée au quatrième étage, la transportèrent dans ce lit et partirent au moment où une infirmière entra. Au début, cette infirmière semblait insensible. Alors qu'elle tentait de connecter la pompe à morphine, elle ne réussit pas à la faire fonctionner. Exaspérée, elle lança les mains en l'air, marmonna quelque chose, tripota les fils et pressa des boutons sur la machine. Puis, sans la regarder ni lui dire un mot, elle tourna les talons et quitta la pièce.

Elle regarda la porte fermée que l'infirmière venait de franchir et elle eut immédiatement un sentiment d'isolement. Comment sa famille la trouverait-elle ? Que se passerait-il si elle avait besoin de morphine ? La machine ne semblait pas être réparée. L'infirmière ne savait pas comment la brancher. On ne lui avait pas non plus donné le bouton pour actionner la pompe à morphine.

Puis, venant du couloir, elle entendit des voix familières. Sa sœur avait dit quelque chose et Jared avait répondu. Tous les quatre étaient en train de discuter et elle les entendit prononcer son prénom. Pourquoi n'entraient-ils pas ? Elle commença à taper la télécommande du lit contre la table de chevet. Elle n'avait vu personne depuis au moins vingt minutes. En bas, à l'unité de soins intensifs, il y avait constamment du mouvement et elle voyait toujours quelqu'un. Ici elle se sentait complètement piégée.

Après cinq minutes à taper sa télécommande et à essayer sans succès de se faire entendre verbalement, la porte s'ouvrit et voici qu'entra l'infirmière, accompagnée d'une autre femme, suivie de deux hommes. Cette petite femme serait son chirurgien facial et elle lui parla gentiment, lui demandant comment elle allait.

Les larmes aux yeux, elle lui expliqua par écrit combien elle était contrariée et inquiète. Ce qui l'avait surtout blessée était le manque de communication, expliqua-t-elle. On l'avait laissée là sans l'informer de rien. La pompe à morphine avait été rebranchée mais l'infirmière ne le lui avait pas dit. Comment aurait-elle pu savoir ? Elle avait voulu se rincer la bouche mais l'infirmière avait refusé plus tôt. Pourquoi ? Le bouton d'appel pour contacter l'infirmière ne lui avait pas encore été montré.

On lui fit comprendre qu'en si peu de temps l'infirmière avait beaucoup d'autres choses à faire. Ici au quatrième étage, une infirmière s'occupait de plusieurs patients, alors qu'à l'unité de soins intensifs, une infirmière s'occupait généralement d'un seul. Après avoir éclairci tous les malentendus, elle se prit vraiment d'amitié pour cette infirmière et bien que cette dernière restât toujours un peu froide, elle se montra plus aimable. Chacune avait sa personnalité, et avec les changements en cours dans le personnel, elles avaient parfois des difficultés pour s'entendre les unes avec les autres. Elles finissaient par se retrouver dans sa chambre pour le quart d'heure de commérages. Cela ne la gênait jamais et elle se contentait d'écouter.

Finalement, sa famille fut autorisée à entrer et son visage s'éclaira lorsqu'ils entrèrent. Elle les informa de tout ce qui s'était passé. C'était une chambre simple avec des murs blancs qui entouraient le lit. Aucune couleur n'y renvoyait son éclat. L'endroit lui semblait conforme à la description qu'elle avait rédigée, quand elle était lycéenne, d'une cellule d'isolement en hôpital psychiatrique. Cela changea peu à peu quand elle reçut de ses amis, visite après visite, des fleurs, des magazines, des livres, des jeux, et d'autres choses encore. Sa famille avait rapidement collé au mur, en face de son lit, des photos d'eux tous ensemble, si bien que chaque fois qu'elle levait la tête, elle les voyait immédiatement. Mais elle ne pouvait pas les voir clairement parce qu'elle avait perdu sa lentille gauche dans l'accident et qu'elle avait dû enlever la droite pour se préparer à la chirurgie. Pourtant, elle reconnaissait les photos ; elle regardait fréquemment dans leur direction. Les infirmières entraient et les regardaient aussi, faisant des commentaires amicaux sur la « famille américaine », sur leur physique agréable, et elles la désignaient sur la photo. Elle souriait.

Douillettement sous ses couvertures, elle vit une grande silhouette masculine entrer, après qu'on eut frappé. Comme toujours, l'état de sa vision la mettait dans l'incapacité de savoir immédiatement qui entrait, mais elle s'en rendit vite compte. Il n'y avait pas tant de grands garçons blonds et allemands parmi ses connaissances. En réalité, elle ne connaissait pas beaucoup de grands garçons blonds tout court. La vue de son ami Jan lui causa une surprise incroyable. Comment avait-il su pour son accident ou encore le lieu où la trouver ?

Elle avait perdu l'habitude des réseaux numériques et planétaires. Elle n'était plus connectée. Le chaos de ses tâches quotidiennes à l'hôpital lui faisait complètement oublier l'existence de telles technologies.

Quand la réceptionniste lui dit qu'elle avait été transférée de l'unité de soins intensifs à une chambre normale et lui avait donné son numéro de chambre, Jan ne savait toujours pas exactement à quoi s'attendre. Après avoir frappé et être entré, il n'était pas sûr d'avoir trouvé la bonne chambre. Quand il la regarda, il n'était toujours pas sûr. Une fois qu'elle lui rendit son regard, il sut que c'était elle. Il s'avança et s'assit sur la petite chaise à côté de son lit. Elle commença à se sentir un peu mal à l'aise – elle n'avait pas pu se doucher comme il faut depuis plus de deux semaines. Elle lui écrivit et sentit rapidement que son attitude optimiste reprenait le dessus.

Elle lui écrivait tandis qu'il lui parlait et elle appréciait vraiment sa visite jusqu'à ce qu'elle se sente gagnée par le sommeil. L'attitude gaie et positive qu'il affichait cachait ses yeux brillants et elle n'aurait jamais suspecté qu'il avait versé des larmes. Tout d'abord, elle avait mentionné le fait qu'elle avait chaud et à sa suggestion de replier les couvertures vers le bas, elle eut un petit sourire narquois.

– Je ne me suis pas rasée depuis des semaines, écrivit-elle, et il se mit à rire.

Elle lui dit qu'elle avait besoin de se reposer. Elle s'endormit sans remarquer qu'il embrassait son front et qu'il partait.

Le jour suivant, dans son nouveau lieu de résidence, l'infirmière lui demanda si elle pouvait marcher. On voulait changer les draps et on avait besoin de lui faire sa toilette quotidienne. Bon, pensa-t-elle, bien sûr. Les infirmières l'aidèrent à parvenir au bord du lit et lui dirent d'y aller doucement. Une fois sur ses pieds, elles la soutinrent et elle franchit d'un pas peu assuré le mètre qui séparait son lit de la salle de bain. À ce moment-là, elle se rendit compte à quel point elle avait perdu sa force. Dix jours sur un lit d'hôpital et il ne lui restait plus de muscles.

Vint le jour de sa première chirurgie faciale importante. Elle durerait huit heures. Quand le chirurgien entra pour lui expliquer tout ce qu'elle devrait faire, la jeune fille la regarda simplement, secouant la tête pour marquer son approbation. Que pouvait-elle faire d'autre ? Ils auraient besoin d'ajuster les os de la mâchoire, de reconnecter les os brisés et de réaligner la structure osseuse de l'œil droit – elle voyait double parce que cette structure de l'œil était déplacée.

– Avez-vous des questions ? demanda Audrey, le chirurgien facial.

– Non, répondit-elle avec un sourire timide.

Cette nuit-là et le matin suivant, l'infirmière la lava dans un liquide antibactérien du nom de *Bétadine*. Ses parents se serrèrent dans le petit lit double supplémentaire qui se trouvait dans sa chambre et ils dormirent à son côté, toute la nuit. Vers huit heures du matin, un accompagnateur vint, faisant rouler un lit vide. Il la transféra sur ce lit et la poussa à travers les couloirs jusqu'à la salle d'opération. Elle n'avait jamais vu auparavant un espace aussi petit et confiné.

L'anesthésiste s'empressait autour d'elle, collant des coussinets ronds sur ses flancs. Il y avait là un couple plus âgé et elle se mit à s'inquiéter. Est-ce que ce vieux couple l'opèrerait ? Qui étaient-ils ? Que dire de leurs petites mains tremblantes ? Et un couple se dispute tout le temps. Que se passerait-il s'ils commençaient à se disputer au milieu de l'opération ? Alors par dépit, la vielle dame refusera de lui donner ce dont il aura besoin et elle sera encore plus abîmée.

Juste avant qu'elle ne glisse dans la zone mal définie du sommeil provoqué, Audrey pencha la tête au-dessus de la table d'opération et dit : « Salut Erin ». Elle laissa échapper un sourire de soulagement. Elle était présente. Quelle chance ! Et ensuite elle sombra dans l'inconscience.

Toutes les infirmières l'entouraient et, d'une façon ou d'une autre, Erin parvenait à voir son horrible visage. Elles étaient toutes assises à cette table sur un bateau qui tanguait, se contentant de rire ensemble. Puis, elles se moquèrent d'elle, lui donnant un autre verre d'alcool. Soudain, elle comprit leur jeu. Comment avait-elle pu penser qu'elles avaient bon cœur ? Tout le monde savait combien ces filles dans le monde médical étaient féroces. N'y avait-il pas un *reality show* télévisé ? Elles essayaient de la droguer pour qu'elle se ridiculise, ce qu'elles trouveraient plus hilarant puisque son visage ressemblait à une épave de voiture.

Elle commença à pleurer et à lancer ses bras de tous côtés, cherchant son téléphone mais ses bras bougeaient à peine parce qu'elle était sous l'effet de puissants sédatifs. Le chirurgien vint vers elle. Elle fit signe qu'elle avait besoin d'un papier et écrivit qu'elle avait besoin de l'appeler, *lui*. Il viendrait la chercher. Aussi, il n'était pas loin parce que son bateau était dans le port. Le chirurgien dit qu'elle n'avait pas son numéro, si bien qu'elle demanda son téléphone. Est-ce que le chirurgien pouvait aller chercher son téléphone ? Où était-il ? Puis les autres tentèrent de lui donner davantage de sédatifs et elle gémit à nouveau.

– Non, cria-t-elle en pensée. Je ne veux pas de sédatifs. Je veux juste rentrer à la maison.

– Il va falloir vous calmer, dit gentiment l'infirmière. Pensez à un endroit qui vous plaît. Où aimeriez-vous être en ce moment ? Dans un parc ?

Elle secoua la tête et fronça les sourcils.

– New York ?

– Quoi ? Bien sûr que non.

L'infirmière continua à suggérer quelques autres endroits, qu'elle rejetait. À la dernière suggestion cependant, elle acquiesça de la tête pour qu'elle arrête de parler. Puis elle rêva de son premier pur-sang, *SweeTart*. Elle pouvait le voir paître dans son enclos. Puis il trottait à travers le champ, se mettait au galop et sautait par-dessus un petit buisson.

L'effet des sédatifs se dissipait et elle revenait à elle calmement. Tandis que l'accompagnateur faisait rouler son lit dans le couloir jusqu'à sa chambre, elle entendit sa famille parler. Comme elle passait devant sa famille qui attendait, Cathy vint vers elle pour lui dire qu'*il* serait bientôt là. Elle n'était pas sûre alors que les médecins l'aient réellement appelé, comme elle l'avait demandé. Mais la présence de Cathy lui apporta du soulagement. Il viendrait bientôt.

On la plaça sur le lit et le chirurgien sortit pour parler à la famille. Audrey leur dit que, malgré la nécessité d'attendre la disparition de l'œdème pour se prononcer, elle était satisfaite du résultat de l'opération. L'ossature de son œil droit, brisée en plusieurs endroits et décalée, était à nouveau alignée convenablement. Sa mâchoire et ses os zygomatiques apparaissaient bien redressés, tout comme l'os nasal. Parce que son os maxillaire était cassé en plusieurs morceaux, on avait dû fixer le côté gauche de sa mâchoire en position fermée pour le protéger après l'opération. Quant à son nez, une chirurgie complémentaire serait réalisée en janvier ou en février sur sa cloison et son cartilage. Elle était alors parfaitement éveillée et s'adressa à l'infirmière, disant qu'elle avait faim.

– Vous voulez manger ?

– Oui !

– Bon, je vais apporter un yaourt à boire que vous pouvez essayer de siroter avec une paille.

L'action qui consistait à enfoncer la paille dans le côté droit de sa bouche édentée se passa bien, mais il était impossible d'aspirer le liquide légèrement épais. Elle était un peu découragée et déçue, mais contente d'avoir essayé. L'infirmière emporta la boisson et dit qu'elles essaieraient le jour suivant.

Et *il* vint vraiment. Il entra dans la chambre, sourit en la voyant tout enveloppée et dit : « Salut la momie ! » Elle gloussa.

Une fois qu'elle fut réellement capable de marcher, il la fit sortir pour des promenades dans le couloir durant ses visites du soir. Plus rapidement que prévu semblait-il, elle gagna davantage de force et, en mettant un pied après l'autre, put descendre tout en bas. Ils marchèrent ensemble, avec aussi son amie Erin de Chicago, jusqu'au couloir à l'entrée de l'hôpital et sortirent par la porte principale. C'était la première fois qu'elle allait dehors depuis son accident. Il faisait rouler son « étendoir à fils » tandis qu'ils marchaient. Dehors, tous les trois s'exposèrent aux derniers rayons du soleil de l'après-midi.

– Hé, si on te roulait jusqu'au bar de l'autre côté de la rue et qu'on commandait une bière, plaisanta-t-il en riant. Les filles se mirent aussi à rire à l'idée de la réaction du barman et de ses clients à une telle demande.

Les dix jours suivants allaient être compliqués, comme si elle n'avait pas déjà traversé assez d'épreuves lors de son séjour à l'unité de soins intensifs. Toute sa tête et presque tout son visage était bandés. Il y avait des boules de coton enfoncées dans chacune des narines, d'où s'écoulait du sang parfois. À cause du côté gauche de sa mâchoire fermé par une suture, elle avait bien du mal à ouvrir le côté droit. Du sang ou de la bave se répandaient, et elle devait constamment s'essuyer, embarrassée. Sa chambre était presque toujours occupée par des amis ou de la famille. Les infirmières commençaient à l'appeler leur patiente VIP.

Un après-midi, sa famille vint avec un *Scrabble*. Elle avait commencé à s'asseoir et à se déplacer un peu. Elle avait aussi commencé à marcher doucement autour de la pièce, soit vers la salle de bain, soit vers le fauteuil près de la fenêtre.

Le premier mot qu'elle plaça sur le plateau de jeu n'existait pas, elle le savait, et commençait avec la lettre Q.

– Hé, qu'est-ce que c'est que ça ? demanda Jared tandis que sa sœur aussi avait l'air perplexe.

– Une sorte de poisson, dit-elle en riant au fond d'elle-même. Elle était sûre qu'ils ne la croyaient pas, mais ils acceptèrent quand même le mot. Sa situation comportait de petits avantages, après tout. Elle ne gagna pas la partie et dut fréquemment essuyer la salive qui gouttait de sa bouche, mais elle passa un bon moment.

– Est-ce que vous voulez à nouveau essayer de boire avec une paille ? demanda l'infirmière.

– Oui ! Cette fois, l'entreprise fut couronnée de succès. C'était une épaisse boisson chocolatée aux protéines.

À chacun des repas suivants, l'infirmière lui donnait ses deux boissons aux protéines. Elle pouvait choisir le parfum : chocolat, moka, café, vanille ou pêche-abricot. Elle était au comble de l'excitation. Un après-midi avant l'accident, elle avait demandé à ses amis de dire, s'ils devaient choisir de perdre un sens, lequel ils choisiraient. Ils avaient tous, y compris elle-même, médité sur ce que chaque sens apportait à leur vie et conclu qu'il était impossible de décider.

– J'adore goûter des saveurs différentes. Ce serait si triste de ne plus jamais pouvoir percevoir le goût.

– Eh bien, le goût et l'odeur vont de pair, avait dit Maxence.

– Hum, c'est vrai, et je détesterais être aveugle. Si je ne pouvais plus voir, je ne sais pas ce que je ferais, avait-elle dit.

– Si je ne pouvais pas entendre, alors je ne pourrais pas chanter, avait commenté Vanessa.

– Je ne choisirais jamais le toucher, avait dit Maxence.

– Oh, moi non plus, avait-elle répondu.

– Même chose pour moi, avait dit Vanessa.

Et voici qu'elle était assise sur son lit d'hôpital, buvant lentement à petites gorgées la boisson aux protéines, choisie selon sa préférence. Tout d'abord, la saveur était si ténue qu'elle parvenait à peine à en percevoir le goût, mais c'était malgré tout divin. Graduellement, elle commença à distinguer les saveurs. Ce fut un moment d'extase. Plus tard, son surfeur australien en essaya une et lui dit combien elles étaient écœurantes. Elle rit.

Même si elle commençait à s'habituer à sa tête bandée, elle était impatiente d'être dévoilée. L'infirmière déroula les bandages blancs autour de son visage avec autant de délicatesse que possible. Cependant, ce fut un moment douloureux, parce que le sang séché avait collé le tissu à ses cheveux. L'infirmière lava et brossa ensuite ses cheveux mais sa sœur n'était pas satisfaite. Elle pouvait faire mieux. Et c'était vrai. Sa sœur passa des heures assise derrière elle, à brosser ses cheveux pour les débarrasser de tout le sang séché et durci en croûtes. Puis elle les arrangea en une jolie tresse sur le côté.

Tandis qu'elle était assise là, avec sa sœur qui lui brossait les cheveux et sa mère qui leur parlait, assise sur une chaise, elle se mit à penser combien, avant l'accident, elle avait éprouvé des craintes épouvantables à chaque fois qu'elle pensait à ses parents. Elle s'était vraiment inquiétée à propos de son père et de sa santé, tout comme de celle de sa mère.

La nuit précédant le retour contraint de son père aux États-Unis, peu de temps après sa chirurgie faciale, il s'était assis sur le bord de son lit. Il avait dormi dans sa chambre chaque nuit depuis qu'elle avait été transférée au quatrième étage. Combien de pères feraient cela ?

Il s'était maîtrisé jusqu'à une nuit où elle était assise sur le côté de son lit et où ils parlèrent. Elle ne se souvenait pas de quoi ils avaient vraiment parlé mais elle se souvenait de la douceur de son visage. Quelques secondes passées à se remémorer la peur et la tristesse qu'il avait éprouvées quand on les avait contactés pour les informer de l'accident firent rougir son visage alors que ses yeux devenaient terriblement brillants. Cela lui rappela la nuit où le père de sa mère avait eu une crise cardiaque. Tout le monde l'adorait. Le plus formidable grand-père que des petits-enfants puissent espérer avoir. Assise pendant ces quelques secondes, voyant le visage de son père dans cet état, son esprit se transporta instantanément en arrière, au moment où ils se trouvaient juste devant la maison de ses grands-parents.

– Il est mort, lui avait dit son père, le visage rouge et les yeux emplis de larmes tandis qu'il s'était éloigné pour s'isoler en prenant l'allée sur le côté de la maison.

Elle se souvint de la tristesse qu'elle avait ressentie cette nuit-là et combien ils avaient tous souffert, particulièrement sa mère. Puis elle se rendit compte à quel point il aurait été terrible pour eux de souffrir à nouveau, de cette façon.

À l'origine, elle avait pensé que, si elle avait réellement succombé, il n'y aurait pas eu de problème, parce qu'elle n'aurait rien ressenti ou su, puisqu'elle n'avait pas un seul souvenir de l'accident. Elle n'avait, en fait, pas réfléchi jusqu'à ce moment-là à ce que tous les autres auraient ressenti.

Ils se réfugiaient tous dans l'humour pour garder le moral. Cela permettait de passer de bien meilleurs moments. Ils faisaient donc des blagues et riaient ensemble jusqu'à ce que les hommes dussent retourner aux États-Unis, où leur travail les attendait. Puis ce fut sa mère qui dormit à son côté, sur le lit jumeau qu'avait occupé son père. Il n'y eut pas un seul moment où elle ne se sentit pas aimée.

Sa famille avait plaisir à rencontrer tous ses amis, quand ils venaient dans sa chambre. À peine faisaient-ils la connaissance de l'un, qu'un autre arrivait. Ils étaient réellement impressionnés par le nombre d'amitiés sincères qu'elle avait formées sur cette terre étrangère.

Jan était venu plusieurs fois et il apportait toujours des petites marques d'attention. Il déposa des herbes qu'il avait cueillies dans son jardin à la campagne. Une autre fois, il avait prévu de lui lire un roman d'Ernest Hemingway, mais il vit la foule imposante des visiteurs et changea d'avis.

Des amis du travail vinrent en apportant des fleurs aux couleurs éclatantes. Erin grava un CD avec une liste de titres qu'elle avait choisis spécifiquement pour elle. Dès qu'elle commença à manger normalement, « normal » étant un terme tout à fait relatif, Mattieu entra avec un potage fait maison. Un peu avant qu'elle ne quitte l'hôpital, Rory et Tim arrivèrent avec un quart de litre de crème glacée de chez *Ben and Jerry's*. Malheureusement, sa mère et sa sœur en dévorèrent la plus grande partie. Par chance pour elles, elle ne pouvait pas encore en manger. Sa mère préleva quelques cuillerées qu'elle mit dans une tasse en plastique et Erin attendit que la glace fonde avant d'essayer désespérément de l'aspirer dans sa mince paille. Malgré la frustration qui en résultait, elle réussit à en absorber un peu et n'aurait pas pu en apprécier davantage le goût de beurre de cacahuète. Sharone avait aussi apporté du sorbet à la fraise fait maison. Margaux lui laissa gentiment son ordinateur portable pour qu'elle puisse regarder quelques films ; malgré sa vision qui laissait à désirer, elle fit tout de même la tentative de regarder un film horrible, où il était question d'un couple franco-anglais vivant à New York. Il y avait des moments d'humour mais le film dans son ensemble était beaucoup trop chaotique pour quelqu'un dans son état.

Le chirurgien passait chaque jour avec des collaborateurs pour voir comment elle se portait. Elle ne pouvait pas vraiment les voir parce qu'elle n'avait pas ses lentilles de contact, mais quelques-uns d'entre eux semblaient être de beaux hommes d'une trentaine d'années. Ils avaient tous l'air si jeune, même Audrey. D'un autre côté, elle aussi.

Après qu'elle eut répété plusieurs fois à trois ou quatre médecins différents qu'il y avait un vrai problème concernant sa main gauche, ils l'envoyèrent faire un scanner. Un os était visible, pointant sous la peau, et chaque jour qui passait faisait augmenter la douleur dans cette zone.

– Ça n'a pas toujours été comme ça ? demanda l'un des jeunes médecins.

Elle ne fit que le regarder pendant une seconde et dit ensuite « Non ».

Puis vint le jour où Melissa, l'adorable petite infirmière du bout du couloir, modifia le tube trachéal pour qu'elle puisse commencer à parler. Tout ce qu'elle aurait à faire serait de mettre son doigt sur l'ouverture et de parler. Lorsque sa famille arriva, elle parla en se servant de sa voix pour la première fois. Cela demandait beaucoup d'énergie et elle continua donc la moitié du temps à se servir du tableau effaçable à sec.

Il était en fait impossible de la faire taire. Le temps passait si vite entre sa routine quotidienne à l'hôpital et ses visites. Son regard s'allumait chaque fois que quelqu'un entrait. Par moments, les visites la prenaient complètement au dépourvu, et là elle ouvrait le feu de la conversation avec toute son énergie. Puis elle avait ses visites habituelles qu'elle chérissait. Un jour, sa mère parlait à Cathy et à la mère de celle-ci. Elles se tenaient à l'autre bout du lit et mettaient à contribution ces fameux outils non verbaux, lorsque Fran entra.

Sans ses lentilles, elle ne put vraiment pas distinguer tout d'abord de qui il s'agissait et elle lui demanda de venir plus près. Quand elle discerna son merveilleux ami argentin de la fac de droit, où ils redoublaient tous d'efforts pour obtenir leur diplôme, elle explosa de joie. Elle ne s'attendait certainement pas à sa visite parce qu'il était à Barcelone cet été-là pour un stage dans un cabinet juridique.

Fran la voyait comme quelqu'un de calme, dégageant un sentiment de paix et de sécurité lorsqu'elle était confrontée à l'incertitude ou à des problèmes. Sa visite à l'hôpital fut assez courte mais lui avait donné une force supplémentaire. Les quatre visiteurs parlaient tous ensemble et elle écoutait, avec bonheur. Aux premiers moments, quand il était entré dans sa chambre, il n'était pas parvenu à la reconnaître. Ce fut un choc et cela le demeurerait pour lui pendant quelque temps par la suite. Pourtant, il était heureux de la voir là, qui écoutait. Malgré sa fatigue, elle souhaitait vraiment lui parler par l'écriture, mais il lui dit de ne pas se déranger. Elle ne le fit donc pas. Il lui parlait sans attendre une réponse mais elle faisait cependant des tentatives. Comme elle marmonnait des mots qu'il ne pouvait comprendre, il s'inquiéta du fait qu'il la faisait souffrir davantage. Son visage avait dû montrer une douleur qu'elle ne ressentait pas nécessairement. Son seul désir était de parler à son doux ami.

Quelques minutes s'étaient écoulées quand Fran décida de la laisser dormir. Avant qu'il ne puisse passer la porte, elle le rappela pour dire au revoir. Il la serra un peu dans ses bras et partit.

Elle glissa dans un précieux sommeil. L'infirmière, cette Mélissa, était un vrai phénomène. L'heure du déjeuner arriva et on lui donna sa boisson aux protéines habituelles. Comme elle tenait dans sa main droite la paille enveloppée de plastique, elle tenta d'ouvrir cette protection. D'abord, elle essaya de suivre la procédure classique : tenir la paille dans le poing avec l'extrémité qui dépasse, taper le poing contre la table, et *voilà*. Ceci, pourtant, ne fit pas l'affaire. Elle était sur le point de se servir de ses dents, dont elle avait perdu quelques-unes dans l'accident, juste au moment où Mélissa dit : « Mordez dedans ! » Les deux filles se mirent à rire.

Tout semblait bien se passer. Il lui rendait visite le soir après le travail. Il lui apportait de l'eau aromatisée à la fraise dont le goût lui plaisait. Puis il vint avec un rasoir rose et de la crème à raser. Alors qu'il vidait le sac, elle battit des mains dans son excitation, comme un enfant recevant le cadeau idéal. Elle ne s'était pas rasée, ne pouvait pas le faire en vérité, depuis plus de deux semaines. Il ouvrit boutique sur son lit : un bol avec de l'eau tiède, une serviette, le rasoir et la crème à raser. Peu de temps après qu'il eut commencé, sa famille arriva, puis quelques amis. Elle trouvait la situation comique. Il était là, en train de lui raser les jambes, et tout le monde entrait, s'asseyait et commençait à parler. Il ne s'arrêta pas et ils n'en firent pas tout un plat. Elle se sentait aimée. Les infirmières entraient et chassaient tout le monde de sa chambre pour lui donner ses médicaments. L'abondance de ses visiteurs les dérangeait parfois, mais elles étaient généralement contentes de voir qu'elle était entourée.

C'était Lucy, son rédactrice en chef et amie qui, pendant ses vacances, avait communiqué à Jan la nouvelle de son accident. Puisqu'il avait pu se rendre à l'hôpital en premier, il l'avait informée de l'état de leur amie. Ayant entendu des détails atroces à la fois par Jan et par Ali, Lucy se préparait au pire, pensant que leur amie était perdue. Lors de sa première visite à l'hôpital, elle trouva que son état était moins critique qu'elle ne s'y attendait, sans minimiser la gravité de la situation. Elle pensait juste que, sous les tuméfactions, le visage de son amie pourrait se rétablir. Bien sûr, Ali l'avait vue à l'unité de soins intensifs, quand elle était encore au plus mal.

Sa seconde visite montra du progrès et Lucy fut ravie de voir qu'elle n'avait pas perdu son sens de l'humour. Elle vit la force et la ténacité incroyable qui caractérisaient la personnalité de son amie et cultiva une plus grande admiration et un plus grand respect pour elle. À chaque fois que quelqu'un venait et partait, Erin fermait les yeux et imaginait les visages de ces amis qui venaient de réchauffer son cœur par leur visite. Puis elle trouvait du réconfort chez ceux auprès desquels elle n'aurait pas cru possible de le faire – les infirmières, les chirurgiens, les anesthésistes, les radiologues, l'équipe de nettoyage, chacun d'entre eux. Ils s'occupaient vraiment d'elle, lui souriaient et lui parlaient. À tout moment, quand elle les voyait après une première rencontre, ils se souvenaient d'elle. « Vous vous souvenez de moi ? » demandaient-ils, et quelquefois, c'était le cas.

Un jour, alors qu'elle parlait avec quelques amis, un homme frappa et entra. Il était habillé de bleu ou de vert. Il la regarda, poussa un soupir de soulagement et sourit. Elle n'avait pas la moindre idée de l'identité de cet homme.

– Je suis si content de vous voir, dit-il. Vous nous avez donné une sacrée frousse. Vous l'avez échappé belle, dit-il, l'air un peu plus sérieux. Tout ce qu'elle put faire fut de le regarder, sentant l'effet de ses mots. Je suis l'anesthésiste qui vous a vue le matin où on vous a amenée ici. J'ai été le premier à vous endormir. Il dit cela presque fièrement. Et elle était fière de lui.

– Merci, vraiment, dit-elle.

– Non, c'est un plaisir pour moi de voir que vous êtes ici et que vous allez bien. Et il partit.

Il est impossible d'expliquer une sensation comme celle qu'on éprouve à recevoir une marque d'attention gratifiante de la part d'un étranger. Ce moment resterait en elle toute sa vie. Elle s'était rendu compte à nouveau qu'au milieu de la solitude et de la noirceur vide du cosmos, on pouvait réellement trouver la lumière. D'autres médecins, qu'elle ne connaissait pas, vinrent aussi la voir. Leur attitude positive regonflait son moral et lui donnait de l'espoir. Leur présence à elle seule la touchait. Avant qu'elle retourne à l'hôpital de la Conception pour l'opération de sa main, parce qu'ils avaient, en effet, trouvé trois fractures, Audrey expliqua qu'elle serait à nouveau endormie. Elle appela délibérément l'autre hôpital, parla aux anesthésistes et leur demanda de s'assurer qu'ils pratiqueraient une anesthésie générale et pas seulement locale, sur le bras.

Quand Erin arriva à l'hôpital et fut emmenée dans la salle des anesthésistes, elle surprit leur conversation, où il était question d'anesthésie locale. Cela ne pourrait rien signifier que de la souffrance, pensa-t-elle. Ceci indiquait qu'ils avaient prévu de faire dormir son bras, mais pas elle. Elle leur fit signe.

– Mon chirurgien facial a dit que vous m'endormiriez pour que je souffre moins, dit-elle, bouchant le trou du tube trachéal.

– Ce que nous prévoyons sera plus facile. Nous allons juste endormir le nerf. C'est juste plus facile.

– D'accord, dit-elle sans vouloir discuter. Si c'était plus facile, qu'il en soit ainsi. Cependant, elle n'avait pas la moindre idée du supplice et de la douleur physique intense qu'elle traverserait au cours de l'intervention. Puisque son bras gauche avait été opéré, le plus petit contact sous-cutané envoyait des douleurs fulgurantes dans le moindre centimètre de son bras. L'aiguille pénétra et navigua à l'intérieur. Elle comptait les millièmes de seconde alors que les larmes se formaient au coin de son œil gauche. L'aiguille toucha le nerf et ses doigts tressaillirent par réaction. Elle grimaçait de temps à autre et laissait échapper un petit gémissement.

– Aïe, pauvre petite, dit la dame.

Ils terminèrent et lui demandèrent si elle pouvait sentir ses doigts quand ils les touchaient. Avec une seule larme qui roulait le long de sa joue, elle secoua la tête pour confirmer. Elle pouvait le sentir et ça faisait mal.

– Vous continuerez à sentir mais cela ne devrait pas faire mal, dit l'homme. Ce devrait juste être la sensation du toucher.

Elle lui dit qu'elle sentait son toucher et que son pincement faisait mal. Alors ils pénétrèrent à nouveau pour endormir davantage le nerf. Ils étaient perplexes et inquiets, ce qui suscitait également en elle des émotions analogues. Le second tour fut moins douloureux, mais elle ne pouvait cacher qu'ils l'avaient déçue. C'est pour cela qu'Audrey leur avait demandé de l'endormir ! Le bras gauche complètement insensible, ils firent rouler son lit dans la salle d'opération où une autre expérience l'attendait. *Grey's Anatomy* aurait pu la préparer à un tel événement mais elle n'avait pas commencé à regarder la série avant son retour de l'hôpital. D'une façon ou d'une autre, faire l'expérience d'une situation pour la première fois est plus excitant quand le mystère est gardé. Cela surprend davantage. Le chirurgien et son équipe entrèrent en scène. Il était grand avec des cheveux bruns et elle ne voyait pas vraiment ses yeux, mais ils étaient probablement foncés également. Bien qu'il eut une peau qui affirmait « je raffole du soleil », il ne semblait pas excessivement bronzé. Elle regarda sa peau et le brun intense la ramena à la réalité. Elle manquait le premier été qu'elle avait prévu de passer à Marseille.

Elle était allongée sur son lit mais son bras gauche fut posé sans ménagement sur une table d'opération, tandis qu'un écran de séparation l'empêchait de voir l'intervention elle-même. Quand ils commencèrent exactement, impossible de le savoir. Elle ne sentait rien. Mais elle entendit finalement des craquements et des images horribles se présentèrent à son esprit. Elle avait déjà des os cassés. Est-ce qu'il lui en cassait d'autres ?
– *Merde*, s'exclama le chirurgien tandis qu'il continuait à expliquer à son stagiaire ce qui devait être fait et pourquoi.

Pourquoi dit-il cela ? Pourquoi merde ? Merde à quoi ? pensa-t-elle. Juste au moment où elle se disait cela, son bras gauche fut tiré d'un coup sec et retourné. Cela continua à se produire toutes les deux minutes et elle commença à s'inquiéter. Ce bras avait été opéré, ne le savaient-ils pas ? Elle n'était pas autorisée à mettre son bras comme elle le souhaitait sur son lit. Elle devait le placer de façon spécifique, sur ordre du médecin. Et toujours, il tirait à coups secs ! Elle fit signe à l'infirmière ou à l'anesthésiste et expliqua ses inquiétudes. Il se calma un peu après cela, mais continuait à tirer sur son bras à l'occasion.

De temps en temps, elle l'entendait s'adresser à l'infirmière. Elle lui disait ce qu'il avait sur son planning et il opposait un refus total. Il lui parlait avec arrogance, lui manquant de respect. Il n'était pas question qu'il s'en charge, quelqu'un d'autre pouvait le faire. Puis, après le troisième *merde*, elle dirigea ses pensées loin de l'intervention chirurgicale et elle entreprit une conversation avec l'Homme d'En-Haut. Elle supposait qu'il l'avait laissée ici-bas pour une raison ou une autre, si bien que cela ne le dérangeait sûrement pas qu'elle lui parle. Quelques heures s'étaient écoulées avant qu'elle ne soit distraite par la conversation des chirurgiens.

– Pedro ! s'exclama Thomas, le chirurgien en chef. Ce n'est pas Toe-ma, dit-il avec une voix de petite fille – ça se prononce comme « beau », mais avec un O plus en profondeur. C'est THO-mas, dit-il d'une voix masculine.

Elle prit un certain plaisir à les entendre discuter. Pedro venait d'Amérique du Sud et il avait du mal à prononcer correctement le nom de Thomas. D'une façon ou d'une autre, ils se mirent à parler de la vie de Pedro. Il sortait avec une Française – ce qui était probablement la raison initiale de sa présence ici – dont la famille était riche. La famille de la Française avait des maisons partout dans le sud.

– Gardanne est une ville parfaitement répugnante. Je la déteste. N'y allez pas, dit Thomas.

Pendant un instant, elle faillit tenir son tube trachéal pour commencer à leur dire ce qu'elle pensait aussi. Elle voulait ajouter que c'était toxique d'y respirer. À chaque fois qu'on passait près de cette ville sur l'autoroute, on voyait flotter dans l'air des émissions d'usine, d'un gris épais.

Ils parlaient d'autres villes le long de la mer quand un autre homme entra. Elle ne pouvait distinguer son visage ou sa présence physique. Elle l'entendit juste entrer, aller directement auprès d'eux et se joindre à la conversation. C'était Alexandre. Elle le rencontrerait plus tard lors d'une consultation, car Thomas ne le présenta jamais. Il avait, naturellement, trop d'autres choses à faire. Elle trouvait cela plutôt drôle. À chaque consultation qu'elle eut avec son chirurgien de la main, elle ne fut pas surprise du tout de ne pas le voir. Il envoyait son stagiaire.

– Bien, dit Thomas, faisant pivoter sa chaise vers l'autre côté de son lit pour la regarder. Elle savait alors que son visage était terriblement tuméfié et elle ne parvenait pas à imaginer ce qu'il pouvait bien penser. C'était une véritable épave. On a fini. L'opération s'est très bien passée. Vous devriez commencer à bouger un peu vos doigts. Et je vous verrai très bientôt pour vérifier vos progrès.

Bien sûr, Thomas, pensa-t-elle plus tard. Je le croirai quand je le verrai ! De retour à la Timone, et pour parler de Thomas, il vint lui rendre visite ! Il frappa et entra par la porte de sa chambre d'hôpital. Bien sûr, ce n'était pas le Thomas qui avait opéré sa main, mais son ami Thomas. Il venait de rentrer de vacances en Espagne fin août, à peu près trois semaines après la date à laquelle s'était produit l'accident. Par un soir d'été au bar *Sextius* à Aix, Vanessa lui en avait fait le récit ainsi qu'à un groupe d'amis.

La nouvelle le bouleversa considérablement, mais savoir que son amie était en vie et qu'elle n'était pas dans le coma ou lourdement handicapée physiquement ou mentalement le rassura. À ce moment, il tenta de s'imaginer à sa place, de partager sa douleur et sa souffrance. Cette nuit-là, il se réjouit de sa survie avec tous leurs amis, promettant d'aller la voir peu de temps après, ce qu'il ferait le mercredi 28 août.

Ce mercredi, il alla lui acheter des fleurs après son travail. Cela faisait longtemps qu'il n'était pas entré dans une boutique de fleurs. Les hommes ne sont plus ce qu'ils étaient, pensa-t-il. Il demanda à la vendeuse des fleurs coupées ou en pot. Quelque chose de joyeux, murmura-t-il. Elle lui tendit des orchidées mauves.

– Pourquoi n'offrons-nous des fleurs que dans des moments durs ? se demanda-t-il.

Comme si, pendant un simple instant, un regard sur la beauté naturelle pouvait élever ceux qui sont blessés pour qu'ils surmontent une part de leur douleur. Lorsqu'il retourna sur son lieu de travail avec la jolie plante, certains collègues, dont il avait déjà anticipé les paroles, le taquinèrent ouvertement une fois qu'ils eurent repéré l'orchidée, lui demandant qui était l'heureuse élue. Il répondit que c'était pour une amie dans le malheur, mais très vite il pensa combien il aimerait offrir des fleurs plus souvent, au lieu de le faire seulement dans de telles circonstances.

Avec la plante à l'arrière de son camion J9, il se mit en route pour la Timone. Se tenant plus tard devant l'immense bâtiment, il osa y pénétrer. Comme il avait oublié le numéro de sa chambre, il alla vers la réceptionniste qui rapidement le surprit. Il avait seulement prononcé son prénom et elle débita le numéro de sa chambre. Elle n'avait pas eu besoin d'entendre le nom de famille de la patiente ou de rechercher le numéro.

« Elle est si connue ici ou quoi ? » pensa-t-il.

Une bouffée d'anxiété le traversa lorsqu'il se souvint de la nature de sa visite. Avant de parcourir le couloir jusqu'à sa chambre, il s'arrêta aux toilettes pour reprendre son souffle et se désaltérer.

L'odeur de désinfectant parvint à ses narines. Bien que cette odeur soit synonyme de propreté, les murs du couloir semblaient sales. Cependant, on avait le loisir de méditer sur la chance qu'on avait actuellement dans sa vie, par pur hasard, et de trouver les soucis quotidiens tout à fait relatifs.

Comme il parcourait le couloir, il lut sur un panneau « Interdit aux moins de quinze ans » et l'interpréta comme une sorte de mise en garde face à quelque chose d'effrayant. Il y avait deux officiers de police effondrés dans leur chaise, devant la cellule sans barreaux nouvellement attribuée au prisonnier qui, même blessé, pouvait apprécier d'avoir retrouvé, juste pour un temps, un moment de calme et de sécurité qui contrastait avec le bruit infernal de l'environnement carcéral.

Étant finalement parvenu à sa porte, il tapa et entra. Il la vit là-bas sur son lit, parlant à sa mère, à sa sœur et à une amie américaine de Chicago. Comme elle tournait la tête, il se demanda un instant si elle le reconnaitrait. Puis vint le remarquable échange de sourires.
– Thomas, s'exclama-t-elle étonnée.

Après lui avoir curieusement baisé la main, de peur de lui faire mal, il se rendit compte immédiatement qu'elle n'était pas dans un état de profonde tristesse, comme il l'avait prévu, mais au lieu de cela pleine de vie. Elle semblait reconnaître la chance qu'elle avait, sachant que la situation aurait pu être bien pire.

Elle écouta tandis qu'il parlait à sa famille. Plusieurs minutes passèrent et deux personnes entrèrent dans la pièce. D'abord une amie américaine, Deanna, qui apportait des magazines de beauté, avec l'intention d'être gentille et utile.

En dépit des bonnes intentions qui la motivaient, il ne put s'empêcher de se demander comment des magazines de beauté pouvaient consoler leur amie qui se trouvait au quatrième étage pour y subir de graves opérations de chirurgie faciale. Puis la dame américaine se mit à répéter : « Je suis tellement désolée ». Il se tenait là

en silence, embrassant du regard la scène et pensant :
« Désolée de quoi ? »

La deuxième personne était un ami à la longue chevelure qui n'hésitait pas à l'embrasser sur la joue ni à se pelotonner contre elle. Il vit l'amour et la tendresse qui existaient entre eux. Elle caressait ses bras. Son amie s'était égarée dans de belles pensées, non pas dans la pesanteur d'une lourde tristesse. Il se sentit rassuré.

Il comprit que cet ami était son petit ami, avec qui il croyait savoir qu'elle s'était disputée la nuit de l'accident.

Thomas se sentit affecté à ce moment-là, intérieurement envahi par le désir de pleurer pour effacer la douleur de son amie.

Puis il dit au revoir, lui souhaitant beaucoup de courage pour la chirurgie qui devait avoir lieu le lendemain. Il espérait, dit-il, qu'elle se remettrait aussi vite que possible pour pouvoir jouir de la sensation de la liberté sur sa peau et de la société de ses amis.

Elle avait toujours apprécié la compagnie de Thomas mais sa visite lui montrait un côté de sa personnalité qu'elle n'avait jamais vu auparavant. À partir de ce moment-là, elle apprécierait son amitié plus qu'elle ne l'avait fait. Il serait quelqu'un à respecter, digne du temps que ses amis passeraient avec lui, quelqu'un sur qui on peut compter. Elle n'oublierait jamais sa gentillesse.

Entre les visites des amis, sa sœur lui faisait la lecture. Parmi les livres que ses amis avaient apportés, le seul qui la tentait était *Emma*, sélectionné par Hilary. Elle était venue plusieurs fois, dont une avec son mari JB. Le choix était plutôt amusant pour elle, parce qu'Hilary avait mentionné être allée à un atelier Jane Austen, quand elle était jeune fille. Ça les amusa bien. Hilary lui racontait des histoires sur les personnalités excentriques qu'elle avait rencontrées à ce congrès. En somme, l'expérience était mémorable et peut-être même gratifiante. Elle adorait la façon dont sa sœur lui faisait la lecture d'*Emma* : sur un rythme rapide. Elle écoutait attentivement, complètement euphorique, pour saisir le nom de tous les personnages et suivre l'intrigue. De cette manière, on avait davantage l'impression de se trouver dans un film. Elles arrivèrent à la moitié du livre, mais sa sœur ne termina jamais. Quel dommage ! À son avis, *Emma* dresse véritablement un portrait de la plupart des jeunes filles à seize ans. Mais bon, elle n'était arrivée qu'à la moitié du livre.

Le temps cessa de s'écouler à sa façon habituelle, du moins pour elle. Aucun des événements ne restait en ordre dans son esprit car, de fait, il y en avait trop. Cependant, quelque temps entre son opération de la main et sa deuxième chirurgie faciale – ils opèreraient plusieurs fois son visage – elle se tortilla pour sortir de son lit toute seule. Elle se sentait si fière de retrouver un minimum de son intimité et de son individualité. Toujours reliée à plusieurs intraveineuses, elle fit rouler avec elle « l'étendoir à fils » jusqu'à la salle de bains. Les cinq pas à parcourir lui semblèrent une éternité mais elle réussit. Elle s'assit sur la cuvette des toilettes, complètement soulagée d'avoir fait tout cela sans l'aide de personne. Après, elle alla au lavabo pour se rincer la main, seulement la droite puisque la gauche était en écharpe. En le faisant, il se trouva par hasard qu'elle leva les yeux tout naturellement et vit le reflet de son visage.

Vision d'horreur.

Aucun mot ne vint. Non seulement le tube trachéal l'empêchait physiquement d'émettre un seul son, mais il ne lui vint pas le moindre mot. Elle se tenait simplement là, impassible et effrayée. Sa mère vint dans la chambre et vit qu'elle était dans la salle de bain. Elle s'éloigna du miroir avant que sa mère ne pût comprendre. Après qu'elle fut retournée dans son lit, deux amis tapèrent à la porte. Leur visite annoncée avait soudain suscité en elle la peur. Que penseraient-ils ?

Ils ne devraient pas être obligés de me voir comme ça, pensa-t-elle. Comme il est triste pour eux de me voir aussi affreuse.

Elle pensa comment, à chaque rencontre avec des amis, que ce soit chez eux ou lors de sorties, elle espérait au moins avoir une apparence passable, pour eux. Elle ne se préoccupait jamais de paraître exceptionnelle mais elle voulait toujours être présentable afin qu'ils ne soient pas trop embarrassés. Et maintenant ? Il n'y avait rien qu'elle puisse faire. Aucun maquillage ne masquerait jamais cette apparence.

Lionel et Natacha entrèrent dans la pièce. Ils semblèrent tout d'abord interloqués et elle sentit son humeur lugubre s'assombrir encore. Cependant, d'une manière ou d'une autre, les pensées noires se dissipèrent et la laissèrent à sa joie quotidienne. Elle se rendit alors compte que la seule chose qui importait était de profiter de son temps avec eux. Il faudrait qu'ils gèrent le reste. Et ils l'ont fait.

Tous l'ont fait.

Comme les gens qui peuplaient sa vie lui ont paru incroyables à ce moment-là. Leurs visages apaisaient toute douleur qu'elle ressentait momentanément.

Durant une autre journée ensoleillée d'août, elle regardait par la fenêtre tandis qu'elle était assise sur son lit là-haut, au quatrième étage. Finalement, elle commença à répondre à tous ces sms qu'elle avait reçus et à écouter les messages vocaux. Il y en avait tant qu'elle se sentait accablée. Arrivèrent sa mère et sa sœur, portant des tasses de chez *Starbucks.*

– Tiens, dit sa sœur. Nous t'avons rapporté un Chai Latte froid.

– Mummm, pensa-t-elle. Elle était devenue une vraie professionnelle de l'aspiration à la paille.

L'heure des repas restait un calvaire. La nourriture était toujours trop épaisse, si bien qu'elle devait la diluer et ensuite cela prenait encore beaucoup trop de temps de l'aspirer par la paille. Il en résultait qu'elle mangeait moins de nourriture variée et continuait les boissons aux protéines, qu'elle trouvait savoureuses de toute façon.

Tout devenait purée : bœuf, poisson, pommes de terre, carottes et tout ce que vous voudrez. Mais c'était toujours une sensation agréable qu'on lui serve quelque chose à manger, comme si elle prenait toujours part au rituel social qui consiste à manger, à heures régulières, les divers aliments courants.

Et il venait avec de l'eau aromatisée à la fraise. Un après-midi, il lui envoya un message. Il était avec son ami Mat qui voulait lui rendre visite. Bien que cet ami ranimât des souvenirs spécifiques qui la hérissaient, elle accepta. Tandis qu'elle attendait leur arrivée, sa mémoire remonta à l'année 2011. C'était quelques mois avant son départ pour les États-Unis. Il s'était assoupi et elle était précisément sur le point de se laisser aussi gagner par le sommeil lorsque son téléphone avait sonné. Elle s'était levée d'un bond pour le mettre en mode silencieux, afin de ne pas le réveiller. Il avait sonné une deuxième fois quelques minutes après. De toute évidence, quelqu'un doit lui parler ce soir, avait-elle pensé. Elle avait répondu, prête à prendre un très rapide message et à essayer de s'endormir.

– Allô ? avait-elle demandé.

– Oh, avait répondu une voix féminine, riant sottement. Elle avait entendu la voix d'une autre fille en bruit de fond, mais était restée calme. Désolée, mauvais numéro.

– Oh, est-ce que vous cherchez .... ? avait-elle demandé. Parce qu'il est endormi.

– Ouais, d'accord, j'appellerai une autre fois. Il était déjà minuit et demi. Pourquoi cette fille pouvait-elle bien se considérer comme autorisée à l'appeler aussi tard ? Cela l'avait agacée davantage.

– Très bien. Qui appelle ? Je le lui ferai savoir. Elle avait demandé ça gentiment.

– Euh, personne. Je rappellerai. Cela toucha son point sensible. Rien de tel qu'une fille immature, prise au hasard, qui pense qu'elle a le privilège de faire tout ce qu'il lui plaît, de jouer au plus fin. C'est une chose que d'appeler après minuit, mais c'est placer les choses à un tout autre niveau que de refuser de répondre, avait-elle pensé.

– QUI est-ce ? avait-elle demandé plus fort, la colère montant. Peut-être que cette fille est simplement sourde, avait-elle pensé. Elle avait à nouveau entendu rire sottement.

– Qui est-ce, p... de… dit-elle, réprimant un cri. Clic. Juste au moment où elle avait posé le téléphone, il avait couru, paniqué, vers l'endroit où elle se trouvait. Elle avait expliqué ce qui s'était produit, lui donnant une chance de se disculper. Il avait continué à lui dire qu'il ne savait pas qui c'était. Le lendemain, il lui avait dit que son ami Mat avait donné son numéro à ces filles, des amies à lui. Il avait continué à faire des histoires à propos du fait que Mat l'irritait vraiment, lui faisant croire qu'il était sérieusement en colère contre lui.

L'après-midi suivant, il était allé chez leur ami Mo, qui avait récemment déménagé en Écosse pour vivre avec sa nouvelle épouse.

– Je vais en Écosse pour changer d'air. Mo m'a invité et ça me fera du bien de prendre du recul avec tout le monde ici. Des semaines avant son départ pour les États-Unis, il leur avait montré, à elle et à son amie, des photos de son séjour en Écosse. Il avait passé une photo à Esther, qui la lui passait ensuite à elle. C'était agréable de regarder les photos, mais par la suite, il avait repris une photo à Esther après y avoir jeté un coup d'œil, avant qu'elle-même eût le temps de la voir. Elle avait dû demander deux fois à la voir avant qu'il ne la lui montrât. C'était lui et Mat en Écosse. Fortuitement, il était parti précisément avec l'ami qu'il ne pouvait supporter à l'époque et qui avait divulgué son numéro de téléphone à des filles qu'il ne connaissait pas. À la seconde même, elle entra en furie. Il avait menti. Encore. Bon, quoi de nouveau là-dedans ?

Plus tard, elle avait fouillé pour parcourir les négatifs de cette pellicule photo, certaine que s'il avait tenté de cacher le fait que Mat était parti avec lui, il tenterait de cacher d'autres photos. Elle avait découvert que c'était exact. Il y avait une photo qu'il avait déjà mise de côté avant de montrer aux filles les autres photos de l'Écosse.

Lui et une fille.

Combien d'autres exemples de situations analogues pourraient lui traverser l'esprit ? Beaucoup. Cette fois, elle n'avait pas pu pas temporiser. Elle avait eu besoin d'aller au fond des choses. Elle avait contacté, pour lui demander son avis, celui qui avait été autrefois un ami très cher, l'ami chez qui il résidait durant son séjour en Écosse. Mo avait révélé que son ami s'était montré un personnage affligeant pendant sa visite, et lui avait conseillé d'envisager de le quitter si son comportement ne changeait pas dans le bon sens. Qu'il en soit ainsi, que Mat vienne me voir à l'hôpital, pensa-t-elle, puisqu'il le souhaite sincèrement. Pourtant, quand les visiteurs entrèrent dans sa chambre, il y avait trois silhouettes.

Il avait aussi amené Stéphanie, son amie de la nuit de l'accident. Son cœur battit avec colère et ses sourcils se froncèrent. Elle resta figée. Les lignes délicates de son charmant visage avaient volé en éclat. Elle se détourna des traits réguliers de Stéphanie pour le fixer avec un regard incrédule.

Conclusion

La valeur du temps est mesurée par celui qui le vit. On dit que la beauté, elle aussi, naît dans l'œil de celui qui la regarde. Un amour authentique entre des êtres humains brise tous les codes de ce qui est convenable ou possible. Et le cœur d'un individu devrait être évalué à son comportement envers les autres.

Au bout du compte, la question toute naturelle échangée entre amis : « Est-ce que tu vois quelqu'un à présent ? » provoque des émotions indésirables dans les situations délicates. Par exemple, lorsque la physionomie mène à de fausses croyances. Une âme tendre, dont la beauté intérieure dépasse celle de beaucoup d'autres et dont l'apparence extérieure attirait sans effort, perd la flamme intérieure qui nourrit la motivation pour agir. Les promotions sociales basées sur la splendeur des apparences alimentent chez l'individu un désir d'admiration artificielle. La réalité de ce monde auquel nous appartenons ignore tout des principes capables de rendre une personne vraiment heureuse.

Ce système figé brille comme de l'or devant les yeux d'êtres humains en quête d'amour et de pouvoir. Ceux qui sont au sommet regardent avec peu de remords ceux qui se trouvent en bas, victimes de circonstances difficiles. Ils pensent : « Comme c'est triste ! » et continuent ensuite de remplir leur boîte de lettres d'admiration et sourient avec jubilation. Ils sourient ainsi jusqu'à leur chute.

Ils n'ont pas de vision parfaite de leur chute, et ils ne savent pas à quel point elle changera leur perception de leur entourage, ni également la façon dont eux-mêmes seront perçus. S'ils demeurent ignorants de l'existence de telles éventualités et de leurs répercussions, sont-ils à l'abri du blâme ? Ou bien est-ce notre devoir en tant qu'êtres humains de comprendre les effets des émotions à un niveau individuel ou collectif ?

« « Pourquoi réfléchis-tu toujours à ce que ressentent les autres ? Tu te centres trop sur tes sentiments. »

Ne serait-ce pas que toi, au contraire, tu ne le fais pas ?

Je suis un produit de la société dans laquelle j'ai grandi. Ce désir de reconnaissance de l'attrait physique. Le piège dans lequel nous fonçons, tête première. Je crois fermement à l'importance de savoir apprécier sa propre image. Et bien que je sache que le moi intérieur est plus divin et complexe, digne d'attention, la façade sera toujours dans un premier temps le point de départ pour interpréter la nature d'une personne. Dans un premier temps.

Mais ce moi intérieur.

Incroyable dans tout le déploiement de sa géographie interne, on trouve fréquemment le moyen de le négliger. À présent, c'est moi qui dis : « Comme c'est triste ! » Vraiment.

L'esprit et le cerveau sont d'incroyables constituants du corps humain. Bien que l'esprit ait longtemps été considéré comme une illusion par la science conventionnelle, le docteur Jeffrey Schwartz et Sharon Begley, chroniqueuse scientifique du *Wall Street Journal*, expliquent les choses à l'inverse. Ils montrent l'esprit humain comme une entité indépendante qui peut en réalité façonner et contrôler le fonctionnement du cerveau physique.

Ce que je trouve extrêmement intéressant à propos de cette étude, effectuée à partir d'une thérapie sur des patients atteints de trouble obsessionnel compulsif (TOC), c'est bien sûr le résultat scientifique. Les patients ont pu se diriger vers des comportements positifs en guidant activement leur attention pour l'éloigner des comportements négatifs.

La force mentale, selon Schwartz. Il discute du sujet sous un angle philosophique. Son idée de force mentale touche le libre arbitre humain et la capacité innée qu'a l'homme de faire des choix moraux.

Cela va dans le même sens que mes propres réflexions. À un niveau élémentaire – choix moraux mis à part – l'esprit peut être convaincu de croire ou de garder en mémoire tout souvenir commandé par l'individu, au moyen de répétitions mentales, visuelles ou verbales. Sinon, nous n'aurions jamais appris à lire ou à parler. Après avoir entendu répéter une expression, un individu donné se met généralement à prononcer cette expression.

Si nous pouvons gratifier nos vies d'un présent positif simplement en nous débarrassant de comportements négatifs, alors il est important de saisir ce qu'est un comportement négatif et comment il nous affecte, quelles émotions il exploite, à cause de situations et de conversations spécifiques. Ceci a trait à notre comportement personnel aussi bien qu'à celui des autres.

Dans un autre ordre d'idées, l'esprit semble détenir le pouvoir de contrôler ou de manipuler nos pensées lors d'une lésion traumatique. Quand il semble préférable pour l'individu d'oublier certains souvenirs ou bien de remplacer de vrais souvenirs par des faux, l'esprit prend le dessus sans tenir compte du choix de l'individu ; que cette personne ait eu ou non le temps de choisir.

À mon avis, et ainsi que je l'ai récemment entendu dire, ce serait cette aptitude de passer en mode sécurité qui serait la plus étonnante de tout. Il est physiquement impossible que j'aie pu atteindre le feu rouge comme dans mon souvenir, poser énergiquement le pied sur le trottoir, fouiller dans mon sac et regarder mon portable pour ensuite le remettre en place, boucler la fermeture Éclair de mon sac à main, et démarrer une fois que le feu était passé au vert – tout ceci se serait produit après que l'accident ait eu lieu. Mais tel est mon souvenir. Obscurci par ce mécanisme de sécurité que l'esprit avait créé. L'accident se serait produit avant. Dans mon esprit ne subsiste pas même le plus petit aperçu de l'événement. Mis à part les problèmes résiduels jugés consécutifs à l'accident, pour moi, celui-ci ne s'est, en fait, jamais produit.

Pouvoir déterminer le vrai coupable n'a pas beaucoup d'importance. Les accidents se produisent. Ils se produisent chaque jour et ne peuvent pas toujours être évités. La vie est un accident. Une des définitions du *Webster* pour le mot accident est la suivante : « Tout événement qui se produit inopinément, sans plan ni cause intentionnels. » Si vous pouvez expliquer quel intérêt Dieu aurait eu à créer l'homme, alors nous pouvons discuter de la contrepartie religieuse de l'affirmation que je viens de poser. Sinon, prenez-la pour sa signification la plus élémentaire : la vie est remarquable. La vie est une compilation d'accidents, aussi bien positifs que négatifs. C'est un ensemble de plus de composants que cela : de hasards, d'espoirs, d'amour, d'amitié et plus encore. Il se peut qu'un accident change votre vie ou simplement vous fasse réfléchir. Une amitié aura le même effet, tout comme l'amour. Le moindre instant du moindre jour compte, sans exception. Chaque seconde mérite une appréciation et une attention spéciales. Aimez-la, aimez-vous les uns les autres, et souriez simplement.

Je ne peux m'empêcher d'avoir besoin de connaître les réponses impossibles à obtenir ou la vérité inaccessible des nombreux mystères de la vie.

Tout comprendre rendrait la vie moins énigmatique, je suppose, et ainsi moins attrayante. Si nous étions tous identiques, la vie ne serait pas si fascinante non plus. Tout l'intérêt de la vie est de croître dans notre propre imperfection. L'incapacité d'atteindre la perfection absolue ne devrait pas nous empêcher d'essayer – la « force mentale » de Schwartz – tout en nous acceptant et en acceptant les autres pour nos différences et nos imperfections individuelles. Jugez-les moins. Aimez-les davantage.

Je me souviens seulement avoir grandi dans une petite ville où se cachaient tant de gens prétentieux. Ils n'étaient pas si terribles, mais juste ciel ! Tout cela semble être une façade. De la bonté par devant, et un couteau dans le dos. Il est effrayant de considérer l'hypocrisie dont sont vraiment capables les gens.

« Œil pour œil... »

J'ai presque l'impression que la société nous pousse à nous représenter ainsi. Peut-être nous manque-t-il à tous un peu de cran, inquiets que nous sommes de la manière dont les autres pourraient, à tort, nous accuser ou nous juger ? Ce besoin d'être accepté, d'être aimé, consume notre être, et nous ajustons parfois notre comportement pour atteindre cet objectif. Dès que nous naissons, nous commençons déjà notre quête d'amour auprès ceux qui nous entourent. Oliver, mon neveu, est né il y a environ cinq mois. Il est entouré de tant d'amour. Ses yeux cherchent notre sourire dès que nos têtes se rapprochent de la sienne et ensuite, il sourit. Il sait déjà qu'il est aimé. Même en tant que petit bébé. Nous avons tous besoin de ressentir cela. Nous le recherchons.

Je trouve mon accident ironique, parce que, depuis ces quelques dernières années, je suis fascinée par les visages. Si vous me donniez le choix, maintenant, entre dessiner un paysage ou bien dessiner le portrait d'une jeune fille, je choisirais le portrait. Quand je fermais les yeux, je voyais vraiment ces visages. Ils apparaissaient si vite, en un éclair, et l'impression était écrasante. Chaque visage renferme une histoire. Je m'interrogeais sur la leur.

La nuit où je vis environ une vingtaine de visages m'a donné matière à réflexion. Ce petit garçon qui s'est transformé en adulte, puis en vieillard, et ce fut la même chose pour la petite fille. C'était comme une vision du passage du temps, en l'espace de quelques secondes, une vie dont nous oublions parfois l'envergure. Il semble que le temps pourrait être mieux utilisé. Une minute qui sert à détailler les défauts d'un autre pourrait être employée autrement. Cette histoire tout entière traite des imperfections en chaque individu. Nous ne pouvons nous attendre à être autre chose que cela. Pourtant, je crois fermement qu'en acceptant nos imperfections, nous pouvons malgré tout nous efforcer de nous améliorer. Ce qui importe est de se centrer sur soi-même avant de s'inquiéter de corriger les autres. Tout d'abord, on ne peut réellement corriger les autres et nous devrions nous aimer les uns les autres pour nos imperfections aussi bien que pour nos qualités. Deuxièmement, si vous ne pouvez vraiment pas accepter les imperfections de quelqu'un, il vaut mieux vous en tenir éloigné. Non ?

Chaque moment passé ensemble est un échange de croyances, de cultures, d'idées. Nous nous influençons mutuellement. Laisser une marque sur l'individualité de l'autre est l'élément le plus radical de la vie. Nos imperfections peuvent se mêler et changer par le simple acte de communiquer. Par moments, rien n'a besoin d'être dit. Un regard suffit, l'observation du comportement d'un autre.

Quand j'étais lycéenne, ma famille fréquentait une église locale qui rencontrait un grand succès. Beaucoup d'élèves de l'école y suivaient les services religieux. L'église organisait des événements et des activités, comme le ski.

Une revue rapide : le groupe de jeunes avait mis sur pied un voyage à New York, je crois, pour aller skier. Ma sœur, mon frère et moi avions participé, ainsi que mon amie Melissa. Il se peut que je mélange ici deux histoires différentes, mais elles semblent parfaites ensemble. C'était la première fois que nous faisions vraiment du ski. Ayant rapidement appris les tenants et aboutissants de l'art de descendre la pente en restant en un seul morceau, je commençais à me sentir très fière de moi-même. Apparemment, je n'étais pas la seule. Mais comme tout le monde était derrière moi, pas parce que j'allais extrêmement vite ou rien de tel, je ne m'en suis pas rendu compte. Tout d'un coup, j'ai entendu un « Attention ! » dit très fort et avec colère. Cela venait de derrière, si bien que je n'avais pas la moindre idée du danger encouru. Aller à droite ? Aller à gauche ? L'un ou l'autre, j'avais littéralement deux secondes pour faire mon choix, ce qui signifie que je n'en ai fait aucun, et ensuite BADABOUM. Frappée de plein fouet par l'arrière, je suis tombée dans la neige. J'ai roulé encore et encore, accumulant une couche de neige après l'autre. Finalement, ayant bien secoué la tête, j'ai repris mes esprits, regardé autour de moi et vu ma sœur de l'autre côté de la pente. C'était elle ! Au lieu de simplement me contourner, parce qu'elle ne savait pas comment le faire, elle avait décidé de m'emporter dans sa chute.

Enfin, l'important est que nous avions des activités, quelquefois sans nos parents et quelquefois avec eux. Un samedi ou un dimanche, l'église avait organisé un pique-nique au domicile d'un des membres. Le véritable thème de ce pique-nique était une communication sur l'abstinence sexuelle avant le mariage. C'est bien beau tout ça, mais tandis qu'ils parlaient, je regardais autour de moi et pensais à tous ces jeunes de mon école qui étaient là. La plupart d'entre eux avaient déjà eu des relations sexuelles et de toute évidence ils n'étaient pas encore mariés. Je me demandais comment ce thème serait accueilli.

Vers la fin du discours, l'animateur demanda aux jeunes de lever la main s'ils croyaient en l'abstinence sexuelle avant le mariage et promettaient de s'y conformer. Comment pouvaient-ils promettre de ne pas faire une chose qu'ils avaient en réalité déjà faite ? Je me posais vraiment la question. Ils levèrent tous la main. Je ne levais pas la mienne du fait que je trouvais le propos ridicule, mensonger, prédisposant aux jugements hâtifs. Si quelqu'un avait choisi de ne pas lever la main, tous l'auraient plus tard brutalement attaqué en coulisses. C'est ainsi que les choses se passaient. Mais mon frère me poussa du coude et me dit de lever la main. Afin de ne pas embarrasser ma famille, je l'ai écouté.

J'ai pensé que l'ensemble de ce congrès était dénué de sens. De plus, cela ressemblait à un exercice de pression du groupe, auquel on a généralement recours quand il est question de s'abstenir de consommer de l'alcool. Face à une large représentation de l'église de sa famille, quel jeune adolescent aurait le courage de répondre à cette question sans mentir si la réponse devait déplaire à la foule tout entière ? Je me demandais si ces adultes comprenaient vraiment cela. Comment pouvaient-ils ne pas le comprendre ? Cela me semblait si logique. Peut-être un cours sur le comportement humain devrait-il être obligatoire. Soixante-dix pour cent de ceux qui se trouvaient là n'étaient bien sûr pas honnêtes. Et de toute façon, à qui doivent-ils prouver quelque chose ? À qui dois-je prouver quelque chose ? Dieu honore davantage une prière silencieuse mais honnête qu'un discours retentissant prononcé pour des raisons d'amour-propre. Je n'ai de comptes à rendre à personne sinon à Lui.

Me voici à présent, en train de penser à ce qui a précédé mon accident. Une amie m'a dit qu'elle imaginait que cet accident avait un effet sur ma perception de la vie, sur la manière dont je gèrerai les situations à l'avenir. Peut-être, en effet. Mais je sens que vraiment j'ai reçu la grâce de rester la même personne aimable que vous avez connue avant cette terrible collision. D'autres risquent de me voir changée mais, pour une large part, je ne suis pas d'accord. Je suis têtue, vous savez ? Bien sûr que vous le savez. Et cela non plus n'a pas changé.

À mon avis, j'ai toujours apprécié, et apprécierai toujours, chaque seconde que je passe avec ma famille, avec mes amis, et seule avec moi-même – avec *ma* mer ou *mes* montagnes, avec mes livres ou mon écriture, avec mes dessins ou mes tableaux. Si je m'assieds pour réfléchir aux torts que l'on m'a causés, je dois alors méditer aux torts dont je me suis rendue coupable, une réflexion que j'ai toujours faite et que je ferai toujours.

Pour mettre un point final à tout ça, il faut juste que tout soit accepté. La colère, la jalousie et les autres émotions négatives sont fatigantes. Elles consomment toute notre énergie et nous laissent dans l'incapacité d'agir convenablement. Il est mieux de réfléchir, de comprendre, d'accepter et de lâcher prise. Si des chapitres doivent se terminer, qu'ils se terminent sans lutte. Une larme coulera peut-être en tournant cette dernière page, mais tourne-la quand même.

Il est évident pour tout le monde que cette histoire m'a coûté plus d'énergie que nécessaire. J'aurais pu m'asseoir là et écrire des lignes sur ce qui s'est passé du début à la fin, mais est-ce que cela aurait vraiment présenté tant d'intérêt ? Je ne le pense pas. Tous les détails manquants que j'aimerais tellement que vous puissiez connaître ne changent pas grand-chose.

Je ne suis pas sûre d'avoir bien réussi à dépeindre l'impact qu'a eu chaque individu sur moi durant cette expérience. Chaque visite, chaque sourire, chaque mot, chaque contact demeure, pour moi, un souvenir que je chérirai le reste de ma vie, quelle qu'en soit encore la longueur. J'avais espéré exprimer pleinement les soins délicats que j'ai reçus à l'hôpital, souligner l'importance d'un tel travail et combien ils accomplissent tous le leur. Ils méritent plus de reconnaissance qu'ils n'en peuvent recevoir. Chaque fois que je reviens, soit pour une consultation, soit pour une autre opération, j'ai ce désir de serrer dans mes bras chacun d'entre eux mais je m'abstiens de le faire. Ils pourraient trouver cela étrange, comme vous pourriez le trouver déplacé. Cela m'est presque égal. Presque. Sachez, mes chers amis, que je vous serre dans mes bras à présent.

Et, en effet, j'ai vraiment fini par me servir essentiellement de ma main droite. Oh, les pouvoirs de l'esprit : *Quand on veut, on peut.*

Quarante-cinq pages d'écriture au format lettre ont été écrites avant l'accident, normalement et avec mes deux mains, tandis que les quelque soixante-dix pages restantes ont donné des séances d'entraînement à ma main droite. Il faudrait que vous puissiez voir mon avant-bras.

J'attends de vos nouvelles, mes chers amis.

Après l'été 2011, j'avais l'intention de raconter cette histoire, l'histoire d'une fille dont le cœur fut arraché, mis en lambeaux et jeté à la mer. Plusieurs tentatives vaines m'ont fait comprendre que mes motivations n'étaient pas charitables. Je souhaitais à l'origine dévoiler la noirceur de son âme, révéler à tous sa misérable nature et la jeter à son visage. Tout cela sortait mal. Ça n'avait pas l'air juste. J'ai alors commencé à écrire des scènes, peu importent celles qui me venaient à l'esprit. Écrire de nombreuses scènes m'a fait comprendre qu'en réalité j'avais besoin de mettre en lumière ses aspects les plus séduisants. Certains affirmeront peut-être que je ne devrais pas vous dire cela, que l'histoire ne parle pas de lui. Pour vous, cette histoire est peut-être davantage que ma relation avec lui. Mais pour moi, c'est la fin.

"Cold skin, trembling bones, stiff lips; a tear builds, then falls, and we remember what it's like to feel again. From pain others inflict upon us to the world's natural injustice, a life without a single tear is no life at all." E.L.T.